O CEMITÉRIO DE
GIGANTES

MALU COSTACURTA

O CEMITÉRIO DE
GIGANTES

Copyright © Malu Costacurta, 2023
Copyright © Editora Planeta do Brasil, 2023
Todos os direitos reservados.

Preparação: Bárbara Prince
Revisão: Carmen T. S. Costa e Natália Mori
Diagramação e projeto gráfico: Vivian Valli
Ilustração e composição de capa: Marina Banker

Dados Internacionais de Catalogação na Publicação (CIP)
Angélica Ilacqua CRB-8/7057

Costacurta, Malu
   O cemitério de gigantes / Malu Costacurta. - São Paulo: Planeta do Brasil, 2023.
   320 p.

   ISBN 978-85-422-2286-9

   1. Ficção brasileira I. Título

23-3333   CDD B869.3

Índice para catálogo sistemático:
    1. Ficção brasileira

Ao escolher este livro, você está apoiando o manejo responsável das florestas do mundo

2023
Todos os direitos desta edição reservados à
Editora Planeta do Brasil Ltda.
Rua Bela Cintra, 986 – 4º andar
01415-002 – Consolação – São Paulo-SP
www.planetadelivros.com.br
faleconosco@editoraplaneta.com.br

*Aos meus amigos, que estiveram
comigo desde o início.
Obrigada por acreditarem
no maluniverso,
eu amo vocês.*

PARTE I

O cemitério

1.
O guia de Nyo Aura para ser um aventureiro de sucesso

Nyo Aura estaria morto dali a alguns segundos. Nem mesmo adultos sábios e prudentes sobreviveriam àquele pulo. Era impossível.

Havia tomado a decisão de ir até aquele lugar, não tinha nenhuma escolha senão saltar e inevitavelmente virar mais um exemplo para *não* ser seguido.

"Nyo Aura: o garoto esquecido pelo universo e com uma péssima reputação entre os habitantes da sua cidade" era um epitáfio terrível.

Sabia que aquela havia sido a pior escolha que já tomara na vida – entre tantos outros exemplos –, mas jamais desperdiçaria a oportunidade de uma aventura e de uma boa história para contar. Claro, não estaria vivo para contar essa história, mas era suficiente para os bardos escreverem músicas sobre ele no futuro.

Os habitantes de Ekholm gostavam de descrevê-lo como um "garoto problema" ou um "completo maluco", mas Nyo não dava ouvidos para eles. Ele preferia o termo "gênio incompreendido". Ekholm era a cidade perfeita para aventureiros, independentemente do que falassem.

Há uma linha muito tênue entre a morte certa e uma boa história. Nyo constantemente se divertia muito desafiando os limites dessa linha.

O garoto vivia num pequeno planeta chamado Caerus, que percorria um caminho inevitável para a total devastação. Caerus tivera sua era mais próspera havia mais ou menos quinhentos anos, quando os gigantes ainda reinavam sobre suas terras. Os grandalhões alcançavam quase cinquenta metros de altura, eram forças da natureza, irrefreáveis e, até onde a humanidade sabia, imortais.

Os humanos haviam se envolvido em uma guerra contra os gigantes, mesmo que as chances de vitória fossem minúsculas. Alguma coisa dera esperança aos homens, algo já esquecido pelo tempo. E, por causa disso, as criaturas imortais foram mortas, e seus ossos permaneciam sobre a terra.

Caerus era um cemitério de gigantes, e Nyo faria qualquer coisa para descobrir todos os segredos daqueles monstros – e, principalmente, da morte deles.

Ninguém sabia como os humanos conseguiram matar os gigantes e vencer a guerra. Sabiam apenas que, por conta das lutas de proporções *gigantescas* – trocadilho intencional –, o planeta estava morrendo, e Ekholm era a única cidade que ainda resistia. Muralhas que permaneciam em pé havia séculos os impediam de explorar a Terra de Ninguém ao redor, cujos segredos estavam escondidos pela Junta dos Líderes que comandava a cidade.

Era quase tortura para Nyo não saber a verdade sobre a morte dos gigantes e o que havia para além das muralhas. A cidade era pequena demais para ele.

Nyo não descansaria até entender o que matara os gigantes. Por isso, de vez em quando tomava algumas decisões equivocadas e que quase sempre acabavam em desastre. Aquele era só mais um dia em que se envolvera numa aventura que sem dúvida causaria sua morte, mas nada fora do normal.

Tudo começou quando Nyo ouviu boatos sobre um possível monstro marinho que vivia numa gruta escondida na praia mais ao norte da cidade. Certo, talvez não devesse ter confiado na lenda contada por um velho bêbado nas primeiras horas da manhã numa taverna de quinta categoria à beira da muralha, mas ele não correria o risco de perder o encontro com um *monstro marinho*, pelos gigantes.

Nyo não pensou duas vezes, correu para o encontro do idoso e arrancou dele todas as informações possíveis sobre o monstro. Em questão de duas horas, numa caminhada longa demais até para seus padrões, o aventureiro encontrou a tal gruta escondida que prometia ocultar a criatura.

A praia era estreita, a maré estava alta, e quase ninguém se arriscava a fazer o caminho até lá, preenchido por rochas escorregadias e com a possibilidade de encontrar alguma nequícia – plantas esquisitas cujo mero aroma poderia causar os efeitos mais bizarros, desde fazer alguém se apaixonar perdidamente pela pessoa mais próxima até obrigá-lo a saltar no oceano à procura de caranguejos cor-de-rosa (história real).

Nyo sempre se divertia descobrindo as funções secretas das nequícias. Mas sabia muito bem como evitá-las e como se proteger dos seus efeitos naquele dia em que precisava se manter focado na missão, então não se importava com os perigos da jornada até a gruta. Desafios apenas deixavam suas aventuras ainda mais emocionantes.

O oceano estava mais agitado do que o normal, as ondas violentas agrediam a formação rochosa alta o suficiente para esconder os sóis do início da manhã – Maasdri e Vaz, as duas estrelas do sistema estelar binário de Caerus. Nyo não temia ondas e achava quase romântica a visão do mar alaranjado tomando seu lugar de direito sobre o continente, com a certeza de que um dia toda a sua cidade seria conquistada pelas águas, muito tempo depois de a pequena população de Ekholm já ter sucumbido.

Parou um segundo para se acostumar com o cheiro forte da maresia, o sal se misturando ao ar em seus pulmões, silenciando todo e qualquer ruído. A luz se movia lentamente pelo seu corpo, explorava cada centímetro disponível e o transformava em parte do ambiente.

Nyo morava perto da muralha e quase nunca podia visitar o oceano, então precisava valorizar esses momentos. Eram poucos os dias em que conseguia se sentir em paz de verdade, quando conseguia desligar os pensamentos. Só assim sentia-se verdadeiramente conectado ao universo, como se os batimentos do seu coração estivessem no mesmo ritmo que as ondas do mar.

O garoto piscou para longe do seu transe quando uma onda se quebrou contra o rochedo com um estrondo.

— Certo, o monstro marinho — murmurou, encarando o oceano laranja. — Tomara que eu saia vivo dessa.

Nyo continuou sua caminhada pela areia úmida da praia, sem se preocupar com a possibilidade de esbarrar em um monstro fora de lugar. Não havia animais em Ekholm – apenas raríssimas criaturas bizarras que conseguiam se adaptar às piores condições possíveis –, então provavelmente não havia nada de perigoso naquela praia, e ele estava a salvo.

— Eu estou te vendo, Nyo Aura.

Droga.

Nyo virou-se em direção à voz e abriu o seu sorriso mais inocente para o garoto diante de si, *maldito Arcturo Kh'ane*.

O garoto prodígio de Ekholm, com os cachinhos loiros e olhos verdes comentados por toda a cidade. Todos *amavam* Arcturo. Eternamente perfeito, sem nenhum defeito e sempre prestativo.

Pelo menos era o que achavam.

— Art! O que faz aqui, bravo escudeiro? — Nyo sorriu, piscando um dos olhos para o melhor amigo.

— Vim garantir que você não se envolva em uma loucura que vai resultar na sua morte, é lógico. — O menino tentou se equilibrar sobre as rochas, indo em direção ao aventureiro.

— *Você* vai acabar morrendo se continuar fazendo esse tipo de coisa, Arcturo. E não adianta tentar me alcançar, as rochas estão escorregadias demais.

Nyo revirou os olhos e foi em direção ao menino, com as mãos estendidas para alcançá-lo. Arcturo era o extremo oposto de Nyo em todos os aspectos, e sempre se envolvia relutantemente nas aventuras do amigo, na maioria das vezes apenas tentando garantir que ele não causaria nenhuma tragédia de proporções planetárias ou coisa do tipo.

— Fica parado, Art, antes que você se espatife no chão. — Nyo alcançou a mão do amigo e o conduziu até a areia, num pulo desengonçado que espalhou os grãos por toda a sua roupa.

— Droga — Arcturo resmungou, limpando as mãos nas calças. — O que você pensa que está fazendo, Nyo? Sério.

O aventureiro semicerrou os olhos.

— Antes de eu responder: o que *você* pensa que eu estou fazendo?

— Eu te vi saindo daquela taverna com o seu olhar de *maluco*. — Art arqueou as sobrancelhas, desafiando-o a negar. — Eu sabia que precisava te seguir, é lógico, e você veio parar no pior lugar possível.

— Ei! — Nyo fez sua melhor expressão de revolta. — Esse lugar é um *charme*. Eu já conheço toda essa parte da costa, tem um fêmur submerso aqui do lado.

— Eu te vi quase esbarrando em pelo menos três nequícias, Nyo.

— Exatamente — ele piscou um dos olhos. — *Quase*.

Tudo bem, talvez ele não fosse tão bom em evitá-las como tinha pensado, mas sabia como lidar com elas em seus encontros frequentes. Com quase todas, pelo menos.

Arcturo suspirou, cobrindo o rosto com as mãos. Nyo imaginava que *beeeeem* lá no fundo Art estava contendo uma risada, mas jamais poderia admitir isso.

— Mas, e aí, vai querer participar da minha nova aventura épica ou vai ficar parado reclamando?

O garoto mordeu os lábios, contendo o sorriso que sem dúvidas lutava para escapar.

— Eu vou com você, Nyo. — Art bateu de leve com o ombro no amigo. — Eu sempre vou com você.

— Você adora reclamar, mas não viveria sem mim. — Nyo mostrou a língua para o garoto e apontou com a cabeça em direção à gruta. — Bora, eu te explico quando a gente chegar lá.

Art suspirou.

— Isso nunca é um bom sinal.

Para alcançar a entrada da gruta, a dupla precisou descer por um caminho estreito e incrivelmente perigoso. Nyo foi na frente, animado com a proximidade de um possível monstro marinho, seguido por um Arcturo apreensivo e relutante.

A dinâmica perfeita.

— Calma, olha isso daqui. — Nyo estendeu o braço, impedindo que o amigo continuasse andando.

Levantou um galho com um dos pés, revelando uma pequena planta laranja fluorescente semienterrada na areia. As folhas cresciam espessas com algumas bolinhas azuis nas extremidades. Nyo abriu um sorriso assim que identificou a espécie, enquanto Art dava vários passos para trás com o nariz e a boca cobertos pela camiseta.

— Ela não vai te morder, Art. — Nyo sorriu, chegando mais perto da nequícia.

— Nyo, pelos gigantes! — O garoto parecia estar dividido entre correr para muito longe ou tentar salvar o amigo. — Toda vez isso, cara.

— Fica tranquilo. — O menino arrancou a planta ainda com as raízes, tomando-a nas mãos com um cuidado que reservava apenas às suas nequícias. — Vê esses pontinhos brancos bem no meio das manchas azuis?

Art arregalou os olhos e inclinou o corpo de leve em direção ao amigo, não resistindo à curiosidade.

— Isso indica que não é perigosa. — Nyo sorriu. — Na verdade, é ótima para dores de barriga. Se for envenenado, é essa planta que você vai querer por perto.

O amigo mordeu o lábio, ainda incerto, e se aproximou com os olhos brilhando.

— Tem certeza?

— Você não confia em mim? — Nyo abriu um sorriso de orelha a orelha e arqueou as sobrancelhas. — Pense bem na sua resposta.

Art encarou o garoto por alguns segundos com um meio-sorriso e estendeu as mãos. Nyo posicionou a nequícia com cuidado entre os dedos do melhor amigo, seus olhos vidrados um no outro. Se ele fizesse muito silêncio, conseguiria ouvir seus batimentos ansiosos.

A amizade entre os dois fora criada de uma forma curiosa, e mais improvável ainda fora o que os unira de maneira permanente, mas essa é uma história para outra hora. Art e Nyo eram inseparáveis, e momentos como aquele faziam o aventureiro lembrar por que valorizava tanto o amigo.

Arcturo confiava nele. Era o único que o fazia.

(Não que Nyo se importasse com os outros, claro!)

— É até bonitinha, assim de perto. — Art sorriu, examinando a planta com cuidado excessivo. — Eu colocaria ela para enfeitar meu quarto, se não tivesse certeza de que meu pai iria enlouquecer.

— Bonitinha se você olhar beeeem de perto, indesejada pela maioria das famílias e extremamente incompreendida. — Nyo franziu o cenho numa expressão exagerada. — Eu te entendo, plantinha.

Arcturo revirou os olhos e bateu com o ombro no amigo, um sorriso brilhante enfeitando seu rosto.

— Não vou negar, meu pai preferiria mil vezes ter essa nequícia em casa do que *você*.

— Ah, tenho certeza disso. — Nyo sorriu. — Vamos, quero encontrar esse monstro logo.

Art abriu um meio-sorriso, mas a expressão logo se derreteu em seu rosto. Os olhos foram tomados pelo desespero, e ele passou alguns segundos encarando Nyo com a boca meio aberta antes de conseguir formar as próximas palavras.

— Nyo, *monstro*? — balbuciou, mas o amigo já tinha voltado a caminhar. — *Você disse monstro?*

— Você só vai descobrir se me seguir, Artinho. — Nyo virou-se para o amigo, sem parar de caminhar, com seu melhor sorriso travesso.

O aventureiro acelerou o passo, seus olhos fixos na gruta cada vez mais próxima. Não conseguia ver nenhum outro possível esconderijo para a criatura, então estava certo de que aquele era o covil do monstro. Não sabia muito bem o que faria quando o encontrasse, mas isso era um problema para o Nyo do futuro.

— Nyo, calma, calma, calma. — Art o puxou pelo braço momentos antes de chegarem ao local. — Você pensou no que está fazendo?

— Você *sabe* que a resposta é "não", Art. — Nyo provocou e piscou um dos olhos. — A última vez em que eu considerei as consequências das minhas ações foi provavelmente antes de eu aprender a amarrar os sapatos.

O outro abriu a boca, talvez preparado para argumentar, mas desistiu.

— Certo, vamos lá então.

Nyo arqueou as sobrancelhas.

— Você tá fraco, Art, achei que tentaria me convencer a desistir. — Nyo sorriu, com a cabeça jogada para o lado, e agarrou o braço do amigo. — Vamos, então!

A entrada da gruta era estreita, nem de longe tinha espaço para que um monstro esquisito se alojasse ali dentro, o que não era um problema. Teoricamente, deveria haver pelo menos mais uma entrada em outro lugar, e Nyo contava que essa tivesse pelo menos uns quatro metros de altura.

Não comportaria um gigante dos tempos antigos, mas talvez um dragão filhote ou lulas colossais. A verdade era que Nyo ainda esperava encontrar qualquer resquício dos gigantes em todas as suas aventuras, mas não tinha muitas esperanças para aquela além de se deparar com algum osso menor, talvez, nada muito mais interessante do que isso.

As primeiras estalagmites – ou estalactites, ele nunca sabia diferenciar – já se formavam na entrada, não tão pontiagudas a ponto de serem perigosas. Antes de explorar a gruta, Nyo tirou um segundo para examiná-las em busca de nequícias ou de alguma pedra muito interessante para acrescentar à sua coleção.

— Não acha que já tem pedras demais, Nyo? — Art se aproximou do amigo, que analisava com muito cuidado as formações da gruta. A rocha tinha um aspecto azulado que ele nunca vira antes, como um oceano azul cintilando sob a luz dos sóis.

— Não existe isso de *pedras demais*, Arcturo. — O menino franziu o cenho, o olhar fixo nas paredes da gruta. Uma sensação estranha pressionava a boca do seu estômago, e ele precisou de um segundo para conter o enjoo inesperado. — Eu nunca vi nada parecido. Essa parte azulada só se forma no interior da gruta, não é visível do lado de fora.

— Isso é… um bom sinal?

Nyo deu de ombros, virando-se para o amigo.

— Vamos descobrir.

Os garotos adentraram a gruta numa caminhada mais lenta, logo sendo tomados pela escuridão. A pedra azulada seguia por todo o interior da formação, e o caminho parecia livre de nequícias – o que Nyo achou muito estranho.

— Você não pensou em trazer uma tocha ou, sei lá, *qualquer coisa* para iluminar nosso caminho, Nyo? — Arcturo tocou seu ombro, puxando-o para mais perto. A luminosidade dentro da gruta já estava limitada, restando só alguns resquícios dos sóis lá de fora.

— Eu estava torcendo para o monstro ser um dragão — Nyo murmurou, ainda sem desviar o olhar curioso da rocha azul. — E aí *ele* poderia iluminar nosso caminho.

Art abriu e fechou a boca, com uma expressão incrédula.

— É difícil argumentar contra essa lógica — suspirou.

Caminharam por mais alguns minutos no silêncio absoluto, cortado apenas pelo ocasional gotejar de água. Não conseguiam identificar a origem do barulho, mas o ar parecia mais e mais úmido conforme invadiam o espaço. Nyo sentia os batimentos do seu coração cada vez mais fortes numa mistura de apreensão e curiosidade. Amava aqueles momentos quando todo o seu corpo se preparava para o que viria a seguir, o anseio e o desassossego correndo pelas veias e levando todos os seus sentidos ao extremo. As dezenas de vozes em sua mente ficavam em completo silêncio, sua atenção voltada unicamente ao mundo ao seu redor, preparado para reagir caso fosse atacado por uma planta carnívora, por exemplo – já aconteceu.

Arcturo, por sua vez, estava ansioso no pior dos sentidos. Não compartilhava a curiosidade animada de Nyo, apenas o mais puro terror do que poderia acontecer em seguida. Seus olhos verdes pareciam escurecer quando ele ficava nervoso – sempre acontecia quando Nyo o arrastava para uma nova aventura –, assumindo um tom quase castanho. Talvez fosse imaginação, mas poderia jurar que acontecia *de verdade*.

Os primeiros sinais de que a criatura realmente se escondia ali começaram a aparecer poucos minutos depois. Ranhuras nas pedras, o azul mais intenso das rochas e o cheiro adocicado de mofo convenceram Nyo de que estava perto, e ele definitivamente não pararia ali.

— Nyo, calma — Art sussurrou, segurando seu pulso. — Me promete que você não vai fazer nada estúpido se realmente existir uma criatura aqui.

O garoto semicerrou os olhos, sua respiração cada vez mais gelada, e virou-se na direção do amigo.

— Qual a graça de viver assim?

Art piscou várias vezes, seu olhar perdido num ponto além do ombro do amigo.

— Nyo... — ele miou.

O garoto virou a cabeça rápido demais, machucando o pescoço, mas não se importou com a dor quando seus olhos encontraram a criatura que surgia por entre as rochas.

Literalmente por entre as rochas. Era como se a gruta estivesse se moldando ao redor do monstro, que ia em direção aos meninos pouco a pouco, com toda a calma de quem tinha plena certeza de que era o mais forte daquele ambiente.

Seu crânio se moldava para fora da parede da gruta, formado pela rocha azulada que parecia brilhar ainda mais forte agora que criava vida. Os cinco olhos eram formados por safiras, mas Nyo sabia, pela sensação gélida no estômago, que a criatura os enxergava. A cabeça tinha um formato alongado, semelhante à de um dragão, e fendas onde deveria estar o nariz. Seu pescoço pouco a pouco tomou forma, incrustado com ainda mais safiras – mais olhos? –, seguido por um corpo cilíndrico com um par de tentáculos em cada lado.

A dupla estava longe o suficiente para que a criatura tivesse espaço para se retirar por inteiro do revestimento da gruta, tomando sua forma completa. Os quatro tentáculos o sustentavam em pé, tornando-o quase tão alto quanto o teto da gruta.

Os olhos de safira do monstro encontraram os de Nyo. Mais que isso, aqueles olhos atravessavam carne e ossos, viam Nyo além do que o garoto aparentava ser, enxergavam suas verdades.

Observavam coisas que Nyo havia enterrado e tentado esquecer.

Art ainda apertava seu pulso, a pele do garoto gelada como a de um cadáver, e com essa percepção Nyo permitiu-se retornar à realidade. Sentiu a respiração do melhor amigo em seu pescoço e tinha a impressão de ouvir os batimentos do seu coração. Não teve coragem de se mover, mas ajeitou sutilmente os ombros numa tentativa de tranquilizá-lo.

Não que Nyo estivesse tranquilo, de forma alguma, mas sabia que se entrasse em pânico Arcturo ficaria muito pior.

A criatura se aproximou lentamente, diminuindo a distância entre eles, até Nyo sentir a respiração morna em seu rosto. Seus pensamentos já não faziam sentido, frenéticos como um oceano em noites de tempestade. Não conseguia ordená-los, muito menos formular um plano para saírem vivos dali.

A sensação na boca do estômago retornou com violência, uma pressão intensa puxando-o para baixo e esquentando todo o seu corpo.

Arcturo fincou as unhas na pele do amigo, a dor quase imperceptível em meio ao infini...

2.
O guia de Nyo Aura para transformar experiências de quase morte em histórias muito malucas

— Nyo, pelos gigantes!

O garoto sentiu uma ardência no lado esquerdo do rosto e uma leve dor de cabeça pela súbita luminosidade. Seus olhos demoraram para se acostumar com a visão dos sóis, mesmo com a sombra de Arcturo cobrindo parte de um deles.

— Art, você me deu *um tapa*? — Nyo murmurou, o rosto ainda ardendo. Sua voz estava rouca, o esforço de falar machucava a garganta.

— Eu precisava que você acordasse — o rapaz respondeu, ajudando-o a se levantar e entregando-lhe um cantil d'água. — Não sei onde a gente está.

— Como não...? — Nyo olhou ao redor, esperando encontrar o lado de fora da gruta do monstro. Para sua surpresa, pareciam estar *em cima* da gruta, num espaço pequeno circulado pelo oceano. Ele conseguia ver a entrada lá embaixo, depois de uma descida quase vertical até as rochas. Nyo perdeu o fôlego.

— Art, o que aconteceu lá dentro?

O garoto estava pálido, certamente dando seu melhor para não entrar em pânico.

— Não sei, Nyo. Você entrou num transe, sei lá, e eu saí correndo com você nas costas. O monstro nem se mexeu, só ficou olhando. — Ele franziu o cenho. — Nós saímos pelo mesmo lugar que entramos, mas... Não sei o que aconteceu, mas nós caímos.

— Caímos? — Nyo olhou para cima, encontrando apenas o céu arroxeado. — *De onde?*

Art abriu e fechou a boca.

— Eu não faço a menor ideia. Assim que pisei para fora da gruta, mesmo vendo o caminho para a praia, eu caí. Se eu não estivesse te carregando, não sei onde você teria ido parar.

— Você caiu... — Nyo piscou. — E veio parar em cima de uma gruta?

O aventureiro respirou profundamente, buscando controlar seu coração. Arcturo ainda parecia em estado de choque, e Nyo sabia que precisaria assumir o controle o quanto antes. Art provavelmente só se manteve calmo enquanto o amigo estava inconsciente para se desesperar assim que ele voltasse a si.

— Certo. — Nyo balançou a cabeça, tentando voltar ao foco. — E o monstro não fez *nada?*

Art negou com a cabeça, mordendo o lábio.

— *Incrível.* — Nyo soltou uma risada nervosa. Ainda conseguia sentir as dezenas de olhos da criatura sobre ele, como se estivessem lendo seus pensamentos mais ocultos, mas ignorou essa sensação. — Eu considero essa aventura um sucesso, você não acha? Fizemos amizade com um monstro marinho, fomos transportados no espaço e, no geral, é uma ótima história para ser contada por gerações.

— Nyo... — Art abriu e fechou a boca. — A gente tá preso no topo de uma gruta.

O aventureiro revirou os olhos, chutando de leve o pé do melhor amigo, e observou os arredores.

Estavam bem no centro da formação que abrigava a gruta, dez passos para oeste os levariam para a descida íngreme até as rochas, que não era uma opção – morte certa, era impossível escalar. Dez passos para leste os levariam até o oceano, cada vez mais agitado com a maré alta.

— Bem — ele pigarreou, ajeitou a postura para demonstrar confiança nas palavras, mesmo que não a sentisse —, você está a fim de nadar?

Art levou alguns segundos para reagir à proposta.

— É isso — o rapaz murmurou. — Finalmente aconteceu.

Nyo piscou.

— Do que você está falando?

— Você ficou maluco de vez.

— Está vendo alguma alternativa melhor do que essa, Arcturo? — o aventureiro desafiou. Não tinham outra opção. — A gente precisa sair daqui de um jeito ou de outro.

— A gente vai *morrer*, Nyo. — Art arregalou os olhos, num estado de choque que o amigo nunca tinha visto antes. — Uma queda dessa altura vai nos matar, isso se não tiver monstros *não tão amigáveis* lá embaixo.

— Eu já nadei por estas bandas, Art. O máximo que vamos encontrar são esqueletos de outros humanos que também tentaram pular.

Art abriu e fechou a boca.

— Eu não vou pular.

— Pois bem. — Nyo chegou mais perto da beirada, o vento marinho emaranhando ainda mais os seus cachos. Virou uma última vez para Art e se esforçou para fazer a expressão mais desolada, dramática e inconsolável possível. — Espero que aquele monstro seja um amigo melhor que eu, então.

O menino mostrou a língua para o melhor amigo e pulou.

Nyo estava morto. Sem dúvida alguma.

Pulou sabendo que sua sobrevivência era improvável – mas jamais admitiria isso para Arcturo, não tinham nenhuma outra saída. Se tivesse sorte, a colisão com o oceano não doeria tanto e a passagem seria rápida.

O frio excruciante forçou o ar para fora dos seus pulmões numa violência brutal que certamente terminaria de matá-lo. A água gelada o envolveu, queimando sua pele, roubando o calor que ainda resistia entre suas veias, impiedosa e cruel.

Seu corpo agiu sozinho, num instinto primitivo de sobrevivência que tomou conta de todos os seus movimentos e que, mais tarde Nyo perceberia, foi o que ficou entre ele e a morte. Ele moveu suas pernas numa busca desesperada por uma escapatória que parecia cada vez mais improvável. A água pesava sobre seu corpo, os raios solares num brilho turvo desorientador, e por um instante seus pensamentos foram tomados mais uma vez pela certeza da morte.

Nyo não queria morrer.

O aventureiro tomou o controle, sabia que os instintos não seriam suficientes para salvá-lo. Seus músculos queimavam pelo esforço e ele já sentia sua mente enevoada pela falta de ar, mas os brilhos de Maasdri e Vaz estavam próximos. *Só mais um pouquinho...*

Ele sentiu uma explosão ao seu lado, jogando seu corpo para a direção contrária. Não pensou duas vezes, continuou nadando para cima sem se deixar atrapalhar. O único pensamento que ultrapassava a névoa de medo e aflição em sua mente era a busca por oxigênio – estava *tão* perto.

Nyo emergiu na superfície com o sangue trovejando em seus ouvidos, e aquele primeiro respiro foi talvez o mais doloroso de sua vida, o ar batalhava contra o oceano que ainda se recusava a abandonar seus pulmões.

Foram poucos segundos de um alívio imensurável, logo interrompido pelo barulho súbito de Art emergindo ao seu lado. O amigo começou a tossir furiosamente, e Nyo correu para ajudá-lo.

Ele não sabe nadar, uma voz em sua cabeça o lembrou.

Não não não não não.

Nyo sabia disso, é claro que sabia, como que ele pôde se esquecer? *Gigantes*, como ele conseguiu ser tão idiota? E por que *diabos* Arcturo não o relembrou disso *e ainda por cima* saltou ao seu lado?

O amigo lutava para se manter na superfície. As ondas o puxavam para longe, mas Nyo nadou até seus músculos queimarem pelo esforço, não parou até agarrar o braço de Art e puxá-lo para perto.

O rapaz tossiu várias vezes e lançou um olhar aflito para o aventureiro, num pedido silencioso de ajuda. Nyo voltou a nadar, dessa vez em direção à costa, e sentiu as tentativas frustradas do amigo de seguir seu ritmo. Ele nadou com mais afinco, segurando ainda mais forte o pulso de Art, e tentou colocar o braço do amigo ao redor do seu pescoço. Não parecia ter força para manter os dois na superfície, mas também não tinha nenhuma outra escolha.

Sentia o corpo vacilar, os músculos implorarem pelo descanso. Lutar contra as ondas e a correnteza ficava mais difícil a cada segundo e o peso de Art parecia aumentar sobre seu ombro, mas poucas vezes ele estivera tão determinado. Se desistisse, levaria Art junto para a ruína, e o garoto ainda tinha muito a viver.

Desistir nem passou por sua mente.

Garantindo que o amigo estava bem, Nyo impulsionou o corpo para a frente. Fez ainda mais força quando a praia se aproximou. Em pouco tempo Art chegaria em terra firme.

O momento em que ele sentiu seus pés tocarem a areia foi um dos melhores da sua vida. A dupla chegou à praia e Nyo não conteve a gargalhada que lutava para escapar da sua garganta. Sentia todo o corpo tremer, mas isso não importava de verdade. Precisava extravasar e gritar para o mundo que tinha sobrevivido, que tinha conseguido. Que tinha encontrado um *monstro marinho* e sobrevivera para contar a história.

O aventureiro cobriu o rosto com as mãos, deitado na areia gelada, revivendo os últimos momentos *insanos* e desde já pensando em como contaria aquela história para quem estivesse disposto a ouvir nas tavernas. Falaria que o monstro havia tentado comê-los, é óbvio, e talvez que tiveram de lutar contra seus tentáculos para fugir. Não poderia desperdiçar uma narrativa incrível daquelas.

Nyo se virou para Art, preparado para pular em cima do amigo e comemorar, mas viu apenas o relance do seu cabelo loiro já distante na praia, escalando as rochas que o levariam de volta para a cidade. Seu passo vacilava e Nyo conseguia ver claramente sua dificuldade em retomar o fôlego, mas ele parecia determinado a ir para o mais longe possível do amigo.

— Art! — chamou, correndo em direção ao garoto, mas ele não olhou para trás. — Arcturo!

Nyo só diminuiu de velocidade quando atingiu o rochedo, tomando cuidado para não escorregar. Seus olhos continuavam fixos no melhor amigo, apesar das bolinhas pretas em sua visão depois de ter se levantado tão subitamente. Não importava quantas vezes chamasse seu nome, Art não dava sinal algum de que o escutava. Sua sorte foi que o menino não tinha *nenhuma* capacidade de chegar sozinho até o final das pedras – ou, pelo menos, não antes que Nyo o alcançasse.

— Art. — O garoto segurou o punho do amigo, quase tropeçando em uma nequícia. — Art, o que foi?

O menino se virou para encará-lo, mas seus olhos não encontraram os de Nyo. Seu rosto estava vermelho – Art nunca conseguia mascarar as emoções, sua pele era branca demais e denunciava o que sentia –, e não parecia ser apenas pelo esforço. Ele pressionou a mandíbula com força, piscando várias e várias vezes antes de responder.

— Você quase nos matou, Nyo.

— A palavra-chave é *quase*. — Ele piscou, com seu sorriso mais travesso.

Arcturo revirou os olhos e voltou a caminhar.

— Art, é sério. — O menino o puxou. — Nós saímos vivos e com uma história incrível para contar, você deveria estar feliz.

— *Feliz*, Nyo? — Arcturo arregalou os olhos. — Caramba, você é ainda mais sem noção do que eu imaginava. Sei bem que você é inconsequente, mas o que fez hoje passou de todos os limites, cara. A gente poderia ter morrido.

— Mas não morremos. — Ele franziu o cenho, incomodado com aquela conversa. Art nunca agia assim, por que *do nada* resolvera se incomodar com o senso de aventura de Nyo? — De nada adianta ficar pensando em coisas que *poderiam* ter acontecido. O que importa é que a gente tá bem, e agora podemos falar para todo mundo que conhecemos um monstro marinho.

Arcturo abriu a boca para responder e seu corpo murchou, pareceu perder toda a energia agressiva de uma vez só. Enfim encontrou o olhar de Nyo e, esfregando a mão na própria testa, assentiu.

— Tá, tudo bem. Vamos pra casa.

Nyo não sabia como reagir. Estavam bem mesmo, então? Ele tentou questionar o amigo com o olhar, mas recebeu apenas o silêncio como resposta.

Sem mais nenhuma palavra, Art se apoiou em Nyo e os amigos passaram a caminhar lado a lado de volta para a civilização.

3.
O guia de Nyo Aura para fingir que está tudo bem quando você só quer deitar em posição fetal e chorar

Ekholm não era uma cidade bonita. Alguns culpariam as ruas lotadas de lixo; outros, as cinzas que caíam do céu constantemente por causa das queimadas na Terra de Ninguém. A mãe de Nyo costumava culpar os ossos, dizia que eles haviam sido a ruína de Caerus e que não deveriam ficar expostos daquela forma.

Art dizia que era a ausência de cores. Os únicos lugares em que se podia encontrar verde, azul e vermelho eram os que sofriam com a infestação de nequícias, e ficavam apenas nos arredores dos ossos ou em espaços pouco frequentados. As árvores já não eram mais do que cascos miseráveis, e flores e frutas existiam apenas nas histórias contadas pelos mais velhos.

Nyo até concordava com essas hipóteses, mas para ele a verdade era muito mais simples: Ekholm era uma cidade feia por causa das pessoas. A Junta tinha uma reserva de animais e plantações, onde produzia alimentos enlatados para a população, mas ninguém nunca tinha visto esse lugar. O povo definhava de fome e trabalhava incessantemente para comprar produtos cada vez mais caros e escassos. Havia poucas coisas bonitas em Ekholm, e o povo refletia essa falta em seu comportamento hostil. Seus lugares favoritos eram as tavernas porque os bêbados sempre desatavam a cantar, eram os únicos lugares onde a música ainda sobrevivia.

O aventureiro tentava se convencer de que era por isso que se incomodavam tanto com ele – como Nyo *ousava* rir alto em meio a tanta miséria? –, mas não conseguia dispersar o sentimento de que, se ele fosse um pouquinho diferente, talvez começassem a aceitá-lo. Não *queria* mudar só para agradar as pessoas à sua volta, mas... Bem, às vezes ficava meio solitário. Sabia que não demoraria para Art se cansar dele, e a vida ficaria bem pior.

— O que você vai fazer agora à tarde? — Nyo perguntou, batendo de leve com o ombro em Art. Estavam em silêncio desde que haviam saído da praia, e ele não aguentava mais.

— Trabalhar na padaria, provavelmente — o garoto suspirou. — Meu pai conseguiu um pouco de açúcar, vamos tentar fazer um bolo.

Nyo parou de andar de súbito, com a mão sobre o peito num movimento exagerado. Oberon, patriarca dos Kh'ane, tinha uma padaria no centro da cidade, onde as pessoas ainda conseguiam comprar ingredientes para fazer suas próprias comidas. Nyo e a estrondosa maioria da população nunca nem *viram* um pedaço de pão na vida real, muito menos um bolo de verdade. Art e sua família conseguiam comprar os ingredientes, mas não recebiam o suficiente para poder eles mesmos comer o que produziam, precisavam se contentar também com os enlatados. Cada fatia vendida pagava apenas um terço dos ingredientes caríssimos, o lucro nunca era o bastante para melhorarem de condição.

— *Bolo?* Art, você *precisa* me arranjar um pedaço, cara, por favor. Eu não consigo lembrar da última vez que provei algo doce na minha vida.

— Eu vi você virar dois copos de cerveja na taverna ainda hoje cedo, Nyo Aura. — O menino semicerrou os olhos.

— É muito diferente, *Arcturo Kh'ane*. — Nyo ergueu o queixo, mantendo a expressão mais séria possível. — *Isso* foi claramente um pedido de socorro, não conta. Um bolo me deixaria absolutamente exultante por pelo menos uma quinzena.

— *Absolutamente exultante,* Nyo?

— Por uma quinzena. — O aventureiro abriu um sorriso e colocou o braço ao redor do amigo.

— Bem, se você vai ficar *absolutamente exultante,* acho que não tenho escolha. — Art revirou os olhos, sem conseguir mascarar a risada. — Se eu conseguir, eu roubo um pedaço para você. Talvez eu seja preso por isso, mas acho que vai valer a pena.

Passavam pela rua principal da cidade – a Nova Ekholm –, onde ficavam os estabelecimentos frequentados pela parte mais rica da população. Estavam ali as alfaiatarias que produziam as roupas da Junta dos Líderes e também os restaurantes – que apenas os líderes conseguiam frequentar, com preços exorbitantes. A padaria do pai de Arcturo ficava numa rua por perto, o que já era capaz de elevar, e muito, o preço dos produtos. Art tinha condições de vida muito melhores do que Nyo, mas nem de perto boas o suficiente para que eles morassem perto da Nova Ekholm.

Os dois amigos gostavam de passear por ali, eram sempre surpreendidos por cheiros e cores que jamais encontrariam na região de Ekholm onde moravam, o Refugo, a pelo menos duas horas de caminhada a partir do centro da cidade. Art fazia o percurso da casa até a padaria todos os dias, e Nyo o acompanhava sempre que tinha tempo sobrando. Adorava caminhar pela Nova Ekholm em busca de histórias – grande parte dos pedintes ficava na avenida até escurecer, e eles sempre tinham muito a contar.

Nyo já tinha ouvido relatos de homens que fugiram para Terra de Ninguém e conseguiram voltar sem ser vistos – narravam lutas épicas contra criaturas reptilianas quase tão altas quanto as muralhas, encontros com ninfas e o que a imaginação deles permitisse –, pastores que juravam ver luzes alienígenas em seus campos no meio da madrugada e mulheres que conversavam com a Morte. Sua história favorita era de uma flautista que assombrava os sonhos dos mais corajosos, e conhecia cada um a partir da música que emanava de seus espíritos.

O aventureiro não acreditava em quase nenhum dos causos, precisava ver com os próprios olhos para ter certeza, mas eles sempre alimentavam seus sonhos à noite. A vida seria muito chata se Ekholm fosse tudo que existia. Nem criaturas fantásticas como o monstro marinho eram tão surpreendentes quanto o que ele imaginava existir para além das muralhas.

— Você já parou para pensar — Nyo disse, seus olhos fixos no horizonte — que talvez existam outros humanos no universo?

— É incrível como você consegue pensar em milhares de coisas ao mesmo tempo. — Art riu e deu de ombros. — *Eu* acho que sim, mas quero saber o que passa pela sua cabeça.

O aventureiro parou de andar.

— Calma, você acredita que sim?

— Ah, provavelmente. — Art franziu o cenho, inseguro. — Parece meio soberbo achar que somos os únicos, não acha?

Nyo arqueou as sobrancelhas.

— Acho que o universo seria entediante se só permitisse a vida em um único planetinha. Dizem por aí que só ao redor dos nossos sóis existem pelo menos outros doze mundos. — Ele olhou para cima, abrindo os braços. — E que existem mais milhares de estrelas no universo, cada uma rodeada por vários e vários planetas. Tem coisa demais pra além de Caerus.

— Você não pode acreditar em tudo que ouve em tavernas, Nyo. — Art meneou com a cabeça para que eles continuassem andando. — Eu acredito que deve haver vida, sim, mas *milhares* de estrelas? Não sei. Já li em algum lugar sobre isso, mas pareceu muito exagerado.

— Art, é só olhar para o céu. — O menino apontou os braços para o firmamento. Não havia estrelas em Ekholm, apenas o breu sufocante, mas Nyo já ouvira falar que com as lunetas da Junta era possível enxergar centenas de pontinhos brancos no cosmos. — Acha mesmo que tudo isso é um grande *vazio*?

— Talvez seja isso que os seres ultraevoluídos de outros planetas querem que a gente acredite. — Ele se inclinou na direção do amigo com as sobrancelhas arqueadas.

— Gigantes, Art, depois você fala que eu sou o maluco. — Nyo soltou uma risada alta. — A Junta dos Líderes sabe muito mais do que nos conta, eu tenho certeza. Se com uma lunetinha eles conseguem ver outros planetas perto de nós, pense o que poderiam descobrir com aquele telescópio gigantesco que estão construindo.

— Que você *ouviu dizer* que estão construindo, Nyo. Ninguém nunca viu isso.

— A gente também nunca viu nenhum gigante vivo, mas acreditamos que eles existiram. — O garoto abriu um sorriso vitorioso.

— A gente está a dez metros de um *dedo*.

— Que podem muito bem ter *implantado* ali para ninguém fazer perguntas desconfortáveis. — Nyo arregalou os olhos da forma mais exagerada que conseguia.

— *Você* me deixa desconfortável, Nyo. — Art enrubesceu e soltou uma risada nervosa assim que ouviu as próprias palavras.

— Ótimo, quer dizer que está funcionando. — Nyo piscou satisfeito. Sentiu suas bochechas queimarem, mas ignorou aquela sensação. Os sóis estavam muito fortes naquela manhã.

Art soltou uma risada alta, cobrindo parte do rosto com as mãos. O rapaz virou na direção de Nyo, caminhando de costas, e a luz de um sol bateu diretamente em seu rosto, o dourado fazendo todo o corpo do menino brilhar. Seus olhos assumiram um tom castanho-claro, as covinhas das bochechas ainda mais acentuadas contra a luz forte. Nyo se perdeu na imagem por um segundo e pigarreou, balançando a cabeça para retornar ao foco.

— Sei lá, Ekholm é a última cidade restante em todo o *planeta*, e todos sabemos que a humanidade não vai durar muito tempo por aqui, não nessas condições. Se não houver vida no resto do universo, então... acabou?

Art franziu o cenho, diminuindo a velocidade do passo, e pareceu perdido nas palavras de Nyo.

— Arcturo! Eu estava te procurando faz horas, menino. Por que está molhado? — Oberon, o pai do garoto, os encontrou no meio da rua com uma caixa nos braços. — Não importa agora, vem me ajudar com esse carregamento.

O menino suspirou e lançou um olhar soturno para Nyo. Oberon só então reparou na presença do amigo do filho e imediatamente pressionou a mandíbula, os olhos azuis faiscando.

— O que pensa que está fazendo aqui, moleque? — ralhou e se virou para o filho. — Já falei para não andar com esse garoto, Arcturo, você sabe o que a mãe dele fez com a nossa família.

Nyo sentiu seu peito fervilhar, o monstro que mantinha silenciado tentando gritar e escapar das grades. Não podia permitir que ele escapasse, não podia abrir do seu controle e libertar a raiva que sentia. Com muita dificuldade, o aventureiro respirou fundo e permitiu que seu corpo relaxasse. Ele sabia que tinha problemas para lidar com as próprias emoções, desde criança combatia esses impulsos, mas era muito mais difícil quando seu melhor amigo estava envolvido.

Oberon equilibrou a caixa em um braço e agarrou o pulso do filho com a mão livre, puxando-o em direção à padaria. Art tentou se desvencilhar por um segundo, num pedido de desculpas silencioso para o amigo, mas o menino o recusou com a cabeça, indicando que ele seguisse o pai. Art não podia se envolver em mais nenhum problema com Oberon, muito menos por causa de Nyo. Não valia a pena.

— Até amanhã — o aventureiro falou sem emitir nenhum som, mas movendo bem os lábios para que Art o entendesse.

O amigo ainda tinha uma expressão preocupada, mas Nyo o dispensou com um sorriso. Já estava acostumado.

Nyo caminhou para casa sem pressa nenhuma. Tinha um trabalho para dali a algumas horas, mas não queria correr. Pegou o caminho mais demorado, passando pelas ruelas menores que abrigavam as melhores tavernas da cidade – aquelas com as piores (e mais fortes) cervejas e com os bêbados mais divertidos.

Até os mais ricos, contudo, precisavam beber a cerveja medíocre servida nos estabelecimentos; era um dos poucos produtos que não se esgotavam, mas sempre tinha um gosto fraco e enjoativo, bastando apenas para embebedar quem o buscasse.

— Você de novo, garoto? — Matias, o dono de uma das suas tavernas favoritas, revirou os olhos quando o menino passou pela entrada. — Cansou de perseguir monstros?

— Dessa vez foi o monstro que me perseguiu, meu bom homem. — Ele suspirou e se jogou na cadeira mais próxima.

— Nada disso. — Matias o agarrou pelo colarinho da camiseta, a mão gelada contra a pele da sua nuca causou arrepios desconfortáveis por todo o corpo do garoto. Sem se preocupar em machucá-lo, o carregou até a porta da frente e o atirou para fora da taverna. — Os guardas já passaram por aqui me cobrando uma multa pelo excesso de barulho, não preciso de baderneiros e *menores de idade* no dia de hoje.

— Poxa, Matias, dezessete anos é *quase* vinte! — Nyo esfregou a mão na nuca machucada, trincando os dentes com a dor. — Prometo ficar quietinho.

— Hoje não, garoto. — Matias fechou a porta com força.

Nyo piscou várias vezes, sem saber como reagir.

— Ah, tá bom — murmurou, seus olhos presos na porta fechada. Sua mente ficou em completo silêncio por um segundo, tentando entender o que acontecera.

O rapaz levou alguns instantes para conseguir desviar seu olhar da madeira e voltar a pensar de forma coerente. Balançou a cabeça e soltou um suspiro profundo, obrigando seu corpo a voltar à realidade, antes de virar as costas para a taverna.

Ele nem queria estar ali mesmo.

4.
O guia de Nyo Aura
para criar um universo particular

As casas na região norte da cidade eram maiores do que as da rua principal e mais espaçadas entre si. Formavam quase uma pequena vila ao redor de um campo vazio que as crianças usavam para brincar. Nyo morava bem perto do campo, no extremo norte do Refugo, e Art vivia mais ao sul, numa região um pouco mais rica.

Foi ali que eles haviam se conhecido, bem no centro do Refugo, numa madrugada em que ambos tentaram fugir dos seus pais.

Corinna Aura — também conhecida como "a mãe daquele pivete" — tinha um esquema muito bem definido para roubar dos desavisados, algo que ela havia lido num livro antigo quando jovem: seduzia homens mais ricos e ameaçava explanar as traições para suas esposas se não pagassem uma mesada generosa todos os meses, sem exceção. A escola de Nyo tinha sido paga dessa forma, e ele nunca soube lidar bem com essa informação. Sua mãe poderia ter usado o dinheiro para qualquer outra coisa — com comida de verdade, por exemplo —, não precisava tê-lo torrado com o filho, mas escolhera investir em sua educação e colocá-lo em uma das poucas escolas boas do Refugo — onde o garoto iniciou sua não-tão-saudável obsessão pelas nequícias.

O aventureiro até sentia algum tipo de gratidão pela mãe quando se lembrava disso, mas a sensação nunca durava muito.

Corinna o envolvera em seus esquemas quando Nyo tinha apenas quatro anos – depois da escola, o garoto passava as tardes de casa em casa implorando por esmolas enquanto a mãe as invadia pelos fundos –, garantindo aos habitantes de Ekholm só mais um motivo para odiar completamente o garoto. Sua personalidade e espírito de aventura se tornaram justificativas para o desgosto deles só depois que ele atingiu idade suficiente para tomar as próprias decisões.

Uma noite, quando Nyo tinha seis anos, Corinna disse que o garoto precisava ajudá-la a ameaçar um dos homens que havia seduzido. Um padeiro com poucas posses, que tinha uma padaria perto da Nova Ekholm e uma reputação a manter. O plano era que Nyo invadisse a casa enquanto ela conversava com o homem, então sairiam de lá com mais uma mesada e, se tudo desse certo, uma ou outra joia.

As pedras preciosas eram raríssimas em Ekholm, as únicas que circulavam haviam sido mineradas das cavernas nos primeiros anos depois que as muralhas foram erguidas. Os moradores do centro adoravam exibi-las – era questão de orgulho para a maioria deles –, mas uns poucos comerciantes menores ainda conseguiam algumas joias pouco lustrosas, e o padeiro certamente devia ter tentado agradar a esposa com algum brilhante.

Nyo já estava acostumado, sabia exatamente como abrir janelas sem emitir ruído nenhum e como esconder todo e qualquer rastro que pudesse ter deixado. Odiava cada segundo daquilo e, lá no fundo, torcia para ser pego. Torcia para que sua mãe fosse presa, que ele fosse jogado em qualquer orfanato ou largado à própria sorte. Qualquer coisa seria melhor do que aquela miserável vida que levava.

Mais vezes do que conseguia contar, ele havia considerado sabotar a própria mãe. Poderia quebrar algo e atrair a atenção dos moradores, chamar algum guarda para pegá-la em flagrante ou qualquer coisa do tipo, mas não conseguia fazer isso. Não conseguia reunir a coragem, não conseguia... Ele não conseguia abrir mão de Corinna, apesar de tudo.

Naquela noite, ele entrou por uma janela escura, sem nenhuma luz acesa no interior. Faria um serviço rápido e impecável, não deixaria nada passar; poucas vezes estivera tão motivado a ser perfeito. Sempre que considerava sabotar a mãe ou fugir de casa, a culpa o tomava violentamente e ele passava os dias seguintes fugindo dos pensamentos e tentando se redimir com Corinna, mesmo que ela não fizesse a menor ideia do que passava pela cabeça do filho.

Ele tinha apenas seis anos, pelos gigantes, não deveria ser sufocado por uma culpa avassaladora por conta de emoções que não poderia controlar.

Assim que Nyo pisou dentro do quarto, contudo, ele apagou.

O aventureiro acordou com uma sensação aguda na testa, várias pontadas de uma das piores dores de cabeça que já sentira, impedindo que ele formasse qualquer pensamento coerente. O pequeno Nyo já havia passado por situações terríveis o suficiente para saber que não podia entrar em pânico, mas sua única vontade naquele momento era chorar e correr para a mãe.

Não, ele não podia. Não era uma criancinha.

O menino tentou se mover e percebeu que estava livre – esperara, pelo menos, ter as mãos amarradas. Abriu os olhos, ignorando todos os instintos que falavam para se fingir de morto, e a primeira coisa que viu quando se acostumou à baixa luminosidade foi a silhueta de um garoto da sua idade parado à sua frente segurando um pedaço de madeira. Ele o reconheceu imediatamente, o garoto de cachinhos dourados amado por todo o Refugo.

Arcturo Kh'ane tinha sete anos nessa época, havia feito aniversário no dia anterior e tinha medo de literalmente qualquer coisa. Sua mãe sempre fora muito protetora, quase nunca permitia que ele saísse de casa e dizia que os gigantes iriam voltar a qualquer momento para se vingar da humanidade, então ele sempre mantinha aquele bastão de madeira por perto, para se defender em caso de ataque.

— Droga, você quebrou a minha planta. — Art se desmanchou olhando para o vaso de cerâmica destruído ao lado de Nyo.

— Eu tô bem, obrigado por perguntar. — O menino limpou a areia de sua calça, desde já temendo a reação da mãe quando descobrisse que precisaria lavar sua roupa. A *planta* de Art não passava de um galho seco enfiado num punhado de terra, que agora estava esparramada pelo chão. — Você chama isso de planta?

— Eu tô criando ela pra virar uma árvore. — Art recolheu o galho seco com muito cuidado, segurando-o nas duas mãos em concha como se fosse seu bem mais precioso, e o colocou delicadamente em cima de uma mesa de cabeceira. — Igual as que tinha na época dos gigantes, com as folhas verdes e frutas do tamanho da minha mão.

Nyo não respondeu, prestando mais atenção nos pequenos cortes que a cerâmica tinha feito em seu pescoço do que nos devaneios do outro garoto.

— O que você tá fazendo? — Art perguntou, dando um passo para trás e se agarrando ao pedaço de madeira, só então parecendo se lembrar de que deveria estar com medo do menino desconhecido que invadira a sua casa.

— Eu *estava* tentando entrar em silêncio. — Nyo se levantou e semicerrou os olhos para o garoto loiro. — Por que as luzes estavam apagadas?

Arcturo piscou.

— Você ia me roubar?

— Se você não tivesse tentado me matar, sim.

— Eu não queria te matar. — Art parecia confuso com a conversa, deixando a curiosidade tomar o lugar do medo. — Achei que você era um gigante.

— Um... *Quê?* — Nyo piscou, encarando o menino sem saber o que dizer. Já não estava mais pensando em como se justificaria para a mãe ou em como fugiria daquele lugar sem ser preso. Ficou interessado na conversa do garoto. Já o vira no Refugo antes, era quase impossível se esquecer dos cachinhos loiros e da forma de andar aos pulinhos, mas não sabia mais nada sobre ele. — Como você mataria um gigante com um pedaço de madeira?

— Da mesma forma como mataram eles muito tempo atrás. Nyo piscou.

— Como...? *Quê?*

— Os gigantes viram pedra quando você bate no umbigo deles, todo mundo sabe disso. — O menino loiro apertou os lábios. — Eu li num livro, uma vez.

— Isso não faz sentido nenhum. — Nyo sorriu. — Mas eu gostei de você, vamos.

O aventureiro segurou o garoto pelo punho, ignorando os protestos e o desespero estampado em seu rosto, e o conduziu para fora da casa, de volta à madrugada fria no meio do Refugo.

— O que... — Art chacoalhou a mão, se livrando do aperto de Nyo. — O que você tá fazendo?

— A minha mãe vai surtar porque eu fui pego. — O menino continuou andando em direção ao campo. — Eu vou fugir.

Arcturo continuou parado, seus olhos fixos no garoto.

— Como assim, fugir?

— Eu cansei. — Nyo chutou uma pedra, seu coração disparando no peito com a certeza de que não era verdade, ele nunca fugiria. Não poderia abandonar Corinna. — Não vou voltar pra casa.

— Você não pode fugir. — Art correu até ele e segurou seu pulso. — Você... Como você vai viver?

— Eu te mostro. — Nyo saiu correndo por um caminho já muito familiar. Quando chegou ao campo, virou à esquerda em um pequeno beco escondido pelas sombras da noite, só visível para quem soubesse o que procurar. Havia encontrado o pequeno esconderijo alguns meses antes, quando a bola com que brincava fora parar ali no meio.

Arcturo parou de andar assim que Nyo entrou no beco, encarando o menino com os olhos arregalados.

— Eu não vou entrar aí.

— Não vai saber meu segredo, então. — O aventureiro mostrou a língua para o novo amigo e virou as costas, caminhando com calma até seu Universo. Tinha certeza de que o garoto o seguiria.

Art não precisou de muito tempo para decidir ir atrás de Nyo, é claro. Ele era medroso, temia até a própria sombra, mas a curiosidade falava muito mais alto. O aventureiro estava sentado ao lado de uma caçamba de lixo, escondido debaixo de um pequeno forte improvisado com lona, vários travesseiros e uma lamparina a óleo já antiga. A lona cobria espaço suficiente para abrigar os dois garotos com conforto, e o cheiro não era tão ruim, apesar de estarem tão próximos do lixo. Arcturo hesitou antes de se sentar ao lado de Nyo, mas não demorou a abrir mão do seu temor.

— Bem-vindo ao Universo. — Nyo entregou um biscoito duro para o novo amigo. — Garotas não são permitidas, e muito menos adultos.

O aventureiro abriu um sorriso nervoso, evitando o olhar do menino loiro. Nunca tinha mostrado o Universo para ninguém – nunca *tivera* alguém para mostrar, na verdade –, e só então percebeu o quão terrível era aquela ideia. *Que idiota, Nyo, ele não é seu amigo. E isso é só um pedaço de lona ao lado de uma caçamba de lixo...*

— Esse lugar é *incrível*. — Os olhos de Arcturo brilhavam. — Você fez tudo isso sozinho?

Nyo piscou.

— Sim, eu... — *O que estava acontecendo?* — Eu venho aqui quando minha mãe briga comigo.

Art encarava a lamparina com assombro – o objeto havia se tornado muito raro desde a invenção de energia elétrica, não podiam gastar o pouco óleo disponível em Ekholm com as lamparinas – e precisou de alguns segundos para continuar.

— Eu queria um lugar assim pra mim — ele murmurou. — Quando meu pai, bem...

Art deu de ombros, ficando em silêncio.

— O Universo pode ser seu também, se você quiser. — Nyo sorriu.

— Pode ser. — Os olhos do menino brilharam. — Meu nome é Arcturo. Ou Art, fica mais fácil.

— Prazer, Art. Eu sou Nyo.

5.
O guia de Nyo Aura para invadir o crânio de uma criatura milenar

Nyo entrou em casa em silêncio, tomando muito cuidado para que a porta não emitisse ruído algum. Sentiu a onda de calor assim que pisou na sala e viu a fumaça saindo da porta da cozinha. Ótimo.

Ekholm era sempre quente, não existiam estações do ano como antigamente, na época da Guerra dos Gigantes. Os sóis não tinham misericórdia alguma para com os habitantes da cidade, e cada dia parecia mais tórrido do que o anterior. Nyo insistia para que a mãe abrisse as portas e janelas sempre que fosse usar o fogão, mas Corinna nunca dava ouvidos ao filho e transformava a pequena casa em uma fornalha.

Eles viviam bem, na medida do possível. A casa era antiga, repleta de goteiras e um cheiro permanente de mofo, mas tinham quartos separados – Nyo ficaria ainda mais maluco se não tivesse um lugar para si – e um fogão de pedra, incomum para aquela região da cidade. A maioria dos vizinhos precisava improvisar com rochas e pequenas fogueiras no chão, e, segundo Corinna, era por isso que os odiavam tanto.

Porque eles tinham um fogão interno, que permitia que Corinna e Nyo comessem comida *quente* – que já era muito mais do que a maior parte dos habitantes do Refugo – e os vizinhos não. E não porque a mulher havia roubado de cada um deles.

Quer dizer, a mulher e *aquele pilantra filho dela*.

— Nyo? Vem me ajudar aqui.

Ele suspirou. Corinna tinha uma audição sobre-humana.

— Preciso me arrumar para o trabalho, mãe — tentou, mesmo com a certeza de que ela não se importaria.

— Eu disse *agora*, Nyo.

O garoto revirou os olhos e seguiu a trilha de fumaça até a cozinha. A mãe vestia uma de suas melhores roupas, um longo vestido de seda branco que reservava apenas para ocasiões ultra-mega-importantes, e um avental amarelado por cima, manchado pelo que parecia um molho marrom-claro.

— Eu queimei a janta, você vai ter de comprar algo para comer esta noite. — A mulher jogou o avental por cima da cadeira e apontou para a travessa fumegante. — Resolva isso. Vou para o centro, não me espere acordado.

O centro era como costumavam chamar a pequena área da cidade reservada para a Junta dos Líderes e para seus familiares mais próximos, com muralhas próprias ao seu redor. A mãe de Nyo estava envolvida com um dos oficiais de menor escalão — o coitado acreditava que ela dirigia um salão de beleza na rua principal, mas a ilusão não duraria muito — e não podia deixar ninguém descobrir que tinha um filho e uma casa ordinária na beira da muralha.

— Eu não tenho dinheiro, mãe. Só vou receber no final da quinzena.

Corinna revirou os olhos, sem tirar um segundo sequer para reparar na aparência do filho.

— Não me traga problemas, Nyo. — A mulher ajeitou os cabelos num pequeno espelho que deixava pendurado na porta dos fundos e saiu sem mais nenhuma palavra, deixando Nyo para lidar com o quase-incêndio na cozinha.

O garoto suspirou e foi procurar um pano para tirar a travessa de dentro do forno. A Junta distribuía semanalmente os mesmos enlatados nojentos para a população, e o forno interno permitia que Corinna e Nyo comessem comida *quente*, um privilégio que poucos habitantes do Refugo tinham.

O cheiro de queimado beirava o insuportável, mas ele estava estressado demais para prestar atenção em qualquer coisa além da sua irritação. Era típico da sua mãe, era *cotidiano*. Já deveria ter se acostumado, não deveria ficar tão irritado todas as vezes que ela fazia algo do ti...

— Merda! — ele xingou alto, derrubando a travessa. Não prestara atenção o suficiente e queimara parte da sua mão no metal, e a refeição se esparramou pelo chão, cobrindo seu sapato com o líquido marrom fervente.

Nyo chutou a travessa para longe com muita força, e ela estourou contra a parede, os cacos se espalhando por todo o cômodo.

O chão da cozinha já estava parcialmente coberto pelo molho, e a mão do garoto pulsava com a dor da queimadura.

Ele olhou ao redor, a sensação de desamparo se apossando do seu corpo pouco a pouco, tomando o lugar da irritação. Um suspiro profundo escapou dos seus pulmões, e Nyo sentou no chão, apoiando as costas numa parte limpa da parede. Deixou a cabeça tombar para baixo, apoiada nos joelhos, e ali ficou por tempo demais. Não sentia os segundos passarem, se concentrou apenas em não desabar.

Sua respiração voltou ao ritmo normal aos poucos, o impulso raivoso se dissolvendo em meio àquela... tristeza? Ele não sabia exatamente o que era a sensação de vazio que sentia, o desânimo asfixiante que roubava toda a sua energia. Nyo suspirou, voltando lentamente à realidade.

Com a mente silenciada pela apatia sufocante, Nyo se levantou e limpou a bagunça. Jogou pela janela os pedaços da gororoba carbonizada e enxugou o molho, sem se preocupar com a mancha inevitável que ficaria no chão de pedra. Ele não se esforçou muito, mas conseguiu deixar a cozinha organizada na medida do possível, apesar da ardência na mão.

Depois de tudo limpo, Nyo desistiu de almoçar e foi se arrumar para o trabalho. No dia seguinte receberiam um novo lote de alimentos para a semana, e então ele poderia comer.

Enquanto se preparava, precisou conter uma vontade insuportável de chorar. Não sabia exatamente por que: se era pela irritação, pelo cansaço, pela vida medíocre que levava dia após dia ou uma mistura de tudo, mas era um daqueles momentos em que a angústia o tomava por inteiro. Os olhos furiosos de Oberon estavam marcados em sua mente, uma lembrança constante de que ele nunca seria bem-vindo na casa da pessoa mais importante da sua vida. Nunca seria bem-vindo em lugar algum, na verdade.

Pelo menos estava sozinho, e não havia ninguém para vê-lo desabar.

— Ele *de novo*?

— Sempre uma simpatia, Oda. — Nyo piscou um dos olhos para a mulher. Oda era a chefe das escavações dos ossos de Ekholm, uma mulher negra com o cabelo preso num coque apertado e um eterno sorriso sarcástico.

— Ainda não achamos uma alternativa — esclareceu um dos subordinados cujo nome o garoto não conseguia se lembrar.

Nyo ainda era jovem para um trabalho de grandes proporções nos ossos, mas pouquíssimos profissionais em Ekholm aceitavam trabalhar tão próximos de nequícias. Elas cresciam em abundância ao redor dos restos mortais dos gigantes – mais um fato que era meramente *aceito* pela sociedade, mesmo ninguém tendo condições de explicar –, e Nyo era chamado pelo menos três vezes por semana para lidar com as plantas.

Ele tinha uma péssima reputação, sim, mas pelo menos era bem pago pelo trabalho.

— O que temos pra hoje, Oda? — perguntou, passando um braço pelo ombro da mulher.

Oda se desvencilhou como se o garoto fosse contagioso, lançando um olhar cheio de raiva, e apontou para o crânio em frente à muralha.

— Precisamos inspecionar dentro do crânio. Está lotado de nequícias.

Nyo sorriu.

— O que seria de você sem mim, Odinha?

O garoto caminhou até o osso, sentindo o olhar dos profissionais em suas costas. Estavam num campo aberto a poucos metros da muralha, onde não havia nada além de máquinas que já não funcionavam e terra avermelhada até o horizonte. Ekholm era uma cidade enorme, e o Norte era pouco populado – era onde se concentravam os maiores ossos, e a maioria da população evitava ao máximo ir até aquelas bandas.

Nyo imaginava que o crânio tivesse pelo menos cinco metros de altura, mas era péssimo com números e suas estimativas não eram muito confiáveis. Um arrepio percorreu seu corpo assim que ele se aproximou, imaginando aqueles monstros vivos, maiores e mais poderosos do que qualquer outra criatura que já viveu em Ekholm. Parecia inacreditável que os humanos realmente tivessem sido capazes de derrotar os gigantes. Era impossível, eles não passavam de formigas insignificantes aos seus pés.

O coração de Nyo se acelerou, como em todas as vezes que precisava contemplar aqueles restos mortais. Os ossos emanavam um cheiro gorduroso enjoativo, que ele já relacionava às suas melhores lembranças. Era sempre uma aventura incrível descobrir os segredos dos gigantes. O medo de ser engolido pelos ossos e a ansiedade que corria por suas veias eram como entorpecentes.

Viciantes.

As vozes ao seu redor se dissolveram, presas em outra realidade. Naquele momento, existiam apenas Nyo e o crânio de uma das maiores criaturas que já haviam pisado em Caerus. Uma criatura consciente, com uma linguagem própria e uma vida toda sua. Seria mais fácil se os gigantes fossem apenas monstros descontrolados, se a única natureza deles fosse a destruição. Seria mais simples entender por que haviam sido extintos, mas eles eram *racionais*.

Pelo menos, era o que todos acreditavam. Era senso comum em Ekholm que os gigantes tinham uma sociedade organizada – nos padrões deles – antes da guerra, e tinham uma consciência semelhante à dos humanos. Era só mais um daqueles fatos que ninguém conseguia explicar, ninguém ao menos tentava *entender*. Simples assim, uma verdade universal e incontestável.

Nyo não era como os outros.

Talvez as respostas não estivessem nas nequícias ou nos esqueletos, mas ele precisava começar de algum lugar.

O aventureiro encarou o desafio por algum tempo, tentando descobrir a melhor forma de entrar. Já explorara outros crânios, mas os caminhos daquele estavam particularmente difíceis de desbravar. A arcada dentária estava quase completa, sem deixar espaço algum para que ele penetrasse, e não havia nenhuma fissura grande o suficiente próxima ao chão. Normalmente, ele entrava pelas aberturas onde estariam os ouvidos – eram sempre grandes o suficiente –, mas nesse caso elas estavam bloqueadas por quinhentos anos de terra e rocha.

Nyo abriu um sorriso. Teria de escalar até os olhos.

Gigantes, eu amo meu trabalho.

O garoto tentou não pensar que estava prestes a se pendurar no *rosto* da criatura. Literalmente, aquele crânio já fora parte de um *ser vivo*. Era melhor se convencer de que era apenas um amontoado de pedras e não pensar muito nas implicações morais do que estava fazendo. Com certeza ele não ficaria à vontade se descobrisse que pessoinhas minúsculas escalariam o *seu* crânio depois da sua morte.

 Garantindo que a calça estava firme em sua cintura – incidentes passados o ensinaram a *sempre* verificar antes de escalar qualquer coisa –, Nyo firmou o pé num monte de terra na beira do crânio, alcançou uma pequena fissura no queixo do monstro e, com um impulso, jogou o corpo para cima.

 Não demorou para que ele conseguisse agarrar os dentes inferiores da criatura, ignorando a dor da queimadura nas mãos – quase insignificante naquele momento. Tomou impulso para se pendurar no olho direito, com um dos pés apoiados na fissura do nariz, já a pelo menos dois metros do chão – *onde minha vida veio parar, cara?*

 Nyo soltou um suspiro, reunindo toda a sua força, e ergueu o corpo até conseguir apoiar uma perna na órbita. O impacto em suas coxas espalhou uma dor aguda por todo o corpo e sem dúvidas deixaria um hematoma, mas ele já não prestava mais atenção nesses detalhes. A dor era apenas um ruído no fundo da sua mente, silenciada pela emoção aterradora que corria em seu sangue.

 O aventureiro sentou-se na órbita, uma perna para dentro do crânio e outra pendurada do lado de fora. Estava a quatro metros do chão, e sua respiração intensa acompanhava os batimentos acelerados do coração – pelo esforço e por estar *ali*, a cada segundo mais próximo das verdades que buscava.

 — Cuidado aí dentro, garoto, não conseguimos verificar se está vazio — Oda gritou, o eco se dissipando no ar.

 Lá em cima nada podia tocá-lo.

 — Obrigado por se preocupar, Oda, eu também te amo! — Nyo abriu um sorriso para a expressão de desgosto da mulher e pulou para dentro do crânio.

Um choque se alastrou pelos ossos de Nyo quando seus pés tocaram o chão, o impacto nos joelhos mais forte do que estava esperando – sabia que deveria aprender a cair do jeito certo, mas não perderia muito tempo com isso.

O aroma gorduroso do crânio era ainda mais intenso ali dentro, o ar carregado pela sensação etérea de uma realidade paralela, de um outro mundo. Os raios de sol lutavam para penetrar as rachaduras, as partículas de poeira flutuavam lentamente sob as luzes de Maasdri e Vaz, e o pouco calor que conseguia invadir o crânio ficava concentrado ali dentro. Nyo sentia que iria sufocar a qualquer momento, como se o ar pesasse em seus pulmões, exigindo muito mais força para entrar e sair.

Aquele lugar era um santuário para as criaturas que tinham vivido em Caerus havia tantos anos, a era dos gigantes preservada em meio ao seu cemitério.

Nyo inspirou profundamente, tentando sair daquele estado irreal como se estivesse acordando de um sonho muito lúcido. Observou os arredores em busca de qualquer ameaça iminente – nequícias venenosas, criaturas selvagens ou, sei lá, um dragão –, mas tudo parecia tranquilo. As nequícias estavam por todos os lados, lotando o chão com várias cores, subindo pelo interior do crânio até o topo, mas bastava um olhar rápido para descartar qualquer perigo imediato. Precisaria catalogar cada uma delas para reportar à equipe de inspeção, embora soubesse que nenhuma delas representava ameaça alguma.

Ele achava cômico aquele medo ilógico que o povo de Ekholm tinha das nequícias – de tudo que era diferente, na verdade, mas não tinham medo de uma ameaça bem maior. Eles confiavam cegamente na Junta, acreditavam que os líderes estavam racionando os alimentos para que a reserva durasse o máximo possível e não faziam perguntas. Já estavam muito bem adestrados, o medo de morrer de fome era muito maior do que qualquer faísca de revolta que pudesse se acender.

Nyo se lembrava de uma época em que a Junta tentara melhorar a imagem das nequícias, havia muitos anos. Mostravam que algumas eram comestíveis e nem todas eram perigosas, diziam que o povo só precisava tomar cuidado. Contudo, a campanha não fora muito longe. O temor já estava assentado sobre os habitantes de Ekholm, e retornava sempre que alguém acabava morto ou envenenado por uma das plantas. A Junta desistiu, depois de algum tempo, e a reputação das nequícias permaneceu a mesma.

O aventureiro já havia tentado fazer as pessoas perderem o medo, mas Art era o único disposto a ouvi-lo e logo desistiu de tentar convencer os outros. Recebia relativamente bem pelas inspeções, e seus dias eram sempre interessantes. Podia ser pior, não?

Era tão fácil identificar quais nequícias representavam ameaças verdadeiras. A princípio, qualquer uma que tivesse bolinhas brancas em meio às folhas era inofensiva, mas havia alguns detalhes mais específicos que Nyo havia aprendido em seus anos de experiências desastrosas. Por exemplo, algumas tinham florescências cor-de-rosa que emanavam um aroma açucarado – estas, em contato com água, criavam tentáculos fortíssimos que tentavam estrangular qualquer um que estivesse próximo o suficiente.

A maior parte do que sabia, havia descoberto em livros empoeirados na biblioteca da escola de sua infância, mas algumas coisinhas específicas tinham sido por tentativa e erro – ele deveria ser o único em Ekholm que sabia sobre as florescências rosa, por exemplo.

As inspeções se concentravam majoritariamente no exterior dos esqueletos, garantindo que não haviam grandes estragos feitos pela umidade, criaturas ou pelo próprio tempo, e Nyo ficava responsável pelo interior. A preservação dos ossos era um dos maiores objetivos e desafios da Junta dos Líderes, que os mantinha muito bem preservados como troféus de guerra, lembranças eternas de que, um dia, os humanos foram maiores que os gigantes.

— Vamos lá, então — Nyo murmurou, abaixando para inspecionar as plantas ao redor. Seus olhos muito bem treinados buscavam qualquer coisa fora do comum, qualquer mínima sugestão do que poderia ter causado a morte daquele gigante.

A maior parte das nequícias tinha o mesmo padrão morfológico: folhas rijas e cheias de suco ácido em seu interior, algumas florescências com padrões completamente aleatórios e um receptáculo frágil em sua base. As cores das folhas definiam a espécie, o tipo de receptáculo influenciava os efeitos causados por cada planta em específico, e as florescências eram como uma caixinha de surpresa: poderiam ser meramente bonitas, ou poderiam causar danos fatais. Era a parte favorita de Nyo.

Sem pressa, o aventureiro passou por cada espécime, dedicando a cada uma o carinho e admiração que merecia. Eram seres incríveis e mal-compreendidos, tinham um potencial gigantesco para formulação de remédios e até para alimentação, mas ninguém nunca se permitia olhar duas vezes para uma nequícia. Chamavam um especialista para eliminar qualquer uma que aparecesse em lugares indevidos, não gastavam mais do que um suspiro com as plantas. Nyo não agiria assim com elas, não conseguiria viver consigo mesmo se o fizesse.

Afinal, ele e as nequícias tinham muito em comum.

Ele levou menos tempo do que esperava para passar por cada uma, grande parte delas era da mesma espécie: tinham as folhas azuladas, o receptáculo amarelo e ocasionalmente alguma florescência branca. Eram ótimas para desmaios e fraqueza, e o garoto aproveitou para guardar dois espécimes em seus bolsos. Ao final, encontrou apenas duas que representavam algum perigo – causavam uma dor de cabeça fortíssima que poderia durar semanas –, mas seus efeitos só se manifestavam em quem as ingerisse.

Com um suspiro, aceitou que não descobriria nada de novo naquela inspeção.

Catalogou os espécimes que tinha encontrado, arriscando alguns rascunhos rápidos dos mais interessantes em seu caderno. Todo o seu conhecimento acumulado sobre as nequícias estava ali, aquele era o seu bem mais precioso, uma prova de todo o trabalho que tivera durante seus dezessete anos. Uma prova de que Nyo era muito mais do que um garoto problema.

— Tudo certo aqui dentro. — O menino deu alguns socos no interior do crânio para avisar à equipe que poderiam iniciar a inspeção, e se sentou com as costas apoiadas no osso, tentando não permitir que a decepção tomasse força.

Ainda não queria deixar aquele lugar, queria aproveitar mais alguns minutos ao lado das nequícias, como se a qualquer momento elas pudessem sussurrar segredos do universo para ele.

6.
O guia de Nyo Aura para esquecer que você é um lixo completo

Nyo sentou-se na órbita do gigante com as duas pernas para o lado de fora, num equilíbrio vacilante que poderia traí-lo a qualquer momento. Observou em silêncio a equipe de Oda finalizar a inspeção, cada um dos funcionários com um cuidado único que reservavam apenas aos ossos.

Os esqueletos assustavam grande parte da população, sim, mas era impossível não se fascinar depois de conhecê-los de perto. Era inacreditável que um dia aquelas criaturas tivessem pisado no mesmo solo onde hoje os humanos construíam suas vidas inteiras. Já haviam se passado dezenas de gerações desde a morte dos gigantes, e mesmo assim seus ossos eram a presença mais forte na vida de cada habitante de Ekholm.

O cemitério mantinha os gigantes vivos pela eternidade, e eles ainda estariam ali quando os humanos fossem extintos.

— Garoto, amanhã precisaremos de você na costela ali para norte no mesmo horário — Oda gritou, apontando para a direção da muralha. — Não se atrase.

A mulher guardou as amostras recolhidas numa mala e se virou, sem mais nenhuma palavra para o aventureiro. O grupo de cinco pesquisadores se afastaram do crânio, deixando Nyo sozinho com o esqueleto.

O menino se pendurou na órbita e pulou para o chão, deixando a dor nos joelhos e a ardência nas mãos se espalharem pelo seu corpo lentamente, aproveitando o choque de realidade que causavam. Olhou para o vazio quase infinito penetrado apenas pelas cinzas que caíam do céu sem interrupção. Ninguém o ouviria se gritasse, e esse era um pensamento absolutamente libertador, aterrorizante e, sobretudo, *enfurecedor.*

As emoções o invadiram com violência, irresistíveis e agressivas. Mesmo que lutasse contra a raiva que inflamava seu peito, ela sempre estava bem ali, preparada para se alastrar pelo seu corpo como uma onda furiosa e indomável.

O pior de tudo era que a culpa era toda sua. Se estava sozinho no universo, era porque tinha feito algo de errado, e era cansativo fingir que não se importava em não ser visto.

Nyo precisava ir para bem longe dali.

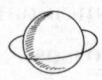

Correu até as costelas sem perceber. Não era a primeira vez que ia até os ossos mais altos de Ekholm, com quase sete metros de altura, mas não tinha planejado visitá-las. O aventureiro queria ir para bem longe do crânio, expulsar seus pensamentos, silenciar o medo sem sentido que o invadira.

O medo de ficar sozinho para sempre.

Art um dia vai arranjar uma família, ele vai cansar de me aturar. Um dia ele vai ter alguém, uma nova prioridade, e eu vou ficar sozinho. E ele merece alguém melhor que eu. Art merece o mundo inteiro.

Nyo não queria mais pensar.

Chegando às costelas, deu um impulso forte para saltar até os ossos mais baixos. Suas mãos gritaram de dor, mas ele conseguiu se pendurar e apoiar os pés nas vértebras do gigante. A parte posterior do esqueleto estava quebrada, como se a criatura tivesse recebido um golpe fortíssimo no peito, e por isso as extremidades das costelas eram perigosamente pontiagudas, então Nyo se manteve agarrado à coluna.

Teria um problema bem sério se escorregasse, mas ele nunca caía – só quando era de propósito.

As vértebras forneceram todo o apoio de que ele precisava para chegar ao topo, apesar de o vento seco do final da tarde lutar insistentemente para derrubá-lo. Apesar do perigo, Nyo teria que subir nas costelas. Se equilibrou cuidadosamente no topo, sentando-se da forma mais confortável possível com a lombar apoiada numa elevação no osso, e precisou de um segundo para que seu coração voltasse ao ritmo normal.

Ele estava no topo do mundo.

As costelas eram quase tão altas quanto as muralhas. Próximo como ele estava da construção, Nyo conseguia ver para além de Ekholm, via a Terra de Ninguém.

Existiam dezenas de lendas que arriscavam as verdades do que havia para além da muralha; cada uma mais improvável que a outra. Prometiam humanos selvagens que comiam os próprios filhos, criaturas quase tão grandes quanto os gigantes um dia foram, seres mágicos que realizavam os pedidos de quem os encontrasse. Prometiam avanços tecnológicos que a Junta dos Líderes não queria que o povo conhecesse, grandes civilizações escondidas, armas capazes de destruir o planeta e veículos que levariam as pessoas para todos os cantos do universo.

Independentemente de em qual lenda Nyo escolhesse acreditar, havia um fato: todos acreditavam na versão dos líderes de que Caerus fora devastado após a guerra dos gigantes. Acreditavam que as muralhas eram o único empecilho para manter afastados animais selvagens e mutantes, que de fato o planeta tremia e engolia porções de terra gigantescas – eles sentiam os tremores na cidade, mas nunca foi criada nenhuma fenda no solo. A Junta dizia que havia vulcões em constante erupção e que por isso caíam cinzas do céu a todo momento, que as terras não eram agricultáveis e que as águas dos rios eram tóxicas para consumo, que Ekholm teria o mesmo destino do resto do planeta se não conseguissem encontrar um novo lar para a humanidade.

Eram poucos aqueles que não acreditavam nas histórias contadas pela Junta dos Líderes, mas ninguém nunca conseguira provar que estavam erradas. As únicas estruturas tão altas quanto as muralhas eram os ossos, e apenas as equipes de inspeção tinham permissão para interagir com eles – mas não para escalá-los. Nyo nunca tinha chegado tão alto assim, nunca tentara espiar a Terra de Ninguém.

Não estava preparado para a possível decepção, sabia que a curiosidade era talvez o maior motivo para acordar de manhã: a possibilidade de um dia cheio de surpresas, a possibilidade de *finalmente* descobrir os segredos do seu mundo.

Nyo não estava pronto para descobrir que a vida não era tão interessante quanto ele imaginava ser.

Naquela tarde, contudo, não se importava. Queria desafiar o universo. Não estava pronto para a decepção, mas já não se importava. Queria descobrir a verdade, e lidaria depois com as consequências.

Por dezessete anos ele se impedira de olhar para fora das muralhas, mas Nyo não aguentava mais não ser bem-vindo naquela cidade. Precisava saber que existia mais, que o mundo lá fora era muito maior que Ekholm.

Ele precisava saber que tinha uma chance – mesmo que mínima – de recomeçar.

Assim que o aventureiro olhou para a frente, contudo, com a luz dos sóis despontando no horizonte queimando sua pele, ele se arrependeu de ter subido nas costelas e de ter ousado desafiar Caerus. Ele teve a certeza de que os Líderes falavam a verdade.

O planeta estava morto.

A primeira coisa em que reparou foram as cinzas. Elas haviam tomado cada centímetro disponível de solo, formando amontoados deprimentes em todos os cantos possíveis. Eram mais altos por perto da muralha, e Nyo percebeu que nunca havia se perguntado onde eram descartadas as cinzas que caíam em Ekholm. Ao longe, conseguia ver montanhas e mais montanhas, uma ou outra expelindo fios de fumaça e detritos do seu topo.

Não havia nada além da mais completa devastação, da ruína total de Caerus.

E Nyo sentiu uma parte de si morrer junto com seu planeta.

7.
O guia de Nyo Aura para buscar conforto em um mundo devastado

Art não demorou para chegar ao Universo depois do sinal que eles tinham combinado. Sempre que um deles queria fugir de casa por alguns minutinhos, batia na janela do outro e saía correndo até o esconderijo, e assim deixava avisado que estaria por lá e queria companhia.

Nyo *precisava* de Art naquele momento, e não tinha vergonha de admitir. Precisava que Arcturo o lembrasse que o mundo não estava acabando, que sua vida tinha alguma importância, que caso morresse alguém iria se lembrar de que ele já havia pisado em Caerus. Não era justo pedir tanto do melhor amigo, mas, gigantes, ele não sabia mais o que fazer.

— O planeta tá morrendo, Art — Nyo falou assim que o garoto se espremeu embaixo da lona. Já tinham feito várias reformas no Universo desde aquele fatídico dia dez anos antes, expandido o espaço para que os dois jovens se sentassem com bastante conforto, acrescentado cobertores e almofadas e deixado o ambiente mais agradável apesar da proximidade do lixo. — Eles não estão mentindo, é tudo verdade.

— Do que você tá falando, Nyo? — Art franziu o cenho, assustado com a expressão do amigo.

— Eu vi a Terra de Ninguém hoje. — O menino percebeu o corpo de Arcturo enrijecer assim que ouviu as palavras. — E é tudo verdade. Não existem outras cidades e outros humanos. O planeta tá sendo consumido pelas cinzas, eles nunca mentiram.

— Como você viu a Terra de Ninguém? Você subiu a muralha?

Nyo negou com a cabeça, seus olhos fixos num ponto aleatório sem que ele visse de fato qualquer coisa.

— Eu subi naquela costela do norte depois do trabalho.

— Merda, Nyo. — Art cobriu o rosto com as mãos. Se descobrissem que o garoto havia interagido com os ossos fora do trabalho, estaria em apuros. A Junta era mais violenta com pessoas interferindo no cemitério do que com qualquer outro criminoso. — O que você viu?

— Eu vi tudo que eles nos contaram, Art. O mundo está acabando, e Ekholm não vai durar muito. Eles nunca mentiram.

— Vai durar o suficiente. — O garoto apertou sua mão. — Nós não precisamos nos preocupar com isso.

— *Não vai, Arcturo.* — Nyo aceitou a mão do amigo, negando com a cabeça. — Eles dizem que precisamos ir para outro planeta para que a humanidade sobreviva, mas *como*? Como eles planejam fazer isso, se não temos combustível suficiente nem para os tratores? Se estamos parados no tempo, sem capacidade nenhuma de evoluir nossa tecnologia? Ekholm é um cemitério de máquinas tanto quanto é de gigantes. Como vamos *colonizar outro planeta*, Art? É impossível. A humanidade acaba em nós.

Art suspirou, cansado.

— Nós não vamos viver para ver isso, Nyo.

— Tá *tão perto*, Art, você não faz ideia. — O garoto sentiu lágrimas ameaçarem despontar em seus olhos. — Nós vamos ver o fim do mundo.

O amigo ficou em silêncio, seus olhos fixos nos de Nyo, vazios de qualquer sentimento. Ele se acomodou ao lado do menino, seus ombros se encostando de leve, e assim os dois ficaram pelo que pareceu uma eternidade. Nyo ficou agradecido por Art ter parado de fazer perguntas, não tinha certeza se queria falar sobre aquilo.

— Se for verdade, isso do fim do mundo — Arcturo murmurou, sua voz baixa para que apenas Nyo pudesse ouvi-lo —, a gente teve uma boa vida, pelo menos.

Nyo ficou em silêncio, mordendo o lábio inferior.

— Não acha? — o menino insistiu quando percebeu que o outro não ia responder.

— Boa? Não sei. — Nyo suspirou profundamente, incomodado com o quanto aquele dia estava lhe fazendo mal. — Em qualquer outra circunstância eu te diria que sim, que eu consegui viver aventuras incríveis e me diverti muito, mas hoje... Sendo sincero, hoje eu tô cansado de tentar ver o lado positivo de tudo.

Art cerrou os dentes, encarando o amigo como se estivesse batalhando para decifrar todos os segredos que se escondiam por trás de suas palavras. Ele desistiu de rebater, limitando-se a seguir o olhar de Nyo para o firmamento. Caerus tinha mais luas do que qualquer um conseguia contar, mas as três irmãs – Oféa, Ifenia e Hesoah – eram as maiores no céu noturno, numa dança eterna ao redor do planeta que iluminava o rosto dos poucos que ainda procuravam pelas estrelas.

— Às vezes acho que você foi a única coisa boa que já aconteceu na minha vida, Art — Nyo murmurou, sem pensar muito no que estava falando. — Você foi a única pessoa que olhou duas vezes pra mim.

— Em minha defesa, você literalmente me sequestrou da minha casa no meio da madrugada. — Ele soltou uma risada fraca, ainda com os olhos presos no universo.

— Eu *transformei* a sua vida, Arcturo. — Nyo bateu com o ombro no amigo. — Você não seria nada sem mim.

— Eu teria uma expectativa de vida maior, disso tenho certeza.

— E qual seria a graça de viver assim? — O aventureiro se permitiu rir, por um segundo se esquecendo que seu mundo estava prestes a acabar.

Nyo tinha dias ruins. Era comum, de vez em quando acordava sem energia nenhuma para manter sua personalidade, para se alimentar ou lidar com qualquer ser vivo. Era perfeitamente normal.

Contudo, aquele dia foi diferente. Foi longo demais, exaustivo em níveis insuportáveis. A tristeza que o invadiu foi diferente de tudo que já havia sentido, quase como se uma força muito maior do que ele o puxasse para baixo, impedindo que qualquer sentimento alegre ultrapassasse a barreira criada ao seu redor.

Certo, talvez ele estivesse sendo um pouco dramático. Talvez só estivesse tendo um dia ruim, mas...

Mas foi *terrível*. A sensação do mais completo abandono, de estar inteiramente sozinho num planeta fadado à destruição.

Uma vez, quando Nyo era muito pequeno, leu um livro sobre um garotinho que criava um universo inteiro dentro do seu quarto, em uma gaveta qualquer. Quando esse garoto cresceu, contudo, ele se esqueceu de levantar todas as manhãs para cuidar do seu mundo, para ajudar sua criação a continuar viva, a crescer e evoluir. O universo foi abandonado pelo próprio criador.

Nyo se perguntava quase todos os dias se ele mesmo fora esquecido dentro da gaveta de uma criança, largado à própria sorte.

Havia duas possibilidades: ou ele estava, de fato, abandonado às próprias escolhas, ou havia alguma força muito maior controlando seu destino, guiando cada um dos seus passos. Ele não sabia qual perspectiva o assustava mais: ou ele era realmente o culpado por tudo pelo que já havia passado ou o próprio universo o estava punindo. Independentemente de qual fosse a verdade, Nyo não via nenhuma possibilidade de a sua história ter um final feliz.

Interlúdio

Enquanto o jovem aventureiro divagava sobre o cosmos, deitado em sua cama com o coração batendo mais rápido do que o normal, o mundo que ele conhecia se desfazia ao seu redor.

Talvez as criaturas tenham sentido o que estava acontecendo, ou talvez tenha sido tão imperceptível para elas quanto foi para os humanos. Tão delicada e silenciosamente quanto a cinza de uma fogueira caindo sobre a terra molhada, todos os ossos que compunham o cemitério de gigantes se elevaram. Três ou quatro metros, talvez, não mais que isso. Alguns relatariam nos próximos dias que haviam sentido tremores ou ouvido estrondos incomuns, mas a grande maioria dos habitantes de Ekholm não sentiu a história se recriando. Nenhum deles viu a elevação dos ossos, nenhum saberia dizer o que fizera eles pairarem a poucos metros do chão, completamente estáticos.

Nyo estava acordado, seus olhos fixos no teto do quarto e com os pensamentos viajando por outras galáxias, mas não sentiu em momento algum a sua vida se transformar, o seu destino ser reescrito.

Eram poucos os que ainda se lembravam dessa história, e menos ainda os que acreditavam em suas palavras. Ela era contada aos sussurros, em cantos empoeirados das menores bibliotecas de Ekholm. Talvez nem mesmo os espíritos que percorriam o cemitério se lembrassem da verdade, renegada às mãos cruéis da roda do tempo.

Diziam que as três irmãs de Caerus haviam lamentado a morte dos gigantes desde o início dos tempos, e, muito antes de o primeiro ser humano soltar seu primeiro suspiro, amaldiçoaram a humanidade em represália ao destino que um dia imporia sobre a maior criação do universo. Oféa, Ifenia e Hesoah condenaram os homens à própria destruição, a um fim violento e inevitável.

No início da guerra, contavam as lendas, as luas haviam fugido do céu noturno e deixado o planeta em completa escuridão por três noites. Os gigantes eram criaturas do escuro, que prosperavam quando estavam o mais longe possível da luz dos sóis. Não se sabia se as irmãs queriam ajudar os gigantes ou meramente tornar o luto delas tão grande quanto o próprio universo, mas aquelas primeiras noites foram terríveis para a humanidade. Seus oponentes foram implacáveis.

Depois das três noites sem lua, contudo, os homens encontraram uma arma páreo para a força dos gigantes. Nessa parte, as lendas se tornavam mais confusas e nem os guardiões da história conseguiam explicar exatamente o que havia acontecido. Algo fatal, algo que permitiu que a humanidade sobrevivesse por mais cinco décadas a uma guerra que – literalmente – iniciou a destruição do planeta.

Caerus nunca teve chance.

Nyo Aura nasceu aproximadamente meio século depois do fim da grande guerra. Ele nunca achou que veria o fim do mundo, e muito menos o alvorecer de um novo. A verdade era que Nyo buscava grandes aventuras em Ekholm para que sua vida não parecesse tão pequena, mesmo que achasse improvável que o destino houvesse planejado uma jornada gigantesca para seu futuro.

Quão errado ele estava.

Nyo Aura acordou na manhã do dia setenta e dois do terceiro ciclo do ano quinhentos e quarenta e quatro sem saber que aquele era o começo do fim.

PARTE II

Os ossos

8.
O guia de Nyo Aura para manter a calma durante o fim do mundo

Uma voz se destacava entre as tantas que badernavam em sua mente, um pensamento desconfortável que tentava falar mais alto e tomar protagonismo. Era sempre assim, Nyo não conseguia se lembrar de um momento em sua vida em que sua cabeça não estivesse lotada de informações, ideias e constatações confusas sobre os assuntos mais aleatórios possíveis. Ele atribuía a essas vozes a sua dificuldade de ficar parado; seus pensamentos sempre estavam agitados demais para que ele conseguisse descansar.

Naquela manhã, um deles falava muito mais claramente. Não era bem um pressentimento, era quase... uma certeza. Como quando ele acordava com a sensação de que sua mãe estava em um dia ruim e não haveria como evitar uma briga, ou quando tinha certeza de que Art estava machucado e descobria que, de fato, o pai dele havia bebido no dia anterior e descontado a raiva no filho. Nyo tinha aprendido, depois de muitos anos, a confiar em sua intuição – e tinha certeza de que algo estava errado.

Não saberia dizer exatamente *o que*, mas acordou com a impressão que tinha algo de diferente no ar que respirava. Que a sua realidade fora distorcida. Considerou a possibilidade de estar ansioso por causa da descoberta da noite anterior; clamava tanto por algo que salvasse seu planeta da destruição que sua mente o convencera de que aquele dia mudaria tudo.

Nyo precisava saber a verdade, precisava saber se ainda poderia ter esperanças.

O garoto lavou o rosto, e a água gelada contra sua face fez sua pele formigar. Fez tudo com muita calma, adiando ao máximo a decepção que poderia ter quando abrisse a porta de casa. Passou um bom tempo buscando qualquer alimento perdido e, com o estômago roncando, constatou que teria de passar mais algum tempo sem nenhuma refeição. Só então aceitou que não tinha mais nenhum motivo para continuar em casa e, suspirando, pousou a mão sobre a maçaneta da porta da frente.

— Tudo ou nada, então — ele murmurou.

Não estava tudo bem, e isso ficou bem claro assim que Nyo bateu os olhos na praça principal do Refugo.

A estátua de uma flautista, que ficava bem no centro da praça, havia desabado. Seus destroços estavam espalhados por todos os lados, apenas a base permanecia fixa no solo. Nyo conseguiu ver a pequena flauta de madeira caída bem longe das mãos da garota, cujo corpo desmontado se espalhava pelo chão. Ele nunca tinha parado para prestar atenção naquela estátua, não sabia quem estava retratando ou por que era importante ao ponto de ficar bem no centro da praça – imaginava que talvez fosse sobre a flautista que aparece para os mais corajosos, como reza a lenda, mas não achava que ela fosse importante o suficiente, não sabia se outras pessoas conheciam a história. Precisou que fosse destruída para gastar mais de um segundo reparando nela, e mesmo assim não se demorou muito.

O lugar sempre estava lotado de crianças, pedintes e jovens perdidos em busca de alguma emoção; mas estava absolutamente vazio naquela manhã.

Ou todos os moradores do Refugo tinham decidido dormir até mais tarde, ou...

Nyo sentiu um arrepio se espalhar pelo corpo. O primeiro instinto que se apossou dos seus pensamentos foi correr, e ele lhe obedeceu sem considerar nem por um segundo o que estava prestes a fazer. Tentou esvaziar a mente, as vozes estavam cada vez mais altas e já faziam sua cabeça doer, mas todas elas diziam a mesma coisa:

Encontre Art.

Se alguma coisa tivesse acontecido com Arcturo...

Não, é claro que não, ele pensou, ordenando que as vozes ficassem em silêncio. Não aconteceu nada.

Nyo continuou correndo, a pequena parcela dos seus pensamentos que ainda podia controlar concentrada em procurar sinal de qualquer outra pessoa, mas era inútil. Não havia ali nenhuma alma viva além do aventureiro.

O caminho até a casa de Arcturo costumava levar pelo menos trinta minutos a pé, mas Nyo o finalizou em menos de dez. Não sentiu seus músculos reclamarem, e o suor não o incomodava. Sua respiração estava gelada, entrando e saindo do pulmão da forma mais dolorosa possível, mas ele não se importou. Ver a porta da casa do melhor amigo renovou sua energia, e ele apressou o passo.

Assim que chegou perto da entrada, contudo, ele percebeu. A sala principal dos Kh'ane tinha uma pequena janela que dava para o lado de fora, lugar preferido da mãe de Arcturo para olhar os vizinhos. Um alívio momentâneo se apossou do seu corpo quando Nyo reconheceu Qhianna atrás das cortinas, com apenas uma pequena fresta aberta, mas o conforto não durou mais do que um segundo. A mulher encontrou seu olhar e, arregalando os olhos, terminou de fechar as cortinas desajeitadamente, sumindo dentro da casa.

Nyo não soube como reagir. A família de Art o odiava, claro, entretanto Qhianna pareceu *assustada* ao reconhecer o garoto. Como se...

Como se ele tivesse causado seja lá o que estava acontecendo.

Não poderia ser, certo? Ele não fizera nada de mais no dia anterior, nada que pudesse afetar a vida de toda a cidade. Não, ele não era o problema. Não dessa vez.

Esperava que não, pelo menos.

Apesar da reação de Qhianna, Nyo foi até a porta da frente e bateu três vezes bem devagar, como sempre fazia. Precisava que Arcturo abrisse aquela porta *imediatamente*, antes que seus pensamentos fossem para aquele lugar sombrio e...

— Sai daqui, garoto, antes que eu te arranje problemas. — Oberon abriu a porta bruscamente, o dedo balançando a centímetros do rosto de Nyo.

— Cadê o Arcturo? — O garoto colocou o pé contra a porta, impedindo que o homem a fechasse sem responder.

— Você deixe o meu filho em paz. — Oberon chutou seu tornozelo e fechou a porta.

Nyo conteve a vontade de chutar a madeira – só pioraria a dor que o homem causara – e deu a volta na casa. O quarto do amigo ficava no térreo, sua janela voltada para um campo vazio com vários tratores maltratados pelo tempo. O garoto tomou cuidado para que os pais de Art não o vissem, ou Oberon seria bem mais agressivo.

A janela era trancada por um cadeado desde que Nyo invadira a casa dos Kh'ane naquele fatídico dia dez anos antes, e o garoto não poderia arriscar quebrar o vidro e chamar a atenção dos pais. O quarto deles ficava no primeiro andar, qualquer barulho os atrairia para fora.

Nyo bateu rapidamente na janela do melhor amigo, tomando muito cuidado para não emitir nenhum ruído alto demais, e logo a silhueta de Arcturo surgiu na sua frente. O menino abriu uma fresta da janela, seus olhos verdes arregalados.

— O que tá fazendo aqui, Nyo? Pelos gigantes — ele sussurrou.

— Você sabe o que tá acontecendo? — Nyo gesticulou para que ele abrisse toda a janela e entrou no quarto do amigo.

Art, sendo, é claro, o extremo oposto de Nyo, sempre mantinha seu quarto muito bem arrumado. A cama sempre estava feita, os livros organizados por cor e os vários potinhos cheios de terra e galhos enfileirados – ele nunca desistira do sonho de fazer uma árvore crescer. Naquele dia, contudo, seus lençóis estavam espalhados no chão, havia várias roupas para fora do guarda-roupa e livros abertos em sua escrivaninha.

— Você não viu, Nyo?

— Vi *o quê?* — O menino sentiu sua boca ficar seca.

Art jogou os cabelos para trás, parecendo perturbado sem conseguir focar seus olhos em um único lugar, e virou o corpo de Nyo em direção à janela.

— Lá no fundo, quase no horizonte. Como você não viu?

O menino franziu o cenho, cobrindo os olhos para evitar a luz dos sóis, e só então entendeu. Estava tão ansioso para descobrir se Art estava bem que não observara o ambiente ao seu redor, e nem olhou para o campo antes de entrar no quarto.

Como não havia percebido? Era impossível ignorar.

Um dos maiores crânios de Ekholm estava levitando, completamente estático no ar. A cabeça de um dos gigantes a vários metros do chão, competindo contra os sóis do início da manhã pelo reinado do céu.

— O que... Art? — Nyo balbuciou, as batidas do seu coração o ensurdecendo. Ele sentiu vontade de chorar. — O que está acontecendo?

— Todos os ossos amanheceram assim, Nyo — Art sussurrou. — Declararam Lei Marcial.

Nyo virou-se bruscamente para o amigo.

— *Lei Marcial?* — Ele arregalou os olhos.

— A Junta Militar agora está responsável por Ekholm — Art explicou, mas Nyo sabia muito bem o que aquilo significava. Toques de recolher, restrições para toda a população e a possibilidade de prender *qualquer um* que parecesse minimamente subversivo. — Todos devem ficar dentro de casa até segunda ordem. Como você conseguiu sair?

— Minha mãe não estava em casa — ele respondeu, sua voz fraca. — Não tinha ninguém na rua.

— Os oficiais devem estar concentrados ao redor dos ossos, então. Meu pai encontrou as declarações coladas nas portas de todos os estabelecimentos da rua principal.

— Ninguém sabe o que aconteceu? — Ele sentou na cama do amigo, tentando ignorar a ameaça iminente dos ossos. Sentia as pernas tremerem, o medo havia se assentado sobre todos os seus músculos.

— Se alguém sabe, não nos contaram. — Art fechou os livros em sua escrivaninha. — Eu passei a manhã inteira lendo em busca de qualquer coisa parecida, mas...

Ele negou com a cabeça. Nyo sabia o que aquilo significava.

— Nós precisamos descobrir o que tá acontecendo. — Ele se levantou bruscamente, sem pensar duas vezes antes de sair pela janela. Uma das pernas já estava para o outro lado quando voltou seu olhar para o melhor amigo.

Art continuou dentro do quarto, encarando Nyo com aquele olhar de "você está tomando mais uma decisão que provavelmente vai acabar na nossa morte". Típico.

— Você vem, Art?

O garoto inflou o peito e levou as mãos à cintura, resignado.

— É claro que eu vou.

🪐

Os dois amigos atravessaram o terreno vazio em poucos minutos, Nyo sempre alguns passos à frente de Arcturo. Passaram por meia dúzia de tratores abandonados, já caindo aos pedaços. O maior sonho do aventureiro quando criança era aprender a andar em uma daquelas máquinas, mas o pouco combustível restante era reservado apenas à Junta.

Ekholm havia parado de evoluir mais ou menos duzentos anos antes do nascimento de Nyo. As minas haviam se esgotado, o combustível se tornara raro demais para que seu uso pudesse ser generalizado, os animais foram confinados às reservas e a expectativa de vida da população era cada vez menor. O maior objetivo da Junta dos Líderes desde o fim da guerra fora desenvolver algum transporte que pudesse levá-los para outro planeta, mas já não havia esperança alguma de que isso fosse possível. Já haviam desistido de recolonizar a Terra de Ninguém – os danos eram irreversíveis – e passaram os últimos séculos olhando para o céu em busca de respostas e possibilidades.

Uma busca completamente inútil, se perguntassem para Nyo.

— Se virem a gente aqui, Nyo... — Art murmurou.

— Não vão nos encontrar. — O menino gesticulou para que o amigo acelerasse.

O crânio estava cada vez mais perto, e já conseguiam ouvir algumas vozes ao longe, ainda incompreensíveis. Quando se aproximaram o suficiente, Nyo meneou com a cabeça para que os dois se escondessem atrás de um dos tratores, a pouco mais de cinco metros de um pequeno grupo reunido.

O crânio estava completamente estático, nenhum tremor indicava que ele fosse afetado pelo vento. A parte de baixo do osso estava impecável, sem sinal da terra que sem dúvida o envolvia antes que ele se levantasse. Nyo reparou em um pequeno monte de terra revirada onde o crânio deveria estar, como se apenas o osso tivesse levitado, abandonando no solo tudo que não fosse remanescente do gigante.

Ele fitou as órbitas onde deveriam estar os olhos da criatura, fossos de escuridão sem fim que pareciam encará-lo de volta. Sabia que aquele gigante estava morto havia mais de cinco séculos, mas era difícil acreditar que o crânio não passava disso – de um esqueleto sem vida, sem nenhum poder. O ar parecia mais denso, como se estivesse em expectativa. Reverenciando o crânio.

— Recebi a confirmação de que não há nada interligando os ossos. — Um homem chegou perto do grupo com uma carta datilografada em mãos. — Nem nada os sustentando no ar. Nada que pudemos encontrar, pelo menos.

— Gaia passou alguma ordem? — perguntou uma das mulheres.

Gaia era a coronel da Junta Militar, uma das mulheres mais importantes de Ekholm. A Junta dos Líderes era dividida entre a área Militar, Administrativa e Social, e a Lei Marcial colocava a legislatura do exército acima de qualquer outra. Em todos os sentidos, Gaia era agora a pessoa mais poderosa do planeta.

Nyo reconheceu no grupo pelo menos três líderes, um de cada divisão, e algumas pessoas da equipe de escavação, inclusive Oda.

— Quatro líderes devem vigiar cada osso a todo momento, para impedir que qualquer civil chegue perto. — O homem correu os olhos pela carta, seus lábios pálidos pressionados em uma linha fina. — A qualquer momento vão enviar pesquisadores para descobrir a situação da Terra de Ninguém, mas já está confirmado que todos os ossos dos quais temos registros estão levitando.

Oda estalou os dedos das mãos distraidamente, seus olhos fixos no crânio acima deles.

— Como vocês pretendem enviar esses pesquisadores?

— Gaia aprovou o uso de três helicópteros. — O homem olhou para cima, como se esperasse que os veículos surgissem a qualquer momento, e murmurou: — Vamos torcer para essas espeluncas funcionarem.

— É verdade que um grupo tentou fugir, general? — um dos líderes perguntou.

O homem suspirou.

— Pelo menos uma dúzia de jovens do Refugo — disse, torcendo os lábios. — Malditos.

Oda cobriu a boca com as mãos, perguntando qualquer coisa que Nyo não conseguiu ouvir. O aventureiro virou-se imediatamente para Art, que parecia tão confuso quanto ele. Nenhum dos dois era próximo dos outros adolescentes do Refugo, mas sabiam o que aquilo significava; atravessar as muralhas era uma sentença de morte. Mesmo que conseguissem voltar com vida – o que era muito improvável, visto o que Nyo tinha descoberto no dia anterior –, a pena para essa infração era a máxima. Qualquer tolo que teimasse em trespassar as muralhas seria condenado ao exílio eterno na Terra de Ninguém.

— Alguém vai buscá-los? — Oda perguntou.

— É claro que não — o general resmungou, dobrando a carta em sua mão. — Não vamos desperdiçar recursos em idiotas.

Nyo pressionou os lábios, sentindo um nó se formar na garganta.

— O que eles estão fazendo? — ele sussurrou, talvez um pouco mais alto do que deveria. Seu coração trovejava no peito, e ele sentia a raiva queimar sua pele de súbito. — Vão deixar eles *perdidos* na Terra de Ninguém, no meio de um...

Nyo sentiu a pressão em seu peito aumentar até um ponto quase incontrolável.

— No meio de um apocalipse, Aura? — O general se aproximou da dupla. — Do fim de Caerus?

O aventureiro se levantou, muito menos intimidado do que deveria estar, e encontrou o olhar do homem. Ele tinha o cabelo raspado, expondo sua pele negra retinta à luz dos sóis, e sobrancelhas grossas que cobriam metade das pálpebras. Saros Sinker fora uma das primeiras vítimas da mãe de Nyo, e o odiava *profundamente*.

— Vocês vão deixar eles morrerem? — Nyo perguntou, lutando para que sua voz não falhasse.

Art se levantou atrás dele, segurando com força o pulso do amigo numa tentativa inútil de impedir que Nyo explodisse.

— Eles escolheram ir até lá — general Saros respondeu, os olhos faiscantes fixos nos do aventureiro. — Não temos tempo a perder com essas crianças. São menos bocas para alimentar, é sempre um ponto positivo.

Nyo mordeu os lábios, contendo as dezenas de xingamentos que vieram à mente. Era quase impossível, um monstro em seu peito clamava pela libertação. Não sabia explicar de onde vinha aquela raiva, diferente de tudo que já sentira em toda a vida. Era muito pior do que a tristeza do dia anterior, porque esta *queimava*.

— O que está acontecendo? — ele perguntou, tentando conter o monstro dentro de si. — O que vocês sabem?

— Não faça perguntas, Aura. — O homem torceu os lábios. — E vá para casa antes que eu te prenda por insubordinação, ou quer um passeio só de ida para a Terra de Ninguém? Você mesmo pode ir buscar esses jovens, se está tão preocupado. Um imprestável a menos para me incomodar.

— Por que os ossos estão flutuando? — Nyo endireitou a coluna, ignorando o último insulto do general.

— Nyo... — Art miou atrás dele, mas o garoto já não o ouvia mais.

Seus pensamentos estavam silenciados, nada ultrapassava a névoa túrgida que havia se apossado da sua mente, dominada pelos instintos mais primitivos. Nyo queria explodir e caminhar nas cinzas já frias da sua destruição.

— O que está acontecendo aqui? — Oda chegou perto do grupo, seus olhos arregalados ao perceber a presença de Nyo.

— Esse moleque acha que sabe mais do que a Junta Militar. Ele veio opinar sobre como devemos lidar com os desertores — o general ralhou, puxando Nyo pela gola da camiseta. — E está quase recebendo a mesma sentença que eles.

Nyo suspirou profundamente, as chamas tomando conta do seu corpo. Ele já não era mais soberano sobre as próprias vontades, respondia ao monstro e a ninguém mais.

Saros torceu a mão ao redor do tecido da camiseta do garoto, esperando pelo desenrolar dos acontecimentos, por alguma reação do menino.

Nyo fechou os olhos.

E explodiu.

9.
O guia de Nyo Aura para bater de frente com a pessoa mais importante do planeta

A Cratera do Ouro ficava no sul de Ekholm, e haviam dezenas de lendas envolvendo sua origem. Era proibido chegar perto do local, diziam que era exclusivo para pesquisa e escavações – os resultados desses trabalhos nunca foram divulgados à população, então ninguém sabia bem o que *de fato* acontecia ali dentro. Havia especulações, uma mais improvável do que a outra, mas nada de concreto.

O impacto do meteorito acontecera duzentos anos antes, ou pelo menos era o que se contava. Diziam que nas semanas seguintes à colisão diversos habitantes de Ekholm tentaram explorar a cratera; existiam diversas lendas acerca de estrelas cadentes e seus poderes fantásticos – dariam superforça e saúde eterna para quem os ingerisse, segundo os boatos.

Grande parte da população morreu intoxicada nos meses seguintes.

A Cratera nunca mais foi aberta para visitação, mas alguns ainda diziam que o meteorito fora enviado por seres alienígenas numa tentativa de entrar em contato com os humanos. Ela tinha três quilômetros de extensão.

A cratera causada pela explosão de Nyo tinha sete.

Quando ele acordou, demorou vários minutos para entender o que estava acontecendo ao seu redor. Eram vozes demais, cheiros e estímulos demais; seus pensamentos se recusavam a permanecer numa ordem lógica. A primeira coisa que conseguiu processar foi que o fedor de queimado vinha do seu próprio corpo.

Nyo abriu os olhos e teve a impressão de que tinha passado um bom tempo desde que desmaiara – várias dezenas de pessoas faziam um círculo ao seu redor, todas elas falando, ainda que Nyo não escutasse uma palavra sequer, e de olhos arregalados. Art não estava em lugar nenhum, nem o general Saros.

Ele olhou para baixo, esperando ver suas roupas chamuscadas ou pelo menos fuligem nas mãos – o cheiro era quase insuportável –, mas descobriu que estava completamente ileso e bem no centro de uma cratera gigantesca. Não conseguia identificar onde ela terminava, e parecia estar a pelo menos dois metros abaixo da linha do solo, como...

Bem, como se *ele* tivesse explodido.

Nyo tossiu, expulsando a poeira que o havia invadido, e descobriu que era quase impossível se mexer. Seus pensamentos estavam retomando a velocidade normal aos poucos, embora o corpo fosse preenchido pela mais pura *exaustão*. Nunca sentira nada parecido – não era doloroso, mas qualquer movimento exigia toda a sua energia. Seus ossos rangiam com o esforço.

Uma das mulheres gritou quando viu que o menino estava acordado, e ordenou que ele se explicasse imediatamente. Nyo não prestou atenção nela, estava mais preocupado com a possibilidade de estar morrendo. Ele deveria ser capaz de mexer os dedos, não? Por que mover os olhos era tão exaustivo?

Ele piscou, a luz dos sóis fortíssima mesmo com suas pálpebras fechadas.

— Nyo, se explique agora. — Uma mulher vestida com o uniforme da Junta Militar surgiu no meio do nada.

Nyo piscou, e dessa vez foi mais difícil abrir os olhos novamente.

— O que você fez, Nyo?

Suas pálpebras fecharam, e ele voltou ao vazio.

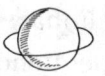

Ao seu redor, apenas o branco existia. Eterno, infinitamente profundo, zombando da sua humanidade, da sua vida pequena.

Nyo apertou as pálpebras com força para se acostumar com a luminosidade, mas não era o suficiente.

— Ele acordou, coronel — falou uma voz que o menino não reconheceu.

Antes que pudesse fazer qualquer coisa, sentiu mãos fortes o segurarem pela axila, forçando-o a se manter de pé. Seus músculos queimavam, clamavam pelo descanso, mas a pessoa atrás dele não permitiu que seu equilíbrio falhasse. Nyo sentia o sangue correndo em suas veias, o coração trovejando em seus ouvidos e na panturrilha num ritmo muito mais rápido do que o normal.

Depois de alguns segundos ou talvez várias horas, ele ouviu a porta do cômodo se abrindo com um estrondo e sentiu braços fortes forçando-o a se sentar em uma cadeira. Ainda não conseguia abrir os olhos, tinha medo de desmaiar se o fizesse.

— Nyo Aura, quem diria. — Uma voz feminina invadiu seus ouvidos, e ele teve a impressão de que já a escutara em algum lugar. — Consegue me ouvir?

A cabeça de Nyo tombou, e ele usou toda a sua energia para levantá-la e murmurar qualquer coisa.

— Ótimo — a mulher continuou —, eu preciso que você me conte o que aconteceu.

Ele abriu os olhos, mas não conseguiu mantê-los abertos por mais de um segundo. Foi o suficiente, contudo, para reconhecer quem estava à sua frente.

Coronel Gaia tinha a pele pálida como o luar em noites muito escuras, e os olhos estreitos tão negros quanto o firmamento sem estrelas. Seus cabelos pretos estavam presos num coque apertado, ornamentado com pedras escarlates e prateadas. A mulher vinha de uma longa linhagem de habitantes de uma região ao sul do planeta, um pequeno continente que foi um dos primeiros a sucumbir durante a Guerra dos Gigantes. Os mais ricos haviam fugido de barco para Ekholm – a cidade já era murada nessa época, e diziam que era o único refúgio seguro para os humanos.

— Dione, você tem paranécia?

Paranécia? O termo chamou a atenção de Nyo, trazendo seus pensamentos de volta à superfície por alguns segundos. As paranécias eram uma espécie de nequícia extremamente venenosa, capaz de acelerar o coração de uma pessoa ao ponto de – literalmente – estourá-lo.

O garoto tentou se desvencilhar dos braços que ainda o seguravam, mas não conseguia se mexer o suficiente, os seus membros pareciam pesar toneladas.

Sentiu uma dor afiada começar no braço esquerdo e se espalhar pelas veias conforme o líquido se misturava ao sangue, e precisou conter um arquejo quando retiraram a agulha da sua pele. Nyo sentiu um grito escapar da garganta, e seus olhos se abriram bruscamente.

As paredes brancas já não queimavam tanto a visão e as cores pareciam menos brilhantes. Seus pensamentos retornaram à velocidade normal, e ele conseguiu manter os olhos abertos por tempo o suficiente para entender que estava em uma enfermaria lotada. Todas as macas estavam ocupadas, mas nenhum dos pacientes se movia.

— Que bom, não são todos que sobrevivem a essa injeção. — Gaia abriu um sorriso. — Já se sente bem?

Nyo não conseguiu reunir as palavras para responder a ela.

— Vocês... — Ele limpou a garganta com a sensação de que sua traqueia estava sendo rasgada por dentro. — Vocês injetaram *paranécia* em mim?

— Relaxe, garoto, ela foi diluída mais de cem vezes — a enfermeira que o segurava respondeu. — Quase ninguém morre com essa injeção.

O aventureiro suspirou e voltou a atenção para a coronel, que o encarava com um olhar curioso. Seu corpo já havia voltado ao peso normal, ele sentia que conseguiria se manter de pé, mas a sensação de que havia algo *muito errado* ainda o afogava.

— Nyo, eu preciso saber o que aconteceu. — Gaia tinha a voz suave, mas ele não se deixou enganar. Ninguém nunca era *tão* simpático, muito menos com ele. — Você sabe o que causou esse movimento dos ossos?

Nyo engoliu em seco, se permitindo um segundo para organizar os pensamentos. Pelos gigantes, *o que* acontecera? Ele não tinha a menor ideia. A última coisa de que se lembrava era de sentir aquela raiva monstruosa tomar conta de toda a sua existência, e então de acordar no centro da explosão. Como ele poderia ter causado aquilo se não sabia ao menos *o que* havia feito?

— Eu não tenho a menor ideia do que aconteceu com os ossos, coronel — ele disse, tentando manter o contato visual. — E nem do que aconteceu comigo. Esperava que vocês pudessem me dizer.

— Sete testemunhas oculares afirmam que você atacou o general Saros com uma espécie de campo de força. Você destruiu grande parte da cidade com isso, a sua sorte é que a maior parte da sua cratera ficou do outro lado da muralha, caso contrário tenho certeza de que estaríamos contando corpos agora. — A coronel cerrou os olhos, todo o calor de sua voz desaparecendo tão rápido quanto havia surgido. — Mentir não vai ajudá-lo, Nyo.

— A última coisa que lembro é de estar conversando com o general no crânio do Refugo, eu não o ataquei. Ele estava muito mais próximo de me machucar do que o contrário, na verdade

— ele insistiu, contendo a irritação na voz. — Eu não faço a menor ideia do que aconteceu, e não tenho nada a ver com os ossos.

A mulher apertou os lábios e suspirou profundamente.

— Como explica o ataque, então?

Nyo segurou o impulso de revirar os olhos, a raiva que tanto o importunava ameaçando retornar com toda a força. Esperava que pelo menos a explosão tivesse cessado sua fúria, mas não foi o suficiente.

— Eu não sei o que responder, coronel. — Ele levantou o queixo de leve e tomou coragem para fazer a pergunta que não o abandonava desde que voltara a pensar com coerência. — Mas tinha um garoto comigo, o nome dele...

— Arcturo Kh'ane? Ele já está com os pais.

Nyo suspirou. *Gigantes, pelo menos isso.*

— Alguém se machucou?

— Quem estava muito perto da explosão foi arremessado a vários metros de distância, mas ninguém sofreu nenhum dano muito sério — a coronel respondeu com a voz monótona, como se estivesse recitando dados decorados de um relatório. — Garoto, eu não tenho todo o tempo do mundo. Você não sairá deste hospital até nos dizer a verdade, pode ter certeza disso.

O menino cobriu o rosto com as mãos, sentindo seu peito queimar.

— A verdade é que *eu não faço a menor ideia*, coronel. E, se vocês me deixarem sair daqui, talvez eu possa descobrir o que realmente aconteceu. Prometo que venho correndo contar pra vocês assim que eu tiver certeza de que não tem nenhum deus ancestral me perseguindo ou coisa do tipo.

Nyo falou com mais confiança do que sentia, tentando conter o gosto amargo que subia por sua língua. Ele poderia ter destruído toda a cidade. Poderia ter matado alguém. Poderia ter machucado *Arcturo*.

A coronel o encarou por alguns segundos sem demonstrar qualquer emoção em seus olhos impossivelmente profundos.

— Pois bem. Dione, me chame quando ele estiver pronto para falar. — A mulher virou as costas e se dirigiu para a porta.

Nyo abriu e fechou a boca, seus pensamentos acelerados em busca de algo que pudesse falar para se livrar daquele problema. As mãos fortes de Dione o pressionaram de volta para a maca, mas ele se desvencilhou da enfermeira.

— Calma! — exclamou, chamando a atenção da coronel. — Eu falo, mas preciso conversar com o Arcturo antes. *Sozinho*.

— Você não está na posição de fazer exigências aqui, garoto.

— Não tenho nada a perder, coronel. — Ele pressionou a mandíbula, esperando que Gaia não reconhecesse a mentira em suas palavras. — Vocês estão correndo contra o tempo.

A mulher deu um passo para a frente. Mesmo sendo mais baixa que Nyo, ele nunca se sentiu tão pequeno como naquele momento. Gaia tinha o olhar afiado como navalhas, e era capaz de fazer tremer até o mais corajoso dos homens.

A sorte de Nyo era que ele nunca fora corajoso, só inconsequente.

— Você tem cinco minutos.

10.
O guia de Nyo Aura para convencer seu melhor amigo a ser tão maluco quanto ele

Arcturo era um dos garotos mais adorados de Ekholm. O filho do padeiro que fazia as entregas por toda a cidade, sempre educadíssimo com os clientes, nunca causara nenhum problema. O completo oposto de Nyo.

Mesmo assim, a amizade deles foi inevitável. Depois do dia em que o aventureiro apresentou o Universo para o outro garoto, os dois passaram a se encontrar todas as manhãs para explorar Ekholm – Art sempre insistia que eles não se distanciassem muito do Refugo, mas era convencido por Nyo. A obsessão do menino pelos gigantes e pelas nequícias vinha de muito antes, e ele adorava ter alguém com quem compartilhar suas descobertas.

Um *amigo*.

Desde aquele primeiro dia, Nyo nunca mais participou dos esquemas da mãe, mas Corinna não aceitou essa desistência tão rápido. Muito pelo contrário, a mulher fez de tudo para manter o filho fiel a ela.

Em uma noite especialmente fria, o pequeno Nyo de seis anos caminhava sozinho pelo Refugo. As luas ainda reinavam no céu noturno, e o roxo-escuro da noite se confundia com o negrume, invadido timidamente por pinceladas violetas no horizonte. Nyo havia se refugiado no Universo no meio da madrugada, contando os segundos para o momento em que os cachinhos dourados de Arcturo Kh'ane iluminariam o seu dia. Ele não iria contar o que aconteceu durante a noite, não queria preocupar o amigo, mas não conseguiu esconder muito bem.

— Nyo, pelos gigantes. — Art arregalou os olhos verdes até eles se assemelharem a duas luas cheias de um verde impossível. — O que ela fez com você?

O pequeno Nyo engoliu em seco. Uma camiseta de gola alta tinha conseguido disfarçar as marcas dos dedos da mãe em seu pescoço, mas o olho roxo e os arranhões nos braços eram mais difíceis de esconder. Ele deu de ombros, desviando do olhar do novo amigo.

— Eu não quis ir com ela hoje.

— Nyo...

Art se aproximou, mas o aventureiro negou com a cabeça. Forçando um sorriso, falou:

— Tá tudo bem, eu juro. Só mais dez anos, e nós vamos fugir. Lembra?

Arcturo deixou escapar um pequeno sorriso no canto da boca, mas seus olhos ainda denunciavam a preocupação.

— Não sei como você acha que a gente vai sobreviver na Terra de Ninguém. — Ele soltou uma risada fraca.

— Você ouviu aquela história do livro, Art. — O pequeno Nyo olhou para o céu, absolutamente assombrado pelas luas. — Lá tem várias cidades de alienígenas que invadiram Caerus. Eles têm cachoeiras de açúcar e naves espaciais, vai ser incrível.

Art se apoiou ao lado do amigo, seus ombros se encostando de leve, e acompanhou seu olhar para o firmamento.

Os Kh'ane nunca permitiram que Arcturo tivesse amigos. O pai sempre desejou um garoto forte e prestativo que um dia o substituiria na padaria, e Art era o oposto exato disso. O menino havia nascido dois meses antes do previsto e sobrevivera por pouco, graças às mãos excepcionais de um médico do Refugo, e sua mãe nunca superou a quase perda do filho. Qhianna temia perder seu "pequeno milagre", e o manteve preso dentro de casa até Oberon tomar as rédeas da situação e obrigá-lo a trabalhar. Ainda nos primeiros anos de vida ele aprendeu que era frágil demais para sobreviver em uma cidade tão terrível quanto Ekholm, e graças ao receio de sua família por conta da sua saúde nunca passou muito tempo com outras crianças.

Art sempre foi muito gentil, não havia nem uma célula ruim naquele garoto. Nyo sabia que deveria ficar bem longe, que não podia contaminar o amigo com sua ruindade, mas a amizade era intoxicante – depois do primeiro minuto ao lado de Arcturo, o aventureiro soube que precisava daquele garoto ao seu lado pelo resto da vida. Talvez estivesse sendo egoísta, mas...

Bem, Art escolheu ficar.

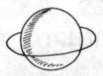

— Nyo, pelos gigantes. — O Arcturo de dezoito anos atacou o melhor amigo com um abraço antes que o garoto pudesse responder. — Achei que você tivesse morrido.

— Não vai se livrar de mim tão fácil assim, Art. — Nyo soltou uma risada que gerou uma dor afiada em suas costelas, mas ele não tinha tempo para se preocupar com isso. Então abaixou a voz. — Mas nós precisamos sair daqui.

O amigo parou e cruzou os braços.

— Tá bom, Nyo, antes eu preciso que você *explique*.

Nyo sentou na maca e indicou que Art sentasse ao seu lado. Dione havia colocado alguns suportes com cortinas ao redor da cama, mas ele não poderia apostar que não estavam sendo ouvidos.

— Eles não sabem o que aconteceu com os ossos — Nyo sussurrou, pressionando as costelas para ignorar a dor. — E nem o que... Bem, o que aconteceu *comigo*.

— Você não sabe o que fez? — Art arregalou os olhos.

— Eu só lembro de sentir muita raiva e depois acordar já no chão. A coronel me disse que ataquei o general, mas não fiz nada de propósito, Art. Eles estão tão perdidos quanto nós, mas...

Nyo engoliu em seco.

— Art, o que você acha que aconteceu com os ossos?

O menino franziu a testa.

— Como assim? Não faço a menor ideia.

— Não, não é isso. — Ele negou com a cabeça. — O que você *acha* que aconteceu?

Art levou alguns segundos para responder, parecendo assustado com a intensidade da fala de Nyo. Seus olhos escureceram, assumindo aquele tom cinzento como um oceano de fumaça.

— Acho... Não sei, se eu precisasse *chutar* algum motivo, acho que... — Ele franziu o cenho. — Talvez alguém ou algum ser vivo tenha feito eles flutuarem. Não acho que tenha sido algo natural, foi planejado.

— Exatamente. — Nyo abriu um sorriso nervoso. — E por quê?

Art mordeu os lábios, e respondeu, severo:

— Para chamar nossa atenção.

Nyo soltou o ar que prendia em seus pulmões, assentindo.

— Eu acho que é uma tentativa de entrar em contato com a humanidade. Acho que tem a ver com a morte dos gigantes.

Art abriu e fechou a boca, sua expressão confusa sendo rapidamente substituída pelo terror.

— Nyo, *não*.

— Art...

O garoto se levantou, cobrindo o rosto com as mãos.

— Nyo, você não vai fazer isso — ele sussurrou, movendo os braços pelo ar para suprimir sua vontade de gritar. — Até você precisa de *limites*, cara. Isso é loucura. Você *explodiu*, metade da cidade foi destruída, por sorte ninguém se machucou. Nós não podemos arriscar que isso aconteça de novo.

— Art, aconteceu alguma coisa *a mais* comigo hoje. — O aventureiro se levantou e segurou o braço direito do amigo, obrigando-o a se acalmar. — E obviamente tem a ver com os ossos. A coronel não vai permitir que eu descubra a verdade sozinho.

— O que é essa sua obsessão pelos gigantes, Nyo? Você vai acabar morto e *a troco de quê?*

— Eu preciso saber, Art. — Ele piscou várias vezes, espantando as emoções que borbulhavam em sua pele, ameaçando desligar seu cérebro e tomar o controle. — Não tô pedindo pra você ir comigo, mas preciso saber o que aconteceu. Hoje... — Segurou a mão do amigo, a voz embargada pelas lágrimas reprimidas. — Eu poderia ter te machucado.

Arcturo sentou mais uma vez, seus olhos marejados. O aventureiro sabia exatamente o que ele estava pensando: Nyo sempre colocava Art em risco, mas aquilo ia muito além do que estavam acostumados. Não podiam arriscar que acontecesse de novo.

Ele enterrou o rosto entre as mãos e disse, cansado:

— Eu sempre vou com você, Nyo.

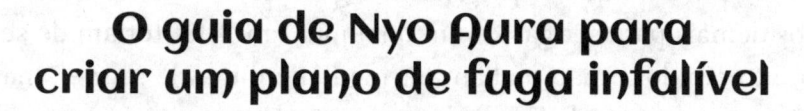

11.
O guia de Nyo Aura para criar um plano de fuga infalível

— Essa é uma péssima ideia.
— É a única que temos.
— É literalmente a primeira que você pensou, Nyo.
— Na maioria das vezes, essas são as melhores.
— O seu plano é *correr*.
— Eu nunca prometi ser sofisticado.

Arcturo revirou os olhos, ignorando a mão estendida de Nyo. Os dois tinham pouquíssimo tempo, a qualquer momento Dione abriria as cortinas e exigiria que o aventureiro cumprisse sua palavra à coronel. Talvez não estivesse fazendo a escolha certa, mas sabia que a mulher não o levaria para onde ele precisava ir.

Para cima dos ossos.

Gaia jamais permitiria que ele descobrisse a verdade sozinho, e era muito improvável que Nyo saísse ileso depois de ter *explodido* em frente ao general. Não sabia explicar o que acontecera, e a coronel nunca acreditaria na sua versão. Se fosse qualquer outra pessoa, talvez ela lhe garantisse o benefício da dúvida, mas a reputação de Nyo já era manchada demais.

Seu plano era simples, muito bem resumido nas palavras imortais de Arcturo Kh'ane: *correr*.

Estavam numa enfermaria lotada de pacientes no primeiro andar do prédio. Todos os vidros das janelas estavam quebrados

– cortesia dos tremores causados pela elevação dos ossos – e a praia ficava próxima, separada do hospital apenas pela avenida. Se chegassem à gruta do monstro, estariam a salvo.

Nyo *achava* que os projéteis dos guardas da coronel eram raros demais para ser gastos em qualquer um. Eles teriam de ser muito rápidos e não podiam ter medo nenhum de morrer, mas não era impossível. Art dissera que não havia oficiais perto do hospital, todos estavam concentrados no local da explosão, então aquele era o momento ideal. Todo o universo estava conspirando para que a fuga desse certo, ele tinha plena certeza disso.

Viu, Arcturo? Ele pensou em todos os detalhes do plano.

— Você tá pronto? — Nyo virou-se na direção da janela, o brilho tênue do final da tarde indicando a única saída da dupla. Não tinham nenhuma outra escolha, e *não podiam falhar*.

— Nem um pouco — o rapaz respondeu, colocando-se ao lado do melhor amigo.

Nyo considerou segurar a mão do menino para eles não se separarem na fuga, mas achou melhor não. Art precisaria acompanhar sua velocidade.

— Para a maior aventura das nossas vidas, fiel escudeiro. — Nyo piscou um olho para o amigo e arrancou em direção à janela quase ao mesmo tempo que Dione abria as cortinas.

Seus músculos protestaram depois de poucos passos, mas ele não deu ouvidos à dor. Pulou a janela ao som dos gritos da enfermeira e dos pacientes que haviam sido acordados de súbito pelo movimento. Ele virou a cabeça por um segundo para garantir que Art o seguia, e viu que o amigo *sorria*.

Maldito Arcturo Kh'ane.

Nyo soltou uma risada alta e acelerou o passo, alguns poucos gritos dos guardas o incentivando a correr mais rápido. Em pouco tempo, Arcturo o alcançou e os amigos passaram a correr lado a lado com sorrisos esperançosos no rosto – ainda não tinham ouvido tiros, e a praia estava próxima.

O rochedo que os levaria à gruta do dragão surgiu no horizonte, e, assim que o atingissem, a guarda da coronel não conseguiria acompanhá-los. Precisavam voltar para o topo da gruta, como tinham feito no dia anterior, e enfim estariam a salvo. Nyo conhecia aquela região como a palma da própria mão, e Art já fora arrastado para aquelas bandas mais vezes do que poderia contar. Eles sabiam se locomover entre as nequícias, e eram talvez os únicos na cidade que não temiam as plantas.

Quer dizer, Arcturo ainda era *aterrorizado* pelas nequícias, mas aos poucos estava se acostumando à presença delas. Ele conseguiria se virar no rochedo.

— NYO AURA! — A voz da coronel invadiu seus ouvidos, impossivelmente alta, mas o garoto não olhou para trás.

Ela não tinha mais nenhuma chance de prendê-lo.

O menino identificou a gruta do monstro ao longe, escondida de olhos menos minuciosos. Acima dela, no mesmo penhasco do qual eles haviam pulado no dia anterior, pairava um fêmur que antes se encontrava submerso no oceano. Ele já havia descoberto aquele osso havia anos, muito antes de saber que uma criatura monstruosa vivia na gruta a poucos metros dele – tinha nadado até o local, mas nunca chegou a pisar naquela praia, sempre retornava para o sul da cidade, onde não precisaria lidar com os rochedos.

O fêmur não estava tão alto quanto os ossos que haviam levitado na cidade, o oceano tinha pelo menos seis metros de profundidade naquela região, e a gruta os garantia em torno de três ou quatro metros de altura.

O salto seria arriscado, mas eles conseguiriam.

Os garotos atingiram o rochedo sob gritos histéricos dos guardas da coronel, que berravam sobre nequícias e lodo, mas nenhum deles olhou para trás.

Quando o primeiro tiro soou, Nyo agarrou a mão de Arcturo. Ele viu o projétil voar ao lado da cabeça e atingir os rochedos.

A Junta não podia desperdiçar munição, e ele tinha certeza de que não errariam o próximo tiro.

O aventureiro apertou a mão de Art e disparou em direção à gruta cada vez mais próxima. Estavam cercados por nequícias, e logo teriam a companhia de um monstro marinho – Nyo esperava que a criatura mantivesse o costume e *não os devorasse*. Contudo, pensando bem, desafiar o governo em uma fuga eletrizante e acabar comido por um monstro seria uma morte incrivelmente épica.

Poucos passos antes de chegar no barranco que os levaria à areia, o garoto puxou o melhor amigo e saltou.

Seus joelhos gritaram quando aterrissaram, e Nyo não parou de correr.

Mais um tiro soou ao longe, mas já estavam quase fora de perigo.

Quase.

Tudo aconteceu rápido demais.

Nyo sentiu a mão de Art se soltar da sua e o impulso súbito fez seu corpo ser jogado para a frente, sem conseguir amparar a queda. Ele rolou por vários metros, sentindo a areia queimar todo centímetro de pele livre. A dor nas costelas foi quase insuportável, e ele precisou de um segundo para conseguir levantar, ainda assim com uma dificuldade absurda em levar ar para os pulmões.

Seus olhos encontraram os de Arcturo quase imediatamente, e ele entendeu o que fizera o amigo soltar sua mão.

Um dos guardas da coronel estava segurando o garoto, com o braço ao redor do seu pescoço e uma pistola colada em sua têmpora. Os olhos de Art estavam arregalados, mas Nyo não encontrou neles terror, apenas uma determinação reservada àqueles que já aceitaram a morte iminente.

— Mais um passo, garoto, e você sabe o que acontece — o guarda falou com a voz rouca, falhando no final da frase.

O aventureiro engoliu em seco e procurou por respostas no olhar do melhor amigo. Ele sabia muito bem o que Art queria que ele fizesse.

— Mostre suas mãos e venha até mim, nós vamos retornar à coronel — o homem falou com a voz fraca, falhando nas últimas palavras.

Nyo engoliu em seco. Seus pensamentos pareciam completamente silenciados, não havia nenhuma voz em sua mente que pudesse ajudá-lo. Apenas o trovejar de seu coração ultrapassava a barreira do pânico silencioso que ameaçava destruir toda a sua vida.

Nyo saiu de seu transe ao reparar em um tremor na perna do guarda. Sua calça estava rasgada até o joelho, a pele por baixo completamente queimada, o vermelho-vivo da carne se espalhando rapidamente e tomando conta do corpo do homem.

As franécias eram uma das espécies de nequícias favoritas de Nyo. Qualquer contato com elas queimava a pele até os ossos e se alastrava por todas as suas extremidades do corpo, levando o indivíduo à morte em questão de poucos minutos. Eram raríssimas, mas ele sempre se mantinha atento para não tombar em uma sem querer. Não era uma morte bonita.

O guarda sabia que ia morrer. Mas, antes de partir, ele iria garantir que cumpriria as ordens da sua coronel.

Nyo sentiu a raiva borbulhar em sua pele, incentivando-a a crescer cada vez mais. Ele permitiu que ela tomasse seu corpo, os olhos colados nos do guarda.

— O que vai ser, Aura? Você ou ele?

O menino rangeu os dentes, sentindo a explosão se elevar até a superfície.

O monstro rugia, pois sabia que Art fazia parte de Nyo. Ele sabia que Nyo precisava que Arcturo sobrevivesse, sabia que quem ameaçasse a vida de Art era um inimigo. O monstro sabia o que fazer.

Nyo convocou tudo que havia de vivo e agressivo dentro de si, concentrando-se no homem que ameaçava o seu melhor amigo.

— Nenhum de nós, oficial.

Ele permitiu que a explosão se espalhasse pelo corpo, e a última coisa que viu foram os olhos suplicantes de Art.

Nyo sentia a pior dor da sua vida, mas isso não importava. Ele não permitiu nenhum descanso para o corpo, não esperou a visão voltar ao normal. Nada disso importava.

O aventureiro estava caído no mesmo lugar, mas não havia uma cratera ao seu redor. Na verdade, não havia *nada* de diferente, não sentia a mesma exaustão que o tomara na primeira vez que explodiu. Buscou por Arcturo e encontrou o amigo deitado no rochedo, se levantando com dificuldade. Seus pés se moveram antes que ele raciocinasse, e Nyo estava ao lado de Art em questão de segundos.

— Nyo, *o que você fez?* — O menino tinha a voz fraca, mas havia um sorriso impressionado em seu rosto.

— Você tá bem? — Nyo sentiu a garganta arranhar e se ajoelhou ao lado do amigo. — Onde aquele cara foi parar?

Art sacudiu a cabeça, pressionando a mão na testa.

— Ele saiu voando. — O garoto deixou escapar uma risada e levou as mãos à boca. — Calma, eu não posso rir disso.

Nyo abriu um sorriso.

— Você tá se tornando um garoto problema também, Art. — Ele olhou ao redor, procurando pelo guarda, mas não conseguiu encontrar o homem em lugar algum. Ele sentiu um peso se assentar em seus ombros. — Você acha... acha que ele morreu?

Arcturo segurou sua mão, apertando com força suficiente para prendê-lo à realidade.

— Ele não ia me deixar vivo, Nyo. Você me salvou. E tenho certeza de que aquelas feridas na perna dele eram franécias. Ele morreria de qualquer forma.

O aventureiro mordeu os lábios, a exaustão pressionando o seu corpo para o centro do planeta. Sua mente já não era mais capaz de processar nenhum som.

— Nós precisamos sair daqui — Art continuou. — Os outros guardas não vão demorar para nos encontrar.

Nyo não conseguiu entender o que aquelas palavras significavam, só sabia que era a voz de Art e que isso era a única coisa que importava. Art estava vivo e Nyo tinha salvado o amigo. Mesmo que aquele guarda tivesse...

Mas ele iria morrer por causa da franécia de qualquer jeito.

E talvez ainda estivesse vivo, apesar da explosão.

A morte pela nequícia seria muito pior do que uma morte causada pela explosão de Nyo. Mais dolorosa.

E ele tinha salvado Art. O guarda o teria matado. Ele o teria matado, ele o teria mat...

— Nyo, você precisa levantar.

O garoto encarou o melhor amigo. Um dos sóis estava atrás dele, criando uma aura dourada ao seu redor. Art era realmente aquele garoto de ouro sobre quem tanto falavam.

— Vamos, Nyo. Antes que eles nos encontrem. — Art o puxou pelo braço, obrigando-o a se levantar. Todo o seu corpo doía, mas a dor estava longe, em um mundo diferente, onde Nyo não havia causado a morte de um homem.

Não, ele não causara. O guarda morreria por causa da franécia.

Nyo piscou.

Eles estavam dentro da gruta, Art segurando seu braço com tanta força que sem dúvidas deixaria um hematoma.

Ele piscou.

Eles estavam *em cima* da gruta. No mesmo penhasco do qual tinham pulado antes. E o fêmur estava bem ali, ao lado deles.

— Art, como a gente veio parar aqui? — Nyo murmurou, olhando ao redor.

Arcturo tinha o olhar fixo no céu, com curiosidade estampada no rosto.

— Eu entrei na gruta e nós caímos aqui. De novo. — Ele jogou os cabelos para trás, ainda com a boca meio aberta.

— Ah.

O aventureiro assentiu, sem se importar de verdade com o fato de que haviam sido transportados no espaço duas vezes nos últimos dias.

Arcturo suspirou, voltando sua atenção para o amigo. Nyo estava completamente estático, em partes tentando se lembrar de como chegara ali e em partes sem dar a mínima. Deveria fazer alguma coisa, *qualquer coisa* para se livrar daquela sensação, mas não sabia discernir o que estava errado.

— Nyo, essa próxima parte eu não consigo fazer sem você. — Art apertou sua mão, tentando trazê-lo de volta.

— Nós podemos... esperar um pouco?

Art assentiu, puxando o amigo para mais perto do precipício – longe da vista de quem os procurasse –, indicando que ele se sentasse. Nyo obedeceu sem protestar, muito concentrado em se lembrar de como costumava respirar. O vento estava forte ali em cima, gelado demais contra a sua pele. Ele considerava positivo estar *sentindo* o toque frio, e não se incomodou.

— Você quer conversar sobre isso?

— Não muito. — Nyo sentiu a mão de Art apertar a sua, e subitamente uma onda de gratidão invadiu o seu corpo.

— Tudo bem se eu falar?

O aventureiro deu de ombros. Seus olhos focaram o horizonte, exatamente onde o roxo e o laranja se encontravam. Tinha lido em um livro antigo que, nos primeiros minutos do crepúsculo, o céu noturno se misturava ao pôr do sol e era possível ver *estrelas*.

Ele sempre quis ver estrelas.

— Eu tive certeza de que ia morrer, Nyo — o rapaz falou, virando a cabeça de Nyo para que o garoto encontrasse seus olhos. — Eu não estava preparado, nem um pouco, mas foi um pouco mais fácil porque eu sabia que você nunca pararia de buscar a verdade. Você me salvou, Nyo. Não faço a menor ideia do que tem acontecido nesses dois últimos dias, mas de alguma forma ou de outra você conseguiu salvar a minha vida com esse seu poder bizarro. E aquele guarda estava condenado desde que tocou a nequícia.

Nyo assentiu, sentindo seu coração palpitar no pescoço, ouvidos e no ponto exato em sua bochecha que Art havia tocado poucos segundos antes.

— E eu preciso de você pra terminar essa jornada. — Art tinha os olhos bem abertos, repletos de um brilho estranho que Nyo reconheceu muito bem: *medo*.

Não podia abandonar Arcturo. Não depois de tê-lo enfiado nessa situação. Nyo precisaria lidar com seus monstros depois que tudo fosse resolvido.

— Você tá certo. — Ele assentiu, balançando a cabeça com força. Tinha certeza de que nunca conseguiria reunir energia novamente para ser quem era antes, mas precisaria fingir, pelo menos. Precisaria convocar aquela parte de si que tomava o controle quando as coisas ficavam muito difíceis.

O aventureiro se levantou, balançando os braços e a cabeça rapidamente, expulsando todo pensamento que o levasse de volta para o guarda e a nequícia. Sabia o que tinha de fazer.

— Art, eu preciso que você me escute bem — ele sentiu sua voz falhar e limpou a garganta. — Você precisa voltar para a cidade e falar para a coronel que eu explodi de novo, dessa vez machucando *você* e o guarda. Fala que você percebeu que eu era instável e que não conseguiu me impedir de fugir. E que, quando eu tentei pular no fêmur, você me viu cair no oceano e ser levado pela correnteza.

Arcturo piscou, dividido entre a confusão e o medo.

— Do que você tá falando, Nyo?

— Você precisa se livrar de qualquer julgamento. Fala que todo esse tempo eu estava te ameaçando, fala que eu sempre fui um maluco e você tinha medo que eu explodisse e te machucasse se tentasse se afastar de mim.

— Você é um maluco se acha que eu vou mesmo fazer isso. — Art deu um passo para trás, com a cabeça levemente jogada para o lado. Ele olhava para Nyo como se não o reconhecesse mais. — Você salvou minha vida, Nyo.

É claro que não reconhecia. Arcturo estava finalmente percebendo que nunca deveria ter se aproximado tanto de Nyo, que deveria ter fugido enquanto era tempo. Olha onde eles haviam chegado.

Nyo nunca deveria ter deixado Art se aproximar tanto. Sempre soube que estava sendo egoísta. Seu amigo viveria mais longos anos e se esqueceria dele, do garoto problema de Ekholm. Ele merecia uma vida tranquila.

— Art, você não pode ficar no meio disso. Vai destruir todo o seu futuro se continuar.

— Nyo, eu sempre vou com você, é *óbvio* que eu vou com você — Art suplicou. — Mas também preciso que você confie em mim. Precisa entender que eu não vou te abandonar. Você é...

O rapaz engasgou e não continuou. Nyo tentou responder, mas não conseguiu encontrar as palavras.

Arcturo suspirou e revirou os olhos. Sem mais nenhuma palavra e sem hesitar nem por um segundo, andou até o extremo oposto da gruta. Seus olhos nunca estiveram tão determinados quanto naquele momento. Ele encarou o fêmur e, lançando um último olhar para Nyo, Arcturo disparou em direção ao penhasco e saltou.

12.
O guia de Nyo Aura para bater palmas pro pôr do sol e chorar quando vê uma árvore

Nyo soltou um xingamento *muito alto* antes de seguir o melhor amigo.

Maldito Arcturo Kh'ane.

Maldito.

Ele não tinha outra escolha. Não permitiu que o medo de cair falasse mais alto. Art aterrissou no osso em pé, mas caiu quase imediatamente e rolou para além do campo de visão do garoto. Ele teria de pular pelo menos um metro e meio de altura, e talvez dois metros de distância entre o penhasco e o osso.

Era um salto arriscado, mas Art conseguira. Ele só não podia ter medo de cair no oceano e morrer de forma extremamente violenta. Simples.

Nyo se posicionou o mais longe possível da beira do penhasco e, com um último suspiro, correu.

Assim que o aventureiro saltou, achou que iria conseguir. Traçou o arco que seu corpo faria até o fêmur e teve certeza de que acertaria a velocidade. Por uma pequena fração de segundo, *soube* que chegaria até Arcturo.

Tudo aconteceu em câmera lenta. Ele viu o osso se aproximando, mas de imediato percebeu que não havia calculado certo. O fêmur estava longe demais, e ele já estava caindo.

Pelos gigantes, ele estava *caindo*.

Mas então ele sentiu a força.

Não havia um nome melhor para aquilo que o controlava. O ar ao seu redor ficou denso, quase tangível, e se moldou ao seu corpo. Seus pés tocaram uma superfície, e ele ficou completamente estático, aparentemente sem nenhum suporte que o segurasse entre o penhasco e o osso.

Nyo estava... *voando*?

Ousou olhar para baixo, mesmo sentindo um terror inigualável que insistia que ele despencaria assim que encarasse seus pés, e viu o que o segurava.

Um disco dourado e translúcido sustentava seus pés, tremulando de leve contra o vento.

Nyo piscou.

É, o disco ainda estava ali.

— Ãhn... Art? — ele murmurou, em partes esperando o disco sumir e derrubá-lo no oceano.

O garoto não respondeu.

Ele segurou a respiração. Precisaria lidar com aquilo sozinho, pelo jeito. Não podia ficar parado ali para sempre, teria de dar mais um passo e testar sua sorte.

Certo, mais um passo.

Bora, Nyo.

Ordenou que seus pés se movessem, tentando assimilar aquele momento como só mais um dos fatos bizarros que aconteciam na sua vida nos últimos dias.

O aventureiro levantou o pé direito, hesitando antes de apoiá-lo no disco novamente. Seu coração estava em completo silêncio, e por um segundo considerou a possibilidade de já estar morto e tudo aquilo ser uma alucinação.

Essa hipótese, por mais incrível que pareça, o tranquilizou. Não poderia morrer duas vezes, certo?

Nyo deu mais um passo, e um novo disco se formou ao redor do seu pé, sustentando-o ainda no ar.

Estava seguro, então. Pelo menos era o que parecia.

Mais confiante, Nyo tentou ir para cima como se houvesse uma escada à sua frente – descobriu que o segredo para não sentir medo era fingir que era imortal –, e os discos obedeceram a sua vontade, tomando forma no vazio conforme ele movia os pés.

Sem temer parecer um *completo maluco*, Nyo soltou uma gargalhada.

O que diabos estava acontecendo na sua vida, pelos gigantes?

Nyo começou a correr em direção ao fêmur, já confiando sua vida aos discos dourados. Bastaram cinco passos para atingir o osso, tão gigantesco em extensão que não conseguia ver o seu fim. Evitou pensar em como seria encarar uma criatura daquele tamanho com apenas seu próprio corpo e inteligência como defesa, sua confiança falharia se permitisse que seus pensamentos chegassem a esse ponto.

Ele se aproximou do osso – Arcturo não estava em lugar nenhum – e pulou.

Seus pés atingiram a superfície sólida, mas o mundo já não era o mesmo.

Visto do solo, o fêmur parecia ter mais de dez metros de comprimento e pouco menos de dois metros de largura, desconsiderando as elevações da epífise – a parte arredondada das extremidades. Ali em cima, contudo, Nyo não conseguia mais ver o planeta ao seu redor, como se o osso tivesse se expandido pelo infinito.

O esmalte branco do osso tomava conta da sua visão, sumindo no horizonte contra o céu violeta. Ele não deveria ser tão grande assim, como se o aventureiro tivesse encolhido e assumido o tamanho de um inseto.

Era como se Nyo estivesse em um mundo completamente novo.

A superfície brilhava contra a luz dos sóis, o branco infinito era interrompido apenas por nequícias ocasionais (provavelmente carregadas pelo osso no momento da elevação) e por...

Árvores?

— Incrível, né?

A voz de Arcturo acordou Nyo do transe, e sua atenção foi desviada para o melhor amigo ao seu lado.

— Art? — sua voz falhou. Um sorriso tomava conta do rosto do amigo, apesar do sangue em sua bochecha esquerda. Nyo arregalou os olhos. — O que aconteceu com você?

— Eu caí bem feio depois do pulo, ralei o rosto e todo o braço. — Ele estendeu o braço esquerdo e mostrou o sangue seco em sua pele. — Mas isso não importa agora. Olha onde a gente tá, cara.

Arcturo soltou uma risada, olhando ao redor com assombro. Nyo franziu o cenho e espremeu os lábios.

— Art, você bateu a cabeça quando caiu?

— Provavelmente. — O menino deu de ombros. — Como você não tá dando vários pulinhos de alegria, Nyo? Você sempre quis uma aventura.

— Eu não... — Nyo abriu e fechou a boca, não conseguia pensar em como responder àquilo.

— *Você*, Nyo Aura, *tá com medo*? — Art sorriu e passou um braço pelo ombro do melhor amigo. — Não acredito nisso.

— O que eu acho é que *você* tá em negação. — Nyo soltou uma risada nervosa. — Como você não tá em pânico?

— Ah, isso eu tô. Mas a gente já tá aqui, não é mesmo? E aparentemente não temos como voltar.

Arcturo apontou para trás. Nyo seguiu o amigo, acreditando que veria o penhasco do qual haviam pulado, mas o fêmur seguia infinito para todas as direções.

— Que dia estranho, cara — Nyo murmurou.

— E a nossa única opção é continuar, pelo jeito. — Art apertou o abraço e soltou um suspiro profundo. — Se você não pensar muito, dá pra se acostumar com o quão bizarro é tudo isso.

— Você atingiu um nível assustador de clareza nesses três minutos que eu levei pra chegar aqui, Art.

— E eu achei terrível da sua parte essa demora, Nyo. Eu poderia estar agonizando de dor.

O aventureiro se abaixou para examinar uma nequícia próxima, completamente vidrado naquele novo universo, sem prestar muita atenção nas palavras do amigo.

— Eu quase caí, na verdade — falou, cerrando os olhos para tentar entender se aqueles pontinhos brancos na planta eram insetos ou florescências. — Mas um disco dourado mágico me sustentou no ar, e eu vim caminhando até aqui.

— Ah. — Arcturo travou. — Calma, o quê?

Nyo se levantou com a planta em mãos, guardando-a em um dos bolsos da calça – sempre usava calças folgadas e cheias de compartimentos justamente para esse tipo de ocasião. Aquela nequícia era comestível, apesar de o gosto não ser dos melhores, e poderia ser útil para os amigos enquanto estivessem ali em cima.

— Acho que tem alguma coisa a ver com as explosões — o garoto falou, lutando para focar a realidade e impedir que sua mente fosse para outros lugares. — Não sei direito, e nem sei se eu conseguiria repetir. Mas foi… *mágico*, não tem nenhuma outra palavra pra explicar. Nunca vi nada parecido.

Arcturo ficou em silêncio, seus olhos fixos nos do melhor amigo.

— Você disse que eram discos dourados? — perguntou, enfim.

— Sim, e eles… Não sei, eles tremulavam no ar. Como se não fossem feitos de matéria sólida.

Art franziu o cenho.

— E eles surgiram quando você tentou pular?

— Eu quase caí no vão entre o penhasco e o osso, e eles me seguraram. — Nyo mordeu os lábios, inseguro com o rumo daquela conversa. — Você não vai pedir pra eu pular do osso pra gente testar, né?

Art pigarreou.

— Não, não. Claro que não. — Ele limpou a garganta, claramente lutando contra uma risada. — Não acho nem que a gente conseguiria achar o *fim* desse lugar.

O aventureiro insistiu em olhar ao redor, apesar de já ter certeza de que não conseguiria ver os limites do fêmur. As árvores ao longe balançavam lentamente contra o vento, numa dança tranquila que atraía Nyo para perto delas. A vontade de conhecê-las era quase intolerável.

— Existem árvores aqui, Art — ele murmurou, sem conseguir conter um sorriso quando o rosto do melhor amigo se iluminou.

— Sim, mas eu não quis ir até elas e descobrir que eram produto da minha imaginação. — Soltou uma risada nervosa, quase ingênua. Nyo sentiu seu coração queimar com o som do seu riso. Art sempre sonhou em conhecer árvores, mas esperara Nyo alcançá-lo em vez de correr imediatamente em direção àquele sonho.

O aventureiro sentiu uma energia impulsiva tomar conta do seu corpo, uma sensação maravilhosa que havia dado lugar para o terror nos últimos dias. Ele segurou a mão do amigo e meneou com a cabeça.

— A gente vai realizar seu sonho hoje, fiel escudeiro.

Com essas palavras, dispararam em direção às árvores, talvez a vinte ou trinta metros de distância. Art aceitou ser conduzido pelo amigo, e logo os dois atingiram o objetivo, suas testas suando e os rostos levemente ruborizados.

— Uau — Arcturo murmurou.

Havia poucas árvores à vista, meia dúzia no máximo, todas bem espalhadas entre si, e eles haviam parado bem em frente à maior delas. Era um pouco menor do que Nyo, atingindo seu peito, e tinha *folhas*.

Tão verdes quanto as nequícias mais tóxicas. Um milhão de tons esverdeados tremulavam com o vento, assumindo novas tonalidades conforme se moviam sob a luz dos sóis. As ranhuras da superfície das folhas formavam padrões estranhos, um risco central dava origem às ramificações como afluentes de um rio. Eram mais folhas do que ele jamais conseguiria contar, e, escondido entre elas...

Não era possível.

— Art... — ele murmurou, uma expressão incrédula tomando conta do seu rosto.

O garoto estendeu o braço e segurou uma pequenina bola alaranjada com as mãos, tomando todo o cuidado do mundo para não machucá-la.

— Isso é uma...?

— É uma fruta. — Nyo sentiu os olhos queimarem, e se virou para o melhor amigo.

Uma lágrima solitária já corria pela bochecha do garoto, que tinha um sorriso completamente novo no rosto. Um sorriso reservado apenas a coisas tão maravilhosas como uma árvore fértil no meio de um planeta fadado à destruição.

13.

O guia de Nyo Aura para ser o cara mais incrível que já pisou no planeta

Nyo e Art formularam um plano.

Quer dizer, a *tentativa* de um plano.

Um pseudoplano. Um quase-plano.

Um ainda-não-tão-bem-aperfeiçoado-plano.

— Certo, mais uma vez. — Art pressionou os olhos com força. Os dois estavam sentados embaixo da árvore, e a noite já se formava no horizonte. Oféa, Ifenia e Hesoah apareciam exatamente nessa ordem no céu noturno, e a primeira irmã já havia estabelecido seu reinado no cosmos roxo-escuro.

— Nós vamos andar até o final do osso, seja lá onde ele for.

— Porque você...

— *Nós*.

— Porque *nós* achamos que isso nos levará até a verdade sobre os gigantes, ou pelo menos até o causador da elevação.

Nyo assentiu, mordendo o lábio inferior.

— E vamos tentar entender o que são esses meus... poderes. E como posso usar eles sem causar catástrofes de proporções planetárias.

— Exatamente — concluiu Art com firmeza.

— Ótimo, parece que temos um plano.

Art suspirou e apoiou as costas no tronco da árvore. Apesar de pequena, ela não parecia tão frágil — mas nenhum dos dois tinha muito conhecimento sobre botânica para afirmar com certeza. Teriam de testar.

— Nós vamos arriscar fazer alguma coisa esta noite? — Arcturo perguntou.

Nyo ficou em silêncio. Estava ansioso e agitado, as vozes em sua cabeça nunca estiveram tão altas. Pensava excessivamente na coronel, nos pais de Art, em Corinna e naquele guarda, uma culpa sobrenatural tomando conta de cada partícula do seu corpo. Art fora condenado a um futuro no exílio, no mínimo – isso se eles saíssem vivos de toda aquela loucura –, e a culpa era todinha de Nyo. Ele não deveria ter permitido que o garoto fugisse do hospital ao seu lado, nunca deveria tê-lo colocado em sua vida, nunca…

— Vamos tentar entender o que eu consigo fazer — falou, interrompendo os próprios pensamentos. Queria cansar seu corpo até o sono ser soberano sobre a mente. — O que você pensou?

Art esfregou o rosto com a palma da mão, seus olhos perdidos no firmamento.

— Eu queria arranjar algum lugar bem alto do qual você pudesse pular, mas não acho que vamos encontrar algo do tipo.

Nyo olhou ao redor e, de fato, além de algumas poucas elevações na superfície do osso, não havia nada que pudesse ajudá-los.

— Acho que…

O garoto não pôde terminar a frase, foi interrompido por um tremor no solo, acompanhado de um estrondo breve. Em questão de segundos, porém, tudo tinha voltado ao normal, e ele não conseguiu encontrar a origem do barulho.

— *Não.* — Art arfou e se levantou de súbito, encarando um ponto ao longe, atrás do ombro de Nyo. — Não é possível.

O aventureiro se levantou e seguiu o olhar do melhor amigo. Bem atrás deles, onde antes não havia nada além de algumas poucas nequícias, havia emergido da superfície um pequeno morro – de no máximo dois metros de altura – com o cume plano e largo o suficiente para que dois jovens se mantivessem em pé.

— *Gigantes!* — Nyo soltou uma risada e correu em direção ao monte. Sem pensar duas vezes, encostou a palma das mãos na superfície gelada e teve certeza de que era *osso puro*. O fêmur ouvira o pedido deles e criara uma elevação para ajudá-los.
— Como isso é possível?
— Esse osso... nos obedeceu?

Calma. — Nyo mordeu os lábios, com uma ideia súbita. — Osso, eu queria uma frutinha. Uma laranja.

Imediatamente sentiu uma dor afiada no topo da cabeça e viu o pequeno fruto cair no chão e rolar alguns metros até os pés do morro.

— Parece que sim. — O aventureiro soltou uma risada fraca, guardando a laranja em um dos bolsos. Encostou a cabeça no morro e deu alguns soquinhos no material. — Não é oco. Acho que é seguro subir.

— Uau. — Art arqueou as sobrancelhas. — Você parou para pensar no que estava fazendo e examinou se era seguro antes de tomar uma decisão impulsiva.

Nyo abriu e fechou a boca, surpreso.
— Caramba, eu devo estar amadurecendo.
— Isso é impossível, Nyo. — Arcturo deu uma cotovelada de leve no amigo. — Você tá pronto?

Ainda incerto, o garoto pressionou os lábios, encarando o morro à sua frente.
— Eu consigo escalar isso, né?

Ele esticou os braços e, numa tentativa que certamente seria patética para qualquer um que estivesse assistindo, tentou firmar as mãos no topo do monte. O osso não era áspero o bastante para impedir que ele escorregasse, mas havia algumas protuberâncias nas quais ele poderia se segurar.

Garantindo que as mãos estavam bem presas, tentou erguer as pernas e se equilibrar na ladeira, mas não conseguia encontrar a melhor forma de tomar o primeiro impulso.

Arcturo soltou uma risada alta atrás do amigo – *idiota* – e pressionou as mãos na cintura de Nyo, impulsionando-o para cima até ele conseguir se jogar no cume do monte.

— Eu podia ter feito isso sozinho — Nyo resmungou, ficando em pé.

— Podia mesmo, Nyo? — Art semicerrou os olhos e perguntou inocentemente: — Podia mesmo?

O aventureiro revirou os olhos, ignorando o amigo.

— Certo, e agora? — Mesmo sabendo que estava a apenas dois metros do chão e no máximo torceria o pé caso caísse do jeito errado, sentiu seu coração disparar.

— Agora você pula.

Nyo soltou uma risada involuntária.

— É fácil pra você falar.

— Bora, Nyo. — O garoto se colocou logo abaixo do amigo com os dois braços abertos. — Foca em criar esses seus discos, que vai dar tudo certo. Eu te seguro, se você cair.

— Eu vou te *esmagar*, Arcturo.

— Não vai nada, eu sou mais forte do que pareço. — Ele deu dois tapinhas nos seus bíceps inexistentes.

— Hoje estamos piadistas, então? — Nyo mordeu os lábios. — Tá, sai daí. Eu vou pular, se afasta.

— Você não quer que eu te salve?

— Art, você vai me deixar maluco.

— Tá bom, tá bom. — Arcturo soltou uma risada alta e se distanciou de Nyo. — Boa sorte.

O garoto assentiu e tentou se concentrar na mesma sensação que tomara conta do seu corpo antes de ele pular do penhasco. Aquela certeza de que a morte espreitava, de que *tudo* dependia daquele salto, inclusive a vida do seu melhor amigo.

Nyo pulou.

No último segundo, se lembrou de não usar as mãos para aparar a queda. Seu corpo se chocou contra o chão e ele rolou por vários metros, a dor em sua costela quase insuportável.

— Droga — ele murmurou, apertando o lado do corpo.

— O que aconteceu, Nyo? — Art chegou perto do amigo, torcendo os lábios para a pele ralada em seu antebraço.

— Eu estou bem, obrigado.

Arcturo revirou os olhos e ajudou Nyo a se levantar.

— O que aconteceu?

— Não faço ideia. — Nyo esfregou as mãos nos braços, sentindo a pele ralada arder contra seu toque. — Tentei me imaginar na beira do penhasco, mas não funcionou. Talvez tenha sido um golpe de sorte, e não necessariamente um *poder* meu.

Art mordeu a ponta da língua, encarando o amigo como se buscasse por mentiras em suas palavras.

— Talvez você não tenha pulado de um lugar alto o suficiente — presumiu, coçando o queixo. — É claro, dessa vez você sabia que não estava correndo nenhum perigo real. É impossível se machucar dessa altura.

— Oi? Eu me sinto bem machucado. — Nyo mostrou os braços ralados para o amigo, mas Art o ignorou.

— Se você *precisar* criar os discos para sobreviver, seus instintos vão funcionar.

— Entendi, você *quer* me ver morto, então? — O aventureiro arqueou as sobrancelhas.

Um estrondo desviou sua atenção para o pequeno monte atrás dele. O osso se moldou mais uma vez, crescendo até dobrar de tamanho. Ao seu lado, subitamente, um novo monte irrompeu da superfície e formou o que era claramente uma escada até o topo da formação.

Arcturo inflou o peito, vitorioso.

— Viu? Até o fêmur concorda comigo.

— Você *tem* que estar brincando.

Apesar dos protestos do garoto, Art empurrou Nyo até a base da escada, um sorriso confiante inédito em seu rosto.

— Quando os papéis se inverteram e você virou o cara impulsivo dessa relação, Arcturo? — Nyo resmungou, desvencilhando-se das mãos do menino e subindo as escadas.

— Quando você falou para eu te abandonar e mentir pra todo mundo — Art falou com a voz subitamente séria. — Fugir do hospital foi nosso ponto de não retorno, Nyo. Não temos nenhuma outra escolha senão continuar.

O aventureiro engoliu em seco e não respondeu. Não conseguiu barrar os malditos pensamentos intrusivos; eles o invadiam nos piores momentos possíveis. Sempre tinha achado que Art o acompanhava em suas aventuras só para manter a amizade, e que no fundo odiava aquele tipo de coisa. Contudo, por um segundo quase infinito, considerou que poderia ser exatamente o contrário: e se, na verdade, Art não quisesse manter a amizade? E se ele só não soubesse como acabar com tudo? E se ele só o seguia porque sentia algum tipo de *obrigação* ou pena do solitário Nyo Aura?

Ele considerou falar algo. Trazer o assunto e resolver de uma vez por todas – ou acabar com as suas inseguranças ou descobrir que eram verdade –, mas estava com medo. O grande aventureiro valente e audaz Nyo Aura estava com medo de fazer uma simples pergunta.

Ele gostava de se imaginar assim: irrefreável, sempre em busca de adrenalina e de novas aventuras. Um garoto destemido, pronto para qualquer ameaça. Naquele momento, porém, não sentia nada além do temor de perder seu melhor amigo.

Gigantes, Nyo nunca teve coragem nem de enfrentar a própria mãe. Lidar com monstros era mais fácil do que encarar o medo de perder as poucas pessoas em sua vida.

Covarde, as vozes em sua cabeça falaram em uníssono.

Silenciando-as, Nyo fez o de sempre: engoliu os pensamentos ansiosos e permitiu que a adrenalina tomasse conta do seu corpo, falando muito mais alto e conduzindo cada um dos seus passos.

Ficou em pé na elevação do osso. Dessa vez, estava a pelo menos quatro metros de altura e certamente não teria apenas uma torção de tornozelo caso caísse.

— Talvez essa não tenha sido a nossa melhor ideia — Art murmurou, alto o suficiente para que Nyo o escutasse lá de cima.

O aventureiro assentiu, mordendo o lábio inferior.

— Tudo ou nada, então.

E ele saltou.

Seus pés tocaram uma superfície sólida quase imediatamente, e Nyo não precisava abrir os olhos para saber que os discos haviam surgido.

— *Gigantes!* — Art tinha um sorriso enorme e olhos cintilantes enquanto encarava o melhor amigo. — Você consegue andar?

Tentando se mostrar muito mais confiante do que se sentia, Nyo deu um passo para a frente e viu os discos acompanharem sua caminhada.

— Pode falar, Art, eu sou incrível. — O aventureiro soltou uma risada e desatou a correr no ar.

Os discos pareciam antecipar onde seus pés tocariam, e ficava mais fácil controlá-los a cada passo. Era simples, só não podia ter medo de cair. Precisava confiar que os discos não sumiriam entre um passo e outro.

— Nyo, você é *incrível*! — Art exclamou, correndo atrás do amigo.

O aventureiro disparou em direção ao garoto e, sem pensar direito no que estava fazendo, pegou um impulso e pulou em sua direção, puxando Arcturo pelo braço e pairando no ar a quase dois metros do chão. Art se desequilibrou por um instante e Nyo o agarrou, segurando-o no mesmo disco que ele.

O garoto gritou, o mais puro terror estampando sua face, e permaneceu gritando mesmo depois de Nyo ter estabilizado os dois.

— Arcturo, para de drama. — O aventureiro soltou uma risada. — Pode abrir os olhos. Não vou deixar você cair.

Art continuou estático por alguns segundos, e então abriu um olho de cada vez. Nyo sentiu o amigo segurar a respiração assim que teve coragem de olhar ao redor.

— Gigantes.

— A gente tá vivo, relaxa. — Ele apontou para os pés dos dois: o disco havia duplicado de tamanho para comportar ambos os meninos com tranquilidade.

— Você é maluco, Nyo — o garoto arfou e soltou uma risada fraca. — Não acredito nisso.

— Tenta dar um passo, vamos ver se você consegue controlar os discos.

— Não vou fazer isso, eu ainda gosto de *viver* — a voz de Art saiu esganiçada.

Nyo revirou os olhos e empurrou o melhor amigo.

O aventureiro apertou a mão do garoto, ignorando a dor em seu braço quando Art o puxou para a frente.

— Viu?

Arcturo havia despencado no máximo meio metro antes de um disco se formar sob seus pés, mas o terror em seus olhos fazia parecer que, sei lá, os gigantes tinham voltado à vida. Ele encarou Nyo com a boca meio aberta e a respiração pesada, e fixou o olhar nas mãos entrelaçadas deles.

— *Você me empurrou.*

— Eu estava te segurando, Art. — Confiante, Nyo abriu um sorriso de canto de boca. — Eu disse que não te deixaria cair.

O garoto fez menção de reclamar, mas permaneceu em silêncio.

— Agora a questão é a seguinte. — O aventureiro semicerrou os olhos. — Você consegue criar os discos sozinho ou precisa estar conectado comigo?

Art piscou várias vezes e levou alguns instantes para responder, sua voz ainda fraca pelo susto.

— Vamos descer até mais perto do chão — falou, apertando ainda mais forte a mão do amigo. — E a gente tenta.

Ainda com as mãos entrelaçadas, os amigos desceram pelo ar até estarem a poucos centímetros do osso. Art precisou de várias tentativas para ter confiança nos passos, levando vários segundos para reunir coragem de apoiar o peso em uma perna antes de o disco surgir abaixo do seu pé.

— Pronto? — Nyo perguntou.

O amigo assentiu e eles soltaram as mãos. O disco sob os pés de Arcturo desapareceu imediatamente, e o garoto caiu ao chão com uma expressão derrotada.

— Beleza, o poder é só seu — resmungou.

Nyo inflou o peito.

— É oficial, então. — Ele abriu os braços e gritou para o osso: — Ninguém nunca vai se comparar a mim! Eu nunca vou morrer e serei o rei do universo!

Art revirou os olhos, mas Nyo sabia que ele estava suprimindo uma risada.

14.
O guia de Nyo Aura para desbravar terras desconhecidas e desafiar todas as regras da física

As costelas de Nyo ameaçavam *matá-lo* de tanta dor, mas não tinha nenhuma opção senão ignorá-las. Foi apenas quando a noite se assentou que ele sentiu que não conseguiria mais continuar, e decidiram descansar. O combinado era continuar a jornada assim que amanhecesse, mas o aventureiro não conseguia pegar no sono – em partes por conta da dor, sim, mas eram os pensamentos agitados que o mantinham acordado.

Decidiu, contudo, não permitir que a ansiedade tomasse conta da sua mente naquela noite. Expulsou todo e qualquer sentimento ruim que ameaçasse se aproximar e, todas as vezes que algum ultrapassava a barreira que havia criado, ele se livrava dele, imaginando as possibilidades do futuro.

Não, aquela noite era apenas sua.

Nyo se distraiu divagando pelos mundos e surpresas que eles ainda encontrariam, tentando adivinhar o que descobririam quando chegassem ao final dos ossos. Permitiu que sua imaginação atingisse os lugares mais longínquos possíveis, cada cenário mais improvável que o outro. Eram aqueles reinos imaginados que afastavam as vozes ansiosas, que lhe permitiam o descanso de que precisava.

— Art, você tá acordado? — Nyo sussurrou.

Os dois estavam deitados embaixo de uma árvore usando apenas os braços como apoio para a cabeça. Tinham encontrado nequícias comestíveis – o gosto era terrível, mas não tinham tanta escolha –, além de poucas frutinhas que o fêmur materializou para eles, e Nyo sabia que a falta d'água seria um problema no próximo dia. O osso ignorou todos os seus pedidos por um lago ou qualquer bebida para se hidratarem, então sabia que a primeira coisa que precisariam fazer de manhã seria buscar alguma fonte de água potável, embora não fizesse a menor ideia de como a encontrariam.

— Mais ou menos — o amigo respondeu, sonolento.

— Você acha que nós vamos encontrar o final desse fêmur? Ou, sei lá, todos os ossos viraram um só e nós vamos ficar dando voltas no planeta até morrer de exaustão?

— Eu acho — Art se virou para encarar o amigo — que você tem que dormir.

— Não consigo. — Nyo tinha os olhos fixos no firmamento, o roxo-escuro infinito sempre o impressionava. — Eu tô muito animado.

Arcturo bocejou e ajeitou a posição numa tentativa inútil de ficar confortável.

— Então sei lá, vai explorar — murmurou. — Eu vou dormir.

Ele ficou em silêncio, e Nyo se sentou. Não aguentava mais ficar deitado, a energia fluía por seu sangue, implorando que descobrisse o mundo ao seu redor. Fitou Art por alguns instantes, ainda surpreso com o fato de que eles estavam *ali*. Era a maior aventura que já tiveram, e não parecia real.

E a parte mais surpreendente era que Arcturo havia aceitado ir com ele. Apesar de tudo.

Ou Art era, de fato, o cara mais incrível que já pisou em Caerus, ou ele era tão maluco quanto Nyo. De qualquer forma, estavam naquela juntos, e o aventureiro queria aproveitar ao máximo a jornada.

Pois bem.

— Eu vou, então — ele sussurrou e mostrou a língua para o melhor amigo, que já roncava baixinho.

Então se levantou, agitado e preparado para sua próxima aventura. Deu vários pulinhos no mesmo lugar, concentrando-se para se livrar dos pensamentos ansiosos. Reuniu toda a energia do seu corpo e, sem ter certeza de que funcionaria, dobrou uma perna e tentou convocar os discos.

Nyo imaginava que apenas convocá-los não seria suficiente, mas torcia para que fosse. Precisaria se apoiar no ar, confiando que eles surgiriam no último segundo e arriscando uma queda – leve, sim, mas sempre patética. Além disso, suas costelas não durariam para sempre.

Com um suspiro, imaginou uma escada à sua frente e deu um impulso.

Graças a todas as forças do caos do universo, Nyo não caiu. O disco dourado se formou sob seus pés e o garoto disparou em direção à sua próxima aventura.

Nyo já sabia o que faria a seguir: *desbravar*. Subiria o máximo possível para tentar entender o que encontraria pela frente, procuraria pelos limites do osso e, principalmente, tentaria encontrar água.

A noite em Caerus era sempre deslumbrante. As três luas irmãs já desciam na direção do horizonte, logo seriam engolidas e dariam espaço para os sóis reinarem no firmamento. Apesar das cinzas e das nuvens constantes – não eram bem *nuvens*, quase nunca chovia no planeta, mas sim um aglomerado de poeira, cinzas e fumaça –, o céu era de um roxo vívido, um oceano infinito que abrigava todos os segredos do universo. O esmalte branco do osso contrastava contra o violeta, deixando-o ainda mais brilhante.

Nyo correu em direção ao firmamento, confiando plenamente nos seus discos para sustentá-lo. Logo já estava a vários metros do chão, a pequena árvore que abrigava Art não passava de mais um mero detalhe em meio à imensidão do fêmur.

Quando o ar estava se tornando frio demais para suportar, o garoto parou de correr e observou seus arredores. Não demorou para notar que, de fato, não havia fim à vista: o osso era eterno, se espalhava infinito em extensão. Nyo mordeu o lábio inferior – não havia nenhum sinal de água, apenas as ocasionais árvores e nequícias por todo canto – e decidiu correr para o leste para descobrir o caminho que precisariam encarar no dia seguinte.

Ele correu por mais de quinze minutos, o cansaço parecia incapaz de ultrapassar a empolgação que queimava sua pele. No dia seguinte seus músculos estariam doloridos, mas ele não se importava o suficiente para parar. A dor nas costelas não passava de um pequeno incômodo desimportante.

Nyo nunca se sentira tão livre.

O aventureiro soltou uma gargalhada, que ecoou por todo o universo, por todo o vazio que pertencia *apenas a ele*.

Foi só nesse instante que ele desviou o olhar do céu infinito e viu o que estava bem à sua frente.

E precisou frear a corrida muito subitamente, quase perdendo o equilíbrio.

Dentre todas as coisas bizarras que havia presenciado nos últimos dias, aquela era a mais estranha de todas.

Não havia nenhuma outra forma de descrever: era uma cachoeira *flutuante*. Uma pequena campina a rodeava, também sem nenhuma sustentação. As águas surgiam do vazio – não havia nada atrás da cachoeira – e caíam num rio que dava voltas e voltas pela atmosfera até desaparecer de vista no horizonte.

O campo era de um verde brilhante – gigantes, ele não imaginava que a grama poderia ser tão verde assim – e tinha uns quatro metros de extensão. As margens do rio eram enfeitadas por rochas cinzentas e por plantas diferentes de qualquer coisa que Nyo já tinha visto, com mais cores do que ele achava ser possível. Um movimento chamou sua atenção, e...

Não, não pode ser.

Um *cervo* levantou o pescoço e encontrou o olhar de Nyo. Seus chifres imponentes tentavam alcançar o céu, e o pelo marrom brilhava contra a luz das três luas. Os olhos tão negros quanto carvão se fixaram no garoto por um segundo, mas logo o animal voltou a se hidratar no riacho.

Nyo perdeu o fôlego.

Rezando para que o cervo não o atacasse, correu até o pequeno oásis. Ao chegar lá, tirou seus sapatos e deixou que os pés descalços tocassem a grama, a sensação mais deliciosamente estranha que já sentiu. Os raminhos úmidos se infiltraram por entre seus dedos, fazendo cócegas e causando um arrepio que percorreu todo o seu corpo. O aroma que emanava das plantas era inebriante, fresco e adocicado, e os respingos de água da cachoeira limpavam o suor que impregnava sua pele.

Nyo soltou uma gargalhada, maravilhado com aquele ambiente *impossível*. Ele queria chamar Art, mas temia não conseguir reencontrar o oásis uma vez que saísse de lá. Tinha imaginado um universo de aventuras, mas aquilo era irreal até para sua mente fértil.

O garoto enfiou as mãos em concha no riacho, as levou à boca e tomou vários goles da água gelada, permitindo que ela escorresse pelo pescoço. A água em Ekholm sempre tinha um gosto terroso insuportável, mas aquela era *limpa* e acalmou cada célula do seu corpo, renovando uma por uma.

Se não fosse o ar gelado, Nyo tiraria as roupas e pularia no rio para um banho bem merecido, mas não queria se resfriar. Realizaria sua vontade se encontrasse a cachoeira de novo no dia seguinte – e, dessa vez, com o amigo ao seu lado.

O tempo era diferente ali. Nyo poderia ter jurado que tinha passado no máximo uma hora na cachoeira – deitou na grama e se permitiu ficar em silêncio no meio da natureza –, mas os primeiros raios solares já despontavam no horizonte. Talvez tivesse dormido, não sabia dizer, mas precisava correr para que Arcturo não acordasse sem ele ao lado. O menino com certeza entraria em pânico.

Nyo tomou mais um gole da água e passou vários minutos em busca de algum recipiente que pudesse encher para levar ao melhor amigo, e a melhor opção foi um pedaço de madeira oco que encontrou jogado na grama. Não era o ideal, mas Art precisaria se hidratar se quisessem voltar àquele lugar.

Ele encontrou o garoto em poucos minutos, numa viagem bem mais rápida do que a de ida – não gastara nenhum tempo observando a paisagem ao redor, apesar de o nascer dos sóis ser impressionante a tantos metros de altura, e usara o restante das forças para correr de volta para Art. O cansaço que se recusara a tomar seu corpo na noite anterior estava finalmente se apossando dos seus membros, e Nyo teve dificuldade para manter as pálpebras abertas.

— *Gigantes*, Nyo, onde você tava? — Art arregalou os olhos assim que viu Nyo descendo. — Eu quase enlouqueci aqui achando que você tinha sido comido por algum monstro selvagem, sei lá.

— Eu fui *explorar*. — Ele riu, arqueando as sobrancelhas. — Só fiz o que você mandou.

— Da próxima vez *avisa*. — O garoto franziu o cenho. Parecia cansado, tinha as olheiras fundas. Mas assim que Nyo revelasse a descoberta, Art iria se animar. — Você trouxe um pedaço de madeira?

— Ah, é! — Nyo entregou o compartimento improvisado para o amigo. — Eu achei água.

Art segurou a madeira com cuidado e tomou vários goles de uma vez só, respirando profundamente depois de esvaziar o recipiente.

— Nossa, eu precisava disso — ele falou, aliviado.

— Você não vai acreditar. — Nyo não conseguiu segurar mais nenhum segundo. Até tinha considerado fazer uma grande revelação, criar um momento dramático ou algo do tipo, mas estava animado demais para contar para o amigo. — Era uma cachoeira flutuante.

Art abriu e fechou a boca.

— É sério — o aventureiro disse, animado.

— Eu sei que é sério — Art murmurou, pensativo. — A esse ponto, eu acredito em qualquer coisa que você me contar. Só tô tentando imaginar isso.

Nyo assentiu, arregalando os olhos em animação como se ele mesmo estivesse tendo problemas para formar a imagem em sua mente. Era difícil aceitar que a campina não era só fruto de um sonho.

— Art, tinha um cervo lá. Um cervo! — O aventureiro levantou os braços para reforçar sua revelação. — Igual aos que eu li num livro muito antigo, os chifres bem maiores que o meu braço.

Arcturo arqueou as sobrancelhas. Ekholm ainda tinha algumas poucas criaturas fantásticas que sobreviviam às condições mais bizarras possíveis – o monstro marinho que encontraram na gruta era apenas um dos vários exemplos espalhados pela cidade –, mas os animais da época dos gigantes já haviam sido extintos muito tempo atrás, com exceção dos poucos que a Junta mantinha longe dos olhos do povo; não tinham como competir pelos recursos com os humanos.

— Você tem certeza, Nyo?

Ele segurou os ombros do amigo e disse, extasiado:

— Art, tinha flores. Era quase um mundo anterior à guerra.

Ele entendia a hesitação do amigo. Se não tivesse visto, também acharia ser impossível. Ekholm nunca teve a misericórdia do universo – nenhum deles teve.

— O próximo passo é descobrir como funcionam suas explosões — Arcturo declarou, com uma expressão soturna de quem estava falando muito sério e que *não era hora para piadas, Nyo*.

Os amigos estavam caminhando nos discos em direção ao oásis, mas não tinham a mesma pressa que Nyo tivera na noite anterior. Precisavam poupar energia caso não conseguissem encontrar o local de novo.

— Você sentiu alguma coisa diferente antes de explodir?

— Além de muita raiva? Acho que não. — Nyo franziu o cenho, tentando relembrar o momento da primeira explosão. Não queria pensar muito no momento que explodiu e atingiu o guarda, por isso impediu que qualquer pensamento sobre isso invadisse sua mente. Fechou os olhos, tentando recordar qualquer coisinha diferente, qualquer... — Teve uma... Eu não sei explicar.

Art o encarou com as sobrancelhas arqueadas, mas não insistiu para que Nyo continuasse.

— Foi muito estranho, é quase... Não sei, como se algo se acendesse no meu peito. Todo o meu corpo queimava. Eu tive que encontrar esse calor dentro de mim, como se houvesse um órgão específico só pra ele.

— Você consegue sentir ele agora?

Nyo fechou os olhos, procurando pela fonte das chamas, mas se sentia completamente oco. Como se...

— AI! — o aventureiro gritou, colocando a mão sobre a bochecha ardente. — Arcturo, você tá maluco?

O garoto deu de ombros.

— E agora, você sente alguma coisa? — Art sacudiu a mão que havia usado para dar um tapa no amigo.

— Eu sinto uma vontade muito grande de te soltar aqui mesmo — resmungou Nyo, esfregando a bochecha. Precisavam andar com as mãos entrelaçadas para que o menino pudesse usar os discos, o que significava que a vida de Arcturo dependia da boa vontade dele.

— Mas nada de um foguinho interno, uma chama explosiva? — Art sorriu.

Nyo abriu a boca para xingar, mas Art estava certo. Ele... sentiu *aquela* coisa. Bem lá no fundo, como se uma fogueira estivesse acesa atrás do seu coração, ainda morna, não violenta o suficiente para explodir.

— Ela tá aqui — ele murmurou.

Art ergueu o queixo e lançou para o melhor amigo um sorriso triunfante.

— Vamos descer, então. Você precisa treinar.

— A gente precisa encontrar água, Art — Nyo rebateu, ansioso demais com aquela nova sensação que queimava em seu peito.

— Não acredito que você tá recusando treinar suas explosões. O Nyo que eu conheço jamais escolheria *procurar água* quando a outra opção era descobrir poderes fenomenais.

Nyo engoliu em seco e balançou a cabeça, tentando ignorar aquele sentimento estranho no fundo da garganta. Não estava pronto para ouvir o medo que se esgueirava por suas entranhas. Não estava pronto para enfrentar seus poderes.

Porque o mundo só era interessante quando estava acontecendo do lado de fora.

Se aqueles poderes eram exclusivos dele, então alguma força maior o havia escolhido. Nyo era especial, e essa afirmação não fazia sentido algum em sua mente. Não parecia possível, era uma piada do universo ou qualquer coisa do tipo, mas definitivamente não era verdade.

Nyo entendera, ainda nos seus primeiros anos de vida, que nunca seria muito mais do que um garoto problema – adotara o rótulo de aventureiro com plena noção de que era só um eufemismo para dizer que ele sempre seria um inconveniente –, e estava bem com isso. Conformado.

Não precisava de mais um adjetivo para defini-lo, já tinha aceitado quem ele era.

— Vamos garantir que o oásis ainda está lá — falou, num tom que deixava bem claro que o assunto estava encerrado. — E então a gente tenta entender melhor essa *coisa*.

Art assentiu em silêncio, e os dois continuaram o caminho sem mais nenhuma palavra, apenas suas mãos entrelaçadas mantendo-os unidos.

15.
O guia de Nyo Aura para ser um diplomata exímio (ou quase)

Eles encontraram o oásis. Essa era a boa notícia.

A ruim era que o cervo estava morto.

— Isso não é um bom sinal — Nyo atestou.

Art ainda estava em transe processando a imagem da cachoeira flutuante e demorou para ver o animal caído na beira do riacho, seu sangue colorindo a grama de escarlate.

— Pelo menos tem sangue — o aventureiro continuou. — Se ele tivesse morrido do nada eu acharia que a água estava contaminada.

Nyo procurou ao redor em busca de qualquer sinal do que poderia ter matado o cervo, mas tudo estava em perfeita harmonia. Não havia nenhum outro ser vivo que pudesse ter feito aquilo.

O garoto se aproximou da carcaça, apesar dos murmúrios ansiosos de Arcturo insistindo que ele não fizesse aquilo. Assim que conseguiu se aproximar o bastante para analisar o machucado, soube o que tinha causado a morte do animal. É claro.

— Franécias. Ele comeu uma franécia.

Art arfou atrás dele, se aproximando ainda com receio. O animal havia queimado de dentro para fora, mas o dano não se espalhara por todo o corpo – provavelmente o cervo morrera antes que o efeito pudesse se espalhar mais. Um grande buraco ia do seu pescoço à base das pernas, e o sangue escorrera apesar da cauterização das franécias.

— Eu... Isso é um cervo.

Nyo virou-se para o melhor amigo, e qualquer ressentimento que ainda houvesse entre eles se dissolveu imediatamente. Nunca tinha visto tanta dor nos olhos do garoto.

— A gente vai encontrar outro. — O aventureiro deu um chute leve no pé do amigo. — Tenho certeza. Você vai ver um vivo, eu te prometo.

Arcturo suspirou profundamente, assentindo, e se virou para o riacho. Os garotos se banharam — não estava exatamente quente, não àquela altura, mas o bastante para que se refrescassem – e sentaram-se bem longe do corpo do animal para comer a primeira refeição do dia. Nyo encontrou alguns frutos que julgou comestíveis e eles misturaram o sabor doce das frutinhas roxas com o amargo das nequícias; não foi o melhor dos banquetes mas era o suficiente para não morrerem de fome.

— Posso te fazer uma pergunta? — Art falou, depois de muito tempo em silêncio. Nyo arqueou as sobrancelhas, e ele continuou: — Você preferiria que eu não tivesse vindo?

O garoto foi pego de surpresa e não soube o que dizer. A resposta era muito simples: *É claro que não, Art, eu tenho certeza de que não sobreviveria nesse ou em qualquer outro lugar sem você.* Mas ele não podia dizer isso, claro.

— Você insistiu que eu voltasse pra cidade, e... Sei lá, veio até aqui e teve de voltar todo o caminho de novo para me buscar. Você precisa me segurar para eu conseguir caminhar nos discos, eu tenho certeza que já teria avançado muito mais se eu não estivesse te segurando para trás.

— Art, você tá falando besteira. — Nyo sentiu que foi muito ríspido assim que pronunciou as palavras, mas não se arrependeu. Como Arcturo poderia pensar aquilo? Como ele poderia achar que Nyo estaria melhor sem sua companhia? — Eu preciso de você do meu lado, não é óbvio?

O garoto pressionou os lábios, assentindo de leve.

— Você tá proibido de conceber a possibilidade de que talvez eu não queria você comigo. É sério.

Art fugiu do seu olhar, o rosto assumindo um tom violento de escarlate. Nyo sentiu vontade de abraçá-lo – ver Arcturo triste era talvez a pior forma de tortura possível –, mas se conteve. Limitou-se a chegar um pouco mais perto do amigo e falar com uma voz mais tranquila:

— Se eu demonstrei em qualquer momento que não queria sua companhia, Art, me desculpa — ele estava quase sussurrando, mesmo que não houvesse ninguém para ouvi los. Eu só não queria te obrigar a vir comigo, se não fosse algo que você quisesse.

O garoto negou com a cabeça, finalmente encontrando o olhar do amigo.

— Eu sei, eu só... — Ele respirou profundamente. — Só não queria te atrapalhar.

— Se um dia você ficar insuportável ou qualquer coisa do tipo, eu prometo te avisar. — Nyo forçou um sorriso. Não suportava ver a angústia tomando a expressão de Art. — Aí você vai saber com certeza se você é um chato. Até o momento eu juro que você tá até tolerável.

Arcturo revirou os olhos, um sorriso idiota em seus lábios.

— Você é incapaz de ter uma conversa madura, Nyo Aura. Sabia disso?

— Mas isso é metade do meu charme! — O garoto mostrou a língua para o amigo.

Art tentou forçar uma expressão ofendida, mas não conseguiu impedir a risada de atingir seus lábios.

— O que vocês *pensam* que estão fazendo aqui? — Uma voz afiada despertou os garotos da conversa. Nyo virou-se de súbito em direção ao som e Art se levantou imediatamente.

A criatura tinha metade do corpo para fora da cachoeira, e encarava os amigos com meia dúzia de olhos amarelos. Seu rosto tinha um formato triangular alongado, com exatamente três fios de cabelo na extremidade de cima. A pele violeta tinha várias manchinhas brancas espalhadas por todo o corpo – que revelou ter o formato de uma estrela assim que flutuou para fora das águas. As extremidades pareciam formar tentáculos, cujas pontas se moviam agitadas enquanto ele voava.

Nyo ficou de pé, colocando-se em frente a Arcturo e desde já buscando a chama dentro do peito, preparando-se para o confronto iminente.

— Humanos no meu osso? — A criatura sumiu por um breve segundo e reapareceu a poucos metros de distância dos garotos, cada um dos olhos piscando em momentos aleatórios. — O que está acontecendo?

O aventureiro retesou os músculos. Não fazia a menor ideia do que deveria dizer.

— Não sabe falar, garoto? — A criatura virou de ponta-cabeça e arregalou todos os olhos. — Você é burro?

Aquilo Nyo sabia responder.

— Eu sei falar, é lógico que sei — respondeu, ainda em partes achando que estava alucinando. Por um segundo, se perguntou se aquelas nequícias eram mesmo comestíveis, ou se tinha conseguido a proeza de ter envenenado os dois. — Quem... O quê? Seu osso?

— Meu osso, sim. — O ser voltou à posição normal, pousando os tentáculos no chão. — Fêmur número oitenta e sete, terceira divisão.

— Ah. — Nyo piscou. Cachoeiras, cervos, e um ser estranho que *falava* com ele. Era demais para assimilar. — Certo.

— E então? O que estão fazendo aqui?

— Nós... — Art limpou a garganta. — O senhor... Senhora. Quer dizer, eu...

— Pode me chamar de Bornir.

— Certo, Bornir. — O garoto balançou a cabeça. — Desculpe a pergunta, mas você é... Quer dizer, *nós* somos humanos.

— Sim? — Bornir semicerrou os olhos. — Foi o que acabei de dizer.

— O que ele quer saber — Nyo interviu —, é qual a sua... Ãhn, espécie?

Bornir passou vários segundos em silêncio. Vários mesmo. Ficou desconfortável. Nyo considerou sair correndo.

— Eu sou uma khudra, claro. A última viva.

— Última? O que aconteceu? — Nyo perguntou, sem ter muita certeza de como deveria falar com a criatura. Sem ter certeza ao menos se aquilo era real.

Bornir revirou os olhos, como se dissesse o óbvio.

— Todas as outras morreram, é lógico.

É lógico.

— Certo — Nyo assentiu. — Bem, eu sou Nyo, e esse é Art.

— Não me importo. — A khudra desapareceu e ressurgiu bem perto do garoto, quase tocando a ponta do seu nariz. — O que estão fazendo no meu osso? *Como* entraram aqui?

— Nós pulamos, oras — Nyo respondeu, dando um passo para trás. — Nós somos de Ekholm.

— Eu sei que são de Ekholm, *humano*. Como acessaram meu ecossistema se ainda não chegou a hora?

— Nós... Calma, o quê?

O garoto mordeu a língua com força, só para garantir que sentiria a dor, que estava realmente vivendo aquele momento e não um sonho muito bizarro.

— Não, não, não. Tem algo muito errado. — Bornir ficou de ponta-cabeça e se distanciou alguns metros dos garotos. Os instintos de Nyo estavam em completo silêncio, o choque falava muito mais alto do que qualquer outra coisa.

— É por isso mesmo que estamos aqui — ele falou, mesmo que tivesse certeza de que estava enlouquecendo. — Os ossos da nossa cidade começaram a flutuar, e viemos entender o que está acontecendo.

— Fique quieto, humano. — A khudra permanecia de ponta-cabeça, todos os seus olhos correndo por direções diferentes. — Ainda não é hora, o planeta ainda não está onde deveria. Não faz sentido nenhum.

— Ãhn... Bornir? — Art se aproximou, seus olhos arregalados em pânico. A khudra virou-se subitamente para ele, parecendo pronta para devorá-lo caso o garoto falasse alguma besteira. — Você sabe o que está acontecendo?

Ela sumiu e reapareceu em frente ao garoto.

— É claro que não sei, humano. Vocês não deveriam ser capazes de acessar meu ecossistema por pelo menos mais três dias. *Como vocês entraram aqui?*

— Eu pulei, já disse — Nyo repetiu e franziu o cenho. Tentou reunir toda a confiança e coragem inexistentes em seu corpo naquele momento e continuou: — Na verdade, Art pulou. Eu quase caí e aqueles discos dourados me sustentaram. Imagino que você também não saiba me explicar isso.

A khudra ficou completamente estática.

— Você conseguiu...? — A voz da criatura saiu fraca, seu rosto estampado com o mais puro terror. — *O que vocês fizeram?*

— Nós não fizemos *nada*, só estamos tentando entender por que os ossos estão flutuando — Nyo falou, sua voz firme e decidida. Não estava nem de longe tão confiante quanto demonstrava, mas não queria parecer medroso.

— Flutuando? Não, não, meu osso não flutuou em momento algum. Você está mentindo. — Bornir cruzou os quatro tentáculos.

— Talvez você só não tenha sentido — Nyo continuou. — Mas nós pulamos em cima do fêmur e viemos parar neste lugar.

— Eu saberia se meu osso tivesse flutuado. — A khudra revirou um dos olhos. — Pela Canção, *humanos* no meu ecossistema. Antes do tempo.

Ela parecia perdida, movendo-se em círculos e sem conseguir manter os tentáculos parados. Nyo não sabia ler a linguagem corporal das khudras, mas era muito bom em reconhecer o desespero puro.

— Isso não deveria ser possível, *humanos*. — Bornir deu vários giros no ar, murmurando para si mesma. — Um humano em contato com a Canção, depois de tanto tempo, maldito seja.

— O que isso quer dizer, Bornir? — Nyo tentou chamar sua atenção.

— Não tenho tempo para ficar respondendo perguntas estúpidas. — A khudra moveu os tentáculos em círculos mais uma vez. — Há algo muito estranho acontecendo, e temo que vocês não possam permanecer no meu osso.

— Eu acho que os ossos estão formando um caminho, Bornir, nós precisamos segui-los, por favor — Nyo implorou e deu um passo para mais perto da khudra. — Precisamos entender o que está acontecendo com a nossa cidade.

A criatura ficou em silêncio por um instante, então assentiu.

— Não posso permitir que vocês continuem aqui, mas posso levá-los aonde querem chegar. Meu fêmur não é o destino de vocês.

Nyo suspirou e pensou em como explicar para a khudra do que eles precisavam.

— Ekholm tem pelo menos cento e treze ossos, e eu sei que existem muitos mais em Caerus. *Algum* deles vai nos dizer o que pr...

— Sim, sim, garoto. — A khudra revirou todos os seus olhos. — Eu vivi toda a minha vida neste planeta, desde antes da extinção do meu povo. O fim do caminho está nas costelas de Seren.

— O *fim do caminho*?

— O fim do seu mundo, garoto. O início do meu.

16.
O guia de Nyo Aura para pular no vazio e torcer para não cair

A khudra não falou mais nenhuma palavra, limitou-se a virar de costas para os garotos e seguir andando – *andar* era o verbo certo para uma criatura que não tinha pés? – para o leste. Nyo lançou um olhar apreensivo para Arcturo, sem ter certeza se era uma boa ideia seguir um alienígena desconhecido até o *fim do mundo*, mas eles concordaram em silêncio que não tinham nenhuma outra opção.

É uma aventura que eu queria, não é?, Nyo pensou, mordendo os lábios e fitando a criatura com a impressão de que ela sumiria a qualquer momento, se provando apenas um fragmento da sua imaginação.

Bornir – considerando que era, sim, real – era muito mais do que um acontecimento estranho em sua vida, era uma confirmação. Uma certeza.

Existiam outros mundos, e Nyo não estava sozinho no universo.

— Humano, você disse que consegue se locomover pelos discos? — Bornir perguntou, depois de vários minutos em completo silêncio. Um dos seus olhos o encarava, mas os outros cinco pareciam fugir, piscando repetidamente.

Nyo assentiu.

— Eu consigo, e Art consegue quando está em contato comigo — afirmou, meneando com a cabeça na direção do amigo.

Bornir ficou invisível e se reformou no mesmo lugar, seus tentáculos inquietos girando para todos os lados, como se estivesse lhe dando um sermão.

— Pois bem. Você precisa entender algumas coisas antes de chegar a Seren. — A criatura parecia incerta, como se planejasse cada uma das suas palavras com muito cuidado. — Nós, khudras, somos os únicos guardiões dos ossos de Ekholm, mas nossa espécie não consegue sobreviver num ambiente tão terrível como o que se tornou o seu planeta. Eu mesma não tenho mais muito tempo de vida.

Bornir suspirou profundamente e continuou andando. Sua voz se tornou monótona, como se ela já tivesse contado a mesma história inúmeras vezes.

— Nenhuma criatura racional pode adentrar nossos ecossistemas, com exceção de um único momento no milênio, quando... — Bornir balançou a cabeça, afastando algum pensamento. — Não vem ao caso. O que importa é que agora não era a hora. Vocês estão adiantados, e isso significa que há algo de errado na galáxia. E você...

Todos os olhos da khudra se fixaram em Nyo, observando-o como se buscassem suas verdades.

— Eu temo pelo seu futuro, garoto. Não posso acompanhá-los, mas seria incrivelmente irresponsável se eu não os preparasse para o que vão encontrar.

O aventureiro prendeu a respiração, dezenas de sensações completamente desconhecidas invadindo seu corpo no segundo infinito que Bornir levou para continuar a falar.

— Não sei se é verdade o que você diz sobre os ossos terem flutuado — ela falou lentamente —, mas eles não foram posicionados por acaso. Sempre houve um caminho, mas vocês, humanos, nunca foram capazes de enxergá-lo. Ele se inicia na Bacia de Krater e acaba nas Costelas de Seren, a principal zona de atração de Caerus.

A khudra os encarou como se esperasse que eles indicassem ter entendido. Nyo não iria admitir que não havia compreendido *uma palavra*, então assentiu.

Bornir suspirou, revirando um dos olhos.

— *Humanos* — murmurou. — Vocês conhecem as zonas de atração, não?

Art abriu e fechou a boca, e Nyo precisou conter uma risada inapropriada.

— Certo. Não deveria ter esperado tanto de vocês humanos. Vamos logo, não estamos longe. Será mais fácil explicar quando estivermos lá.

A criatura sumiu e reapareceu a vários metros de distância, já parada no ar para além da campina. Nyo segurou a mão de Arcturo e os dois pularam no vazio – o aventureiro tentou fingir que não estava apavorado, para a khudra não pensar que ele era um covarde.

A jornada demorou horas, Bornir sempre com uma expressão impaciente a vários metros de distância dos garotos – Nyo tinha certeza de que eles não melhorariam a imagem já péssima que ela tinha dos humanos. Incapaz de acompanhar a velocidade da khudra, Nyo não aguentava mais. Sua cabeça doía por causa da desidratação, e a cada segundo seus músculos ficavam mais fracos.

A certo ponto, atingiram o final do fêmur. O osso formava um penhasco, a queda infinita até o oceano de Caerus lá embaixo. Eles foram instruídos a continuar a caminhada através dos discos.

Andaram na atmosfera, cercados por incontáveis fragmentos de ossos menores, e em pouco tempo encontraram uma coluna vertebral gigantesca; maior que o fêmur, digna de um cajado dos deuses antigos. Ela tomava toda a visão dos meninos, o osso esbranquiçado contra o laranja do oceano ao longe, flutuando no ar sem parecer fora do lugar.

— A coluna de Seren. A costela deveria estar junto, mas esse esqueleto se destroçou completamente — Bornir explicou. — Ele foi o maior dos gigantes, tão grande que seus ossos geram as zonas de atração mais fortes que conhecemos. Meu fêmur pertenceu a Seren, vocês devem ter sentido a atração antes de invadi-lo.

Nyo franziu o cenho e quase se desequilibrou quando Art parou de andar subitamente.

— Bem em frente ao fêmur, na praia, tem uma gruta. Sempre que nós *saímos* da gruta, somos levados para o topo dela. Isso é...?

— Precisamente. — Bornir meneou com a cabeça para que continuassem andando. — Vocês não são *levados*, são puxados pelos ossos. Meu fêmur gera uma espécie de campo gravitacional, e vocês caíram no início desse campo. Esses pontos que geram o puxão, como ao sair da gruta, sempre são imprevisíveis, não obedecem a nenhum padrão específico.

— E você tem certeza de que está nos levando para o lugar certo? — Nyo perguntou, e recebeu como resposta um olhar feroz da khudra, questionando como ele *ousava* desafiá-la. — Foi mal.

Bornir assentiu e continuou o caminho em silêncio.

— Art, você entendeu isso? — Nyo sussurrou, rezando para que a criatura não o escutasse. — Como assim os ossos nos puxaram?

Arcturo levou alguns instantes para responder, seu olhar divagando pelos pequenos fragmentos de ossos que os circulavam. Eles contornaram a coluna – o mais respeitoso a se fazer, segundo a khudra – e passaram a caminhar em meio ao que restara do esqueleto de Seren.

— Pelo que entendi — Art começou, usando sua voz de quando precisava explicar algo muito básico para Nyo —, os ossos têm um poder próprio, ou algo do tipo. E por isso eles

geram esse campo de atração, como... — Ele franziu o cenho.
— Como um buraco negro, lembra?

Nyo torceu os lábios, tentando se lembrar do fenômeno pelo qual Art fora apaixonado por algum tempo. Os astrônomos de Ekholm não eram capazes de provar a existência deles, mas livros muito antigos falavam da força mais poderosa do universo, que sugava até mesmo o próprio tempo. O aventureiro nunca tivera muita paciência para estudar a fundo, mas sabia que Arcturo havia esgotado todos os volumes disponíveis na modesta biblioteca da cidade para conhecer mais sobre eles. Era sempre assim: Nyo imaginava as aventuras épicas e Art, perdido nas suas histórias, o apresentava a novas possibilidades.

E, convenhamos, nequícias são muito mais interessantes.

— Mas não é tão certinho, como um campo gravitacional normal — o menino continuou. — Nós somos puxados ao sair da gruta e caímos em cima dela. Ela falou que esses pontos são imprevisíveis, então não tem como saber onde vamos parar.

— Não, garoto, *quase* — Bornir interrompeu, mas não olhou para trás ao corrigir o menino. — Os pontos de atração são imprevisíveis e podem levá-los para lugares aleatórios no espaço, mas apenas se não tiverem alguém para conduzi-los. Um humano normal pode cair em qualquer lugar, mas é possível usar as zonas de atração para ir até um destino predefinido.

Nyo limpou a garganta.

— Isso quer dizer que nós conseguimos viajar no espaço? — ele perguntou, incerto. *Achava* que estava entendendo a explicação, mas não tinha tanta certeza disso. Não arriscaria falar em voz alta.

Bornir não respondeu à pergunta, mas seus tentáculos fizeram alguns movimentos circulares estranhos. Ela parecia ansiosa e passou a andar mais rápido. Art lançou um olhar apreensivo para o amigo, e os dois pareciam de acordo que era hora de parar com as perguntas.

As costelas de Seren surgiram em meio ao horizonte depois de poucos minutos, centenas de vezes maior do que Nyo achava que era possível. Os ossos curvos subiam ao céu como garras de uma criatura abissal tentando alcançar as estrelas, cobrindo a luz dos sóis do crepúsculo.

— Chegamos — a khudra anunciou, irrequieta. Parecia aliviada de poder se livrar dos meninos, mas seus tentáculos balançavam cada vez mais agitados.

Nyo estava impressionado demais para responder "eu percebi", mas não conseguiu segurar uma risada nervosa.

Era impossível que Seren tivesse menos que cinquenta metros de altura, provavelmente tinha muito mais. Partes de Nyo ainda não conseguiam aceitar que aquelas criaturas tinham realmente existido. Era irreal, hiperbólico demais.

Talvez a prova de que os gigantes existiram fosse o fato de que eram maiores do que qualquer mente humana conseguiria inventar.

— Garoto, você consegue sentir o campo gravitacional dela? — Bornir perguntou, os olhos curiosos presos em Nyo e os tentáculos inesperadamente estáticos.

O aventureiro pressionou as pálpebras, amplificando todos os seus sentidos em busca de qualquer sinal incomum no próprio corpo. A pequena chama queimava lá no fundo do seu peito, a cabeça estava leve por conta do cansaço, mas nada fora do c...

Ali. Na boca do seu estômago havia uma pressão, uma força que o puxava para baixo. Não se lembrava de já ter sentido nada parecido, com exceção, talvez...

— Eu sinto — afirmou, abrindo os olhos. — É a mesma coisa que eu senti perto da gruta.

— É a gravidade do osso te chamando. — A khudra balançou a ponta dos tentáculos. — Em algum lugar nessa costela há um ponto de pressão irresistível, você vai sentir a zona de atração. Quando chegarem lá...

Ela pausou, sumindo e reaparecendo no mesmo lugar. Sua voz estava fraca, *receosa*.

— Quando chegarem lá, vocês pulam.

— Você não pode nos acompanhar? — Art perguntou, suas bochechas levemente vermelhas. Ele tinha o olhar fixo num ponto atrás de Bornir, sem encontrar nenhum dos seus olhos.

— Não posso deixar meu ecossistema por muito tempo — a criatura respondeu, sumindo e reaparecendo um pouco atrás de onde estava. — E o lugar para onde vão... Eu não quero reencontrá-la.

Nyo franziu o cenho, buscando em Arcturo algum sinal de entendimento.

— Reencontrar quem? — perguntou, quando percebeu que Art estava tão confuso quanto ele.

A khudra balançou os tentáculos, como se estivesse dispensando a pergunta do garoto.

— Não deve demorar. A canção está alta hoje — falou, sem ver necessidade de explicar suas palavras. — Eu preciso ir. Boa sorte, humanos.

Bornir se virou com vários giros dos tentáculos, ainda parecendo assustada demais com o futuro que havia firmado nos garotos, e desapareceu no ar.

Nyo ainda não decidira se gostava da khudra, mas não tinha dúvidas de que o encontro tinha selado seus destinos.

Sem pressão nenhuma.

— Art — o aventureiro murmurou, sem conseguir tirar os olhos da costela de gigante à frente deles —, o que aconteceu com a nossa vida?

— Você conseguiu sua aventura — o garoto respondeu, quase sussurrando —, e eu consegui uma nova chance.

Nyo virou-se para o amigo, franzindo o cenho.

— Uma nova chance de quê?

Os lábios de Arcturo formaram um sorriso tímido, e ele balançou a cabeça em negação.

— Só tô pensando alto. — Ele suspirou e encontrou o olhar do amigo. — Vamos?

O aventureiro assentiu e, com as mãos entrelaçadas, eles partiram em direção à costela de Seren.

A pressão do campo gravitacional era maior a cada passo, apesar de Nyo ainda não entendê-la perfeitamente. Bornir disse que eles deveriam pular, e o garoto não fazia a menor ideia de como faria isso sem criar os discos sob os pés – ou, sei lá, sem ter um ataque cardíaco –, mas descobriria quando fosse a hora.

Ainda não haviam adentrado a primeira costela quando ele sentiu. Como se uma mão invisível o puxasse para baixo – *um ponto de pressão irresistível*.

— É aqui — falou, quase sussurrando.

— Você tem certeza? — Art enrijeceu ao seu lado, arregalando os olhos.

Não.

— Tenho.

Nyo olhou para baixo, seu coração trovejando no corpo. A queda era fatal, mas o seu corpo *clamava* por ela. Ele precisava pular, não conseguiria se manter em pé por mais nenhum instante. A chama em seu peito queimava ainda mais forte, como se soubesse que estava próxima do seu destino. Nyo não conseguiria resistir, precisava ser levado pela gravidade de Seren.

Art apertou a sua mão, assentindo.

— Se a gente morrer, vão contar histórias sobre nós — ele afirmou, para em seguida os lábios tremerem — Certo?

— Certo — Nyo murmurou.

Seu coração batia forte demais no peito, terror como nunca havia sentido antes percorria suas entranhas, congelava seu sangue e paralisava todos os seus membros. Era loucura. Era *absolutamente insano* e ele não queria fazer aquilo.

Nyo sempre fora um covarde. Agarrava-se ao passado para não precisar sonhar com um novo futuro.

Mas o mundo estava prestes a entrar em colapso e ele precisava de respostas.

Nyo apertou a mão de Art, e eles pularam.

17.
O guia de Nyo Aura para desbravar o fim do mundo

Tudo aconteceu muito devagar.

Eles caíram, e daquela vez os discos não os seguraram. Nyo sentiu o vento rasgar a pele, e por um segundo achou que seu coração pararia de bater.

Sua mão ainda apertava a de Art, e ele teve a impressão de que gritava. Não saberia dizer.

E então, o mundo girou ao seu redor.

O oceano alaranjado abaixo deles trocou de lugar com o céu violeta. O osso do qual pularam sumiu completamente.

Os sóis se apagaram, e a escuridão se fez infinita.

Nyo achou que estava morto, mas ainda sentia o melhor amigo unido a ele. Puxou o garoto para perto, suas mãos entrelaçadas com força. O pior que poderia acontecer naquele momento era se separar de Art, e Nyo não arriscaria.

Não, ele chegaria ao fim do mundo com Arcturo ao seu lado.

Eles caíram no vazio por toda a eternidade, seus ouvidos preenchidos apenas pelo apito ensurdecedor do vento.

Em algum momento daquela eternidade, o negrume foi invadido. Milhões e milhões de olhos cintilantes observavam os amigos caírem no abismo.

Não. Não eram olhos.

Eram *estrelas*.

Respingos de tinta de todas as cores contra a tela preta do universo. Espirais cor-de-rosa e laranja, ranhuras azuladas que duravam o momento de um piscar de olhos. O impossível com o qual Nyo sempre havia sonhado.

Estrelas, como as das histórias.

Teve apenas um instante para admirar o universo ao seu redor, porque a força que o atraía se amplificou, e Nyo sentiu o corpo ser puxado para baixo numa velocidade ainda maior.

E, num fim misericordioso à queda, os dois garotos caíram no oceano.

Nyo emergiu imediatamente. Esperava o frio, mas a água ao seu redor estava morna e o ar ainda mais, acariciando sua pele machucada pelo atrito com o vento.

Seu primeiro instinto foi procurar por Arcturo, mas o ambiente que os cercava roubou sua atenção. Ele achou, por um segundo, que haviam caído no oceano de Caerus, mas...

Nyo não saberia diferenciar *cima* e *baixo*, mas parecia estar parcialmente submerso num oceano *de estrelas*. Não havia nada além do escuro infinito quando olhava para cima, mas a água ao seu redor – preta como carvão – era o mesmo céu estrelado que tinha visto enquanto caía. Globos de luz nadavam na água turva, ele não saberia dizer se estava no oceano ou no firmamento.

O ar que entrava em seus pulmões era quente e, de uma forma que ele não conseguiria explicar, *estático*. O tempo naquele lugar estava parado.

Eles haviam invadido um mundo que não deveria existir.

A água se agitou ao seu lado, e o aventureiro percebeu Arcturo tão perdido nas estrelas quanto ele. Seus olhos cintilavam ao refletir o brilho dos milhões de pontinhos prateados ao seu redor. Art levantou as mãos em concha e o universo permanecia escorrendo na água.

— Art? — Nyo sussurrou. Não parecia certo que aquele santuário de estrelas fosse invadido por barulhos.

O amigo levantou os olhos e o aventureiro percebeu que um sorriso tranquilo enfeitava seu rosto.

— Eu não preciso saber nadar aqui — Art falou, hipnotizado pelo prateado do oceano. — A água me sustenta.

Nyo moveu as pernas e entendeu o que o garoto queria dizer. Não era ele que se mantinha de pé, mas o oceano que o carregava.

— Nyo — Arcturo chamou. — Nós estamos mortos?

Ele demorou para responder. Pensou em alguma piadinha, mas não achava que seria certo fazer nenhuma.

— Não faço a menor ideia — confessou.

Art assentiu.

— E agora?

A água se movia lentamente, não havia ondas que mostrassem a direção do vento ou da costa. Nada que indicasse que aquele lugar tinha um *final*.

Nyo deixou seus olhos percorrerem o ambiente sem pressa nenhuma, não achava que houvesse nenhuma ameaça à espreita, já que a água estava serena. Não esperava se deparar com uma canoa boiando preguiçosamente a metros de distância. Art acompanhou seu olhar e, em completo silêncio, os dois nadaram até o pequeno bote de madeira. Eles conseguiam se entender sem precisar de palavras, seus corpos em sintonia um com o outro e com o mar de estrelas que os envolvia.

Nyo sempre esteve afogado em um oceano turbulento de ansiedade, mas não a sentia naquele momento. Não sentia nada, na verdade. Era o mais próximo que ele conseguia imaginar de estar *vazio*.

Os amigos chegaram à canoa – não precisavam verificar se estava vazia, uma canoa à espera no meio do nada só poderia ter sido posta para eles –, e Nyo ajudou Arcturo a se erguer e sentar no pequeno banquinho de madeira, subindo logo depois. Dois remos estavam a postos para os garotos, e Nyo os guiou sem se preocupar com a direção. Eles chegariam aonde precisavam chegar.

— Nyo — Art chamou depois de algum tempo, imerso em pensamentos —, nada disso é real, é?

— Eu não vejo por que não seria — ele respondeu.

E isso bastou.

O aventureiro remou até uma ilha aparecer no horizonte. Árvores tão altas quanto as muralhas de Ekholm invadiam a imensidão do oceano de estrelas, e uma pequena praia com areia esbranquiçada convidava os meninos a aportar. Nyo guiou a canoa até sentir o atrito com a areia – tão sutil e silencioso quanto o ar que respiravam –, e os amigos desceram.

Seus pés tocaram o solo e imediatamente ele sentiu frio. As sensações voltaram ao seu corpo, os pensamentos correndo enfim na velocidade normal. O relógio do universo voltara a bater.

— *Gigantes* — Art murmurou. Seus olhos arregalados indicavam que ele também havia sentido a inexistência no oceano. — Isso foi...

— Bizarro — Nyo completou.

O ar da ilha era úmido e tinha um aroma doce que ele nunca havia sentido antes, tão limpo que parecia livrar seus pulmões da atmosfera cinzenta de Ekholm. As árvores – ainda maiores agora que eles chegavam tão perto – dançavam lentamente no mesmo ritmo que a brisa, seus troncos enormes e imponentes dando sustento às folhas de um verde-fosco tão escuro que se confundia com as sombras.

— Então... Nós entramos? — Art perguntou, e a ilha obedeceu às suas palavras. Todas as árvores se moveram por centímetros, dando origem a uma trilha que os levava ao mais profundo da floresta.

— Se ainda não estamos mortos — Nyo falou, dando o primeiro passo —, é aqui que a gente vai morrer.

Art levou um segundo para seguir o garoto.

— Sempre um prazer, Nyo.

Assim que pisaram na trilha, as árvores se fecharam mais uma vez atrás deles, deixando-os no escuro invadido apenas por luzes tremulantes refletidas no corpo, dançando pela pele como se pertencessem a eles.

Nyo levantou a cabeça buscando a origem das cores, e descobriu que o céu – parcialmente escondido pela copa das árvores – estava infestado. Seres gigantescos nadavam tranquilamente pelo firmamento, cintilando laranja, verde e ciano. Dando voltas e voltas pelo cosmos em sincronia com a canção da natureza, no mesmo ritmo do vento que balançava as folhas. Nyo poderia jurar que todos os seres vivos naquele lugar respondiam à mesma música, sentia seu próprio sangue obedecer à harmonia imposta pelo novo mundo.

Art acompanhou seu olhar, e eles continuaram a caminhada sem se afetar pela estranheza do momento. Já haviam passado desse estágio.

— Nós vamos até o fim? — Arcturo perguntou.

— Até o fim — o aventureiro assentiu. — Ou até algo nos parar.

— Como a gente chegou aqui, cara? — Art soltou uma risada fraca. — Uns ossos flutuaram, e três dias depois nós viemos parar num... Eu não faço a menor ideia de onde estamos.

Nyo acompanhou a risada, seus olhos presos no caminho à frente. A floresta abrira espaço para a trilha, mas ele não conseguia ver nada para além das sombras das árvores. A luz das criaturas no céu não era suficiente para iluminar o caminho, e só perceberiam qualquer ameaça quando já fosse tarde demais.

— Não acho que estamos em Caerus — falou, sem ter certeza das próprias palavras. — Não acho que estamos em lugar nenhum. Nós só estamos... Indo. Faz sentido?

— Nem um pouco. — Art bateu com o ombro de leve no amigo. — Mas acho que você tá certo.

Nyo sorriu e respirou profundamente, permitindo que o ar gelado da floresta enchesse seu corpo inteiro com aquela tranquilidade sobrenatural. Apesar de sentir frio, não se incomodava. Não sentia falta de água e muito menos de comida – e imaginava que não sentiria enquanto estivessem naquela floresta, mesmo que não soubesse explicar como isso acontecia.

A única coisa de que ele precisava para sobreviver naquele – e em qualquer outro lugar – estava ao seu lado, caminhando com os olhos preenchidos pelo assombro.

Ele já sabia disso. É claro que sabia, mas a percepção o atingiu com tamanha clareza que o seu amor por Arcturo pareceu mais real do que nunca. Tão incrivelmente *simples*.

Nyo olhou de relance para o melhor amigo: o garoto dourado de Ekholm, com cachinhos loiros e olhos verdes inesquecíveis.

Maldito Arcturo Kh'ane.

Ele foi invadido por um turbilhão de emoções inexplicáveis, um aperto assustador e asfixiante no fundo do peito. Seu coração batia forte, trovejando como se buscasse por uma escapatória daquela enxurrada de sentimentos nada bem-vindos.

Art virou-se para Nyo, encontrando seu olhar com um sorriso leve nos lábios, e o aventureiro sentiu as bochechas esquentarem – por algum motivo que ele preferia não descobrir.

— O que foi? — Art soltou uma risada fraca.

— Nada não. — Ele sorriu de volta, sem jeito. — Tô só pensando.

O garoto arqueou as sobrancelhas.

— Pensando em quê?

Nyo deu de ombros, voltando o olhar para a trilha.

— Em como você é um completo maluco por ter me seguido nessa loucura toda — ele respondeu, desistindo de controlar as batidas agitadas do coração.

— Só comprovando que você é uma influência *terrível*.

— Se os seus pais soubessem pra onde eu te arrastei... — Nyo chutou uma pedrinha, subitamente nervoso para ouvir a resposta do amigo. Não tinham mencionado o assunto *pais* até aquele momento, e aquela conversa poderia acabar da pior forma possível. Ele tinha passado os últimos dias evitando ao máximo pensar em Corinna, fugindo do aperto estranho no peito que sempre o sufocava quando pensava na mãe.

— Minha mãe teria um ataque cardíaco, disso eu não tenho dúvidas. — Art não encontrou seu olhar enquanto falava. — Meu pai te mataria. E depois *me* mataria.

Nyo mordeu os lábios, um nó incômodo se formando em sua garganta.

— Você não... — Ele pigarreou. — Não se arrepende, então?

— Você tá *brincando*? — Art parou de andar. — Olha onde nós estamos! Acha que eu preferiria estar numa cidadezinha caindo aos pedaços? Nós estamos cercados por árvores, Nyo. O meu quarto é lotado de gravetos enfiados em potinhos de terra. Isso daqui é literalmente o meu maior sonho.

Nyo engoliu em seco, sua mente em completo silêncio quando mais precisava de palavras. Ele estalou os dedos e forçou um sorriso nos lábios.

— Seus parâmetros são incrivelmente baixos — respondeu, com uma risada fraca. — Nós nadamos em um mar de estrelas e você fica impressionado com árvores.

— Ei, eu não julgo sua obsessão pelos gigantes...

— Isso é a maior mentira que você já contou — Nyo interrompeu, mas Art o ignorou.

— ... então você não vai julgar a minha por árvores.

O garoto mostrou a língua e voltou a andar, deixando Nyo para trás. Um calor havia se espalhado pelo peito do aventureiro, desfazendo a pressão que o sufocava.

Uma mancha cinzenta se ergueu do meio das árvores num salto impossivelmente alto e atingiu o peito de Art antes que qualquer um deles pudesse reagir. O amigo e a criatura rolaram para longe, e um chiado agudo se espalhou pelo silêncio estático da floresta.

Nyo correu até o garoto, confiando em seus instintos caso houvesse outros seres ao redor, e sentiu a chama em seu peito esquentar e tomar seu corpo por completo. Art fora arrastado até encostar em uma árvore bem em frente à criatura, um animal com quase a sua altura e muito semelhante às lebres do mundo antigo – com exceção das presas enormes e os quatro olhos vermelhos faiscantes.

O aventureiro parou de correr, com medo de chamar a atenção da criatura, e procurou o olhar de Art. O garoto tinha os olhos fixos no animal, ambos estáticos aguardando o próximo movimento do outro. Qualquer barulho poderia resultar num confronto que nem Art nem Nyo pareciam ter chance alguma de vencer. O animal salivava, o corpo inteiro tremia violentamente – e, ele percebeu, parecia *tremular*. O que antes parecia um pelo cinzento agora se revelava claramente ser *fumaça*; a criatura não era feita de matéria sólida.

Nyo deixou a chama consumir seu peito. O calor havia se espalhado até a superfície da pele, tomando todo o corpo dele – era sempre tão fácil ser tomado quando Arcturo estava em perigo –, e explodiu.

Ele sentiu a força evadir seu corpo, drenando sua energia, deixando um vácuo no peito onde antes ficava a chama, mas o ambiente ao seu redor não reagiu à explosão. O animal não pareceu nem perceber que algo havia acontecido, seus olhos ainda fixos apenas na vítima inicial.

Art percebeu o que Nyo havia tentado e olhou de relance para o amigo, pedindo por ajuda. Aquele mísero segundo bastou para que a criatura visse sua chance e o atacasse novamente.

O monstro pulou sobre o corpo do garoto mais uma vez, emitindo um chiado agudo nada natural. Arcturo rolou para o lado antes que fosse atingido, e Nyo correu em sua direção sem fazer a menor ideia de como ajudá-lo.

O animal colidiu com a árvore, e o aventureiro teve a impressão de que o corpo dele se fez sólido naquele instante, mais uma vez envolto por pelo, dentes e garras. Não teve tempo para entender o que era a criatura, que percebeu a presença dele e desistiu de atacar Art, voltando sua fúria para Nyo.

— *Merda* — ele murmurou, antes de disparar em fuga na direção da trilha.

Conseguia ouvir o animal correndo em seu encalço, mais próximo a cada segundo, e tentou convocar as chamas mais uma vez – em vão, porque já estava completamente vazio. Considerou subir em uma das árvores, mas, com aqueles pés e garras longas, tinha certeza de que a criatura conseguiria segui-lo sem esforço nenhum. E Nyo nunca tinha sido bom em escalada.

Sentiu uma dor afiada na nuca, mas não gastou um segundo para descobrir o que tinha acontecido. O sangue morno escorreu pela sua roupa, e por um segundo ele se perguntou se isso atrairia outros seres selvagens.

— Nyo! — Art gritou, chamando a atenção do garoto. Ele olhou para trás por um único instante, sem parar de correr, e o amigo continuou: — *Os discos!*

É lógico.

Sem pensar duas vezes, Nyo deu um impulso para o ar e no mesmo instante os discos dourados se formaram sob seus pés. Assim que ele estava alto demais para ser alcançado, a criatura desistiu de persegui-lo e voltou-se mais uma vez para Art. O aventureiro não hesitou, disparou em direção ao melhor amigo e puxou-o pelo braço antes que o animal pudesse atingi-lo. Os dois continuaram correndo para cima até sua respiração ficar pesada demais para continuar.

— *Gigantes* — Arcturo arfou, apoiando as mãos nos joelhos. — Isso foi...

— Incrível — Nyo completou, secando um filete de suor na testa. Soltou uma risada nervosa, sentindo o coração voltar lentamente ao ritmo normal.

— Incrível? — Art repetiu, arregalando os olhos e fitando Nyo como se ele estivesse louco. — A gente poderia ter morrido, Nyo.

— Eu já te disse que essas são sempre as melhores histórias, Artinho. — O aventureiro deu de ombros, com um sorriso preguiçoso.

— Não, Nyo, não são. — O menino arfou, ainda com a expressão de choque. — Eu acho que você não percebe que pode mesmo acabar morto a qualquer momento. Em alguma dessas suas aventuras algo vai dar muito errado, e você não vai conseguir se safar.

— *Minhas* aventuras? — Nyo perguntou, sentindo um nó se formar na garganta. — Não é você quem diz que sempre vai estar ao meu lado, Art?

O garoto abriu e fechou a boca, como se só então tivesse percebido o que acabara de falar.

— Não é isso que eu quero dizer, Nyo — ele murmurou, negando com a cabeça. — Você sabe que eu sempre vou te acompanhar, mas parece que você esquece que é mortal. Toda experiência de quase morte é uma aventura nova, e não uma *lição*. — Art parecia cansado, como se tivesse guardado aquelas palavras dentro de si mesmo por muito tempo. — A gente não tá mais correndo atrás de ossos em Ekholm, Nyo, você precisa levar em consideração que nossas vidas estão em risco a todo momento. Olha onde a gente tá. Nós *não estamos seguros*.

Nyo não conseguiu se mexer, e muito menos encontrar uma resposta para aquilo. Com o queixo tremendo levemente, ele não conseguia desviar o olhar dos olhos agitados de Art. O amigo não estava irritado, mas *exausto*, e isso Nyo conseguia entender.

— Você tá certo — ele murmurou, enfim. — Você tá certo, Art. Eu prometo tomar mais cuidado.

Arcturo desmanchou sua postura firme e assentiu. Um sorriso tímido se formou nos seus lábios.

— Obrigado.

Nyo deu um chute de leve no pé do amigo e balançou a cabeça para expulsar aquele momento desconfortável. Limpou a garganta, olhando ao redor, e perguntou:

— O que você acha que era aquilo?

— *Aquilo* era um Eco, idiotas — uma voz feminina respondeu. — E vocês só conseguiram irritá-lo.

Nyo aguçou os sentidos, esperando encontrar mais alguém se locomovendo pelos discos, mas o que viu foi uma mulher apoiada na copa de uma das árvores mais altas, com uma mão apoiada em um galho e a outra brandindo uma lança quase da sua altura. Ela tinha a pele tão laranja quanto o oceano de Ekholm, os cabelos azuis presos em várias tranças bem trabalhadas e olhos afiados que desafiavam Nyo a desviar os seus. Vestia uma armadura de um metal preto irreconhecível e tinha várias insígnias penduradas no peito, todas num idioma também desconhecido.

Art apertou a mão de Nyo, num sinal bem claro para o aventureiro se preparar para outro combate, e eles deram um passo para trás.

— Do que está falando? — Nyo perguntou, concentrando-se para sua voz não falhar. Seu coração ainda trovejava no peito depois da fuga, os instintos preparados para mais um ataque. — Quem é você?

— Meu nome é Elera de Cavanier — a mulher respondeu, semicerrando os olhos para os garotos. — Vocês, eu imagino, estão perdidos.

Nyo engoliu em seco.

— Não, não estamos — respondeu, ajeitando a postura. A lança da mulher era grande demais para que ele arriscasse parecer frágil.

Elera revirou os olhos.

— Ótimo, então. Se encontrarem outro Eco, *fiquem longe*.

A mulher começou a descer da árvore, para longe da vista dos garotos, mas Nyo interrompeu:

— Calma! — exclamou. — O que... O que era aquilo?

— Achei que não estavam perdidos — Elera zombou, com um sorriso desafiador.

— Nós... — Nyo pigarreou, engrossando a voz. — Quer dizer, nós sabemos para onde estamos indo.

— É mesmo? — Ela arqueou as sobrancelhas. — Para onde?

O silêncio denunciou o aventureiro. *Droga.*

— Me encontrem na floresta — ela falou, e a hesitação dos garotos pareceu diverti-la. — Se quiserem sobreviver à Passagem, é claro.

Elera os esperava embaixo da árvore, as costas apoiadas no tronco e uma expressão entediada no rosto. Só então Nyo reparou nas cicatrizes que se espalhavam por todo o corpo dela, cortes finos e longos por toda a pele visível, num padrão que ele reconheceu imediatamente: *garras*. Pelo visto, os Ecos eram hostis com todos, e não apenas com eles.

— Vocês vieram de qual planeta? — ela perguntou antes que eles pudessem começar o interrogatório.

— Caerus.

Elera soltou uma risada.

— Caramba, não achei que ainda existissem humanos por lá. — Ela parecia honestamente impressionada. — As coisas que ouvimos... De qualquer forma, o que vieram fazer aqui?

— Antes que a gente responda todas as suas perguntas — Nyo disse, tentando parecer mais confiante do que se sentia. — Você precisa nos explicar algumas coisas.

A mulher ficou alguns segundos em silêncio, encarando-o como se tentasse desvendar todos os seus segredos. Elera apoiou o corpo na lança e começou:

— Vocês estão na Passagem, esse é o fim do mundo conhecido e o começo dos Singulares, os mundos de realidades diversas. A partir daqui, vocês podem ir para qualquer lugar que desejarem — ela explicou, seus olhos ainda presos em Nyo. — Ou podem ficar presos eternamente e se tornar Ecos. Qualquer criatura, de qualquer espécie, pode se perder neste lugar. Aquilo que os atacou era um Eco que estou caçando há meses.

— E por que você está atrás dele? — Art perguntou, escondido atrás do amigo. Sua voz ainda estava fraca, cansado após o ataque da criatura.

— Eu nasci para isso. Para limpar a Passagem dos Ecos. — Ela arqueou as sobrancelhas. — Pois bem, o que vieram fazer aqui?

Nyo mordeu o lábio inferior. Tinha a impressão de que a qualquer momento acordaria em sua cama em Ekholm e descobriria que tudo aquilo fora um sonho bizarro. Era muito mais fácil do que aceitar que aquela era a *realidade*, que quase tinham sido mortos por um *eco*.

— Nós estamos buscando respostas sobre o que aconteceu com os gigantes no nosso planeta — respondeu, decidindo ser honesto. — E viemos parar aqui com ajuda de uma khudra.

— Gigantes? — Elera cruzou os braços. — Estão no caminho certo, então.

— A não ser — Art adicionou, estalando os dedos ansiosamente — que você nos conte o que precisamos saber. Nesse caso, nem precisamos chegar ao fim.

— Vocês *sabem* o que vão encontrar, por acaso? — Elera perguntou, e ambos negaram com a cabeça. — Não cabe a mim arruinar a surpresa. Se seguirem a trilha, encontrarão o que precisam.

Nyo semicerrou os olhos.

— Vocês não têm nenhuma opção senão confiar em mim — a mulher falou antes que ele pudesse rebater. — A resposta que querem está mais próxima do que parece.

— O que você quis dizer — Nyo falou, dando voz a uma das milhares de perguntas que o perturbavam — com outras realidades?

Elera sorriu.

— Cada Singular é um novo universo. Aqui é o começo de tudo, o ponto no espaço em que eles se encontram.

Nyo sentiu um peso se assentar em seu peito. Aquilo era mais do que ele conseguia assimilar, era...

— Isso é impossível — Art interrompeu seus pensamentos. — Mesmo que *existam* múltiplos universos, é impossível que eles se encontrem em um único ponto.

— E por quê? — Elera pareceu se animar e um sorriso guloso se formou em seu rosto.

— Porque... — Arcturo franziu o cenho, seus olhos escurecendo enquanto pensava. Nyo precisou conter um sorriso ao observar o amigo. — Porque se esse é o único ponto em comum entre todos eles, esse é o único ponto em comum que qualquer um tem com o outro. É a única entrada ou saída.

— *Quase* — ela disse, orgulhosa. — Tecnicamente, é a única saída que deveria existir, a única conexão possível entre os infinitos Singulares. Mas a matéria encontrou uma forma de extravasar, de invadir universos vizinhos sem que precisasse utilizar a Passagem.

Nyo segurou a respiração, tentando fingir que estava entendendo sobre o que aqueles dois estavam conversando. Contudo, uma coisa compreendia.

Múltiplos universos. Infinitos.

Compreendia, mas não conseguia assimilar aquelas palavras. Seu coração trovejava nos ouvidos, o que ele não achava estar relacionado à fuga do Eco. Se fossem confiar nas palavras de Elera, então eles estavam próximos de descobrir os segredos dos ossos. Próximos de descobrir o que Nyo buscou durante toda a vida.

— Se vocês continuarem a trilha, vão descobrir a verdade. Isso é uma promessa. — Ela arqueou as sobrancelhas e soltou uma risada fraca, em um pensamento particular. — Ela deve encontrar vocês a qualquer instante.

Elera segurou a lança com mais força, e começou a andar na direção contrária dos garotos.

— Boa sorte, meninos. — Ela se virou por um instante e continuou, por cima do ombro: — Voltem aqui, em algum momento. Quero saber como acabou a jornada de vocês.

18.
O guia de Nyo Aura para ouvir a música do silêncio

— Art, eu vou te fazer uma pergunta e quero que você seja completamente sincero comigo — Nyo falou, depois de se separarem de Elera. Ele levou a mão à nuca sentindo o sangue já seco formar uma casca fina contra sua pele. — Você jogou uma *pedra* em mim?

Arcturo pressionou os lábios, contendo uma risada. *Idiota*.

— Eu precisava que você prestasse atenção em mim.

Nyo bufou.

— Certo. Na próxima você usa meu nome, tá?

O garoto revirou os olhos, batendo de leve com o ombro no amigo.

— Você se machucou?

— Não, não. — Nyo dispensou o amigo. — Esse sangue sempre esteve no meu pescoço. Só que antes eu costumava deixá-lo *dentro* do meu corpo.

Art deu de ombros, agora tomado por um sorriso cansado.

— Perfeito, então.

Eles continuaram caminhando na trilha indicada por Elera sem contestar as palavras da mulher – em parte porque não tinham escolha. Nyo ainda não acreditava no que estava acontecendo. Gigantes, multiversos, Ecos. Sempre suspeitara que o mundo era maior que Ekholm, mas o que faria com a verdade? Além disso, a expressão de insegurança permanente no rosto de Arcturo não era um bom sinal – ele estava contando que o amigo havia entendido a explicação da mulher.

— Art, você entendeu o que a Elera falou, né? — perguntou, incerto. — Posso jurar que meu cérebro desligou por um segundo, porque nada do que ela disse fez sentido pra mim.

O amigo descruzou os braços e coçou o queixo, pensativo.

— Eu acho que sim. — Ele chutou uma pedrinha no caminho. — Mas ainda parece... Impossível.

— Eu decidi que não vou mais contestar nada que aparece na nossa vida. — Nyo apontou para as criaturas nadando no céu acima deles, como se elas provassem seu argumento.

— Ela falou que existem *múltiplos universos*, Nyo. — O garoto engasgou com as últimas palavras, como se não acreditasse nelas.

— Sim, e não faço a menor ideia de como *começar* a imaginar isso. — Ele deu de ombros.

— Pensa assim. — Art franziu o cenho, mensurando as palavras com cuidado. Ele assumiu aquela voz que sempre usava quando precisava explicar alguma coisa muito minuciosa para Nyo, como se estivesse falando com uma criança de cinco anos. — Se o *espaço* é infinito, então apenas o nosso universo é muito pequeno para preenchê-lo. Faz sentido? Então *infinitos* universos ocupam esse espaço disponível.

Nyo abriu e fechou a boca, dando seu máximo para processar as palavras do amigo, mas seu cérebro parecia incapaz de dar sentido a elas.

— E esse lugar... — Art moveu os braços ao redor. — ...é onde todos eles se encontram.

— *Todos* os universos? — Nyo perguntou, assombrado.

— Exatamente.

Eles estavam no meio do *nada*, então? Se aquele lugar era apenas um ponto de encontro entre os universos, *o que* ele era?

Nyo balançou a cabeça, afastando os pensamentos. Era mais fácil viver um passo de cada vez.

— É, não faz sentido. — Ele virou a cabeça para o lado, encarando o amigo com uma expressão curiosa. — Como você sabe desse tipo de coisa, cara?

— Enquanto você lia loucamente sobre gigantes e nequícias, Nyo, eu lia sobre o nosso planeta. — Ele abriu um sorriso envergonhado.

— Então você sempre foi um gênio e escondeu isso de mim por tanto tempo? — Nyo pressionou a mão contra o peito, com sua melhor expressão indignada. — A gente poderia ter usado isso para o *mal*, cara.

— Ai, gigantes. Esse era meu medo. — Art piscou para o amigo.

— Espero que você saiba o quanto me machucou com isso. — Ele apontou para o menino. — Achei que poderia confiar em você.

— Eu nunca te dei nenhum motivo para isso. — Art deu de ombros. — O problema é todo seu.

— Cara — Nyo parou de andar, negando com a cabeça —, o que aconteceu com o Arcturo que morria de medo de plantinhas?

— Ele morreu de hipotermia na terceira vez que você o obrigou a pular num *oceano*. E não é como se só você pudesse ser o corajoso aqui.

Nyo piscou, seus pensamentos indo para *aquele lugar* sem que pudesse impedi-los. O lugar em que reinavam todas as vozes agressivas que tentavam convencê-lo de que...

— Me desculpa por isso, inclusive — falou, silenciando as inseguranças antes que elas criassem vida. — Naquele dia do monstro... Eu fui um idiota. Muito, de verdade.

— Só um pouco. — Art deu de ombros. — Mas eu também sei me cuidar, Nyo. Você não precisa garantir minha segurança o tempo todo.

— Eu não queria tudo isso, Art. Não queria trazer a gente pra... Pro fim do mundo, literalmente. Não queria te levar pra perto da morte tantas vezes.

Art parou de andar e se virou para Nyo, mordendo o lábio inferior. Ele parecia assustado, como se temesse as palavras que sairiam da própria boca nos próximos segundos.

— O que você queria então, Nyo? — sussurrou, de punhos cerrados. — Vir até aqui sozinho para não precisar me salvar o tempo todo, como sempre faz?

Um som desconhecido atravessou o silêncio impenetrável da floresta mais uma vez, e Nyo se virou de súbito, esperando encontrar outro Eco. Contudo, não era o mesmo chiado agudo que a criatura havia emitido, era...

Uma melodia.

Era simples, composta por poucas notas suaves que se encaixavam perfeitamente nos espaços vazios da floresta, o mesmo ritmo para o qual as criaturas no céu dançavam.

— O que foi? — Art sussurrou, segurando o pulso do amigo, roubando sua atenção.

— Você não consegue ouvir? — Nyo escutava a melodia em suas palavras, no ritmo das batidas do seu coração. — Essa música?

Art franziu o cenho, e a música ficou ainda mais alta.

— Não... — o menino murmurou, apreensivo.

O farfalhar das folhas captou a atenção de Nyo, que notou uma garota surgindo em meio às árvores. Não devia ter mais de sete anos e segurava uma flauta de madeira nas mãos. Era difícil captar sua aparência, como se ela oscilasse a cada nota tocada.

— Você ainda não ouve, Arcturo — ela disse, os grandes olhos observando Art com carinho, com... tristeza. — Eu ouço a canção de Nyo claramente, tão nítida quanto os sons do cosmos. Você, Arcturo...

A garota deu alguns passos em direção aos meninos e segurou a mão de Art sem desviar o olhar do garoto. Art parecia aterrorizado, e mesmo assim não se moveu, mantendo a atenção na menina.

— Eu não ouço sua melodia.

— O que...? — Art murmurou, sua voz falha e trêmula. Ele não se movia, a boca meio aberta em eterno desassossego.

— Você não me conhece, é claro, mas houve um tempo em que os humanos me ofereciam sacrifícios diários. — A menina sorriu, soltando a mão dele. — Templos gigantescos em minha homenagem. Até onde sei, a única coisa que me resta é uma pequena estátua abandonada no norte da sua cidade.

Nyo, petrificado pela presença da estranha, conseguiu sentir o próprio corpo mais uma vez, voando de volta para suas memórias. Sua mente foi invadida pela imagem da estátua quebrada no centro do Refugo na manhã em que os ossos levitaram. Ele nunca pensou no significado por trás da imagem, sempre assumiu que a estátua havia meramente sobrevivido à guerra dos gigantes e que decidiram manter em Ekholm um dos últimos resquícios de arte. A lenda que ele sempre teve como favorita, que invadia seus sonhos mais profundos, aqueles dos quais ele mal conseguia se lembrar.

— A flautista — ele afirmou.

— Eu sabia que você se lembraria, Nyo. — Os olhos dela brilharam na direção do garoto. — E eu estou muito orgulhosa de você. Foi uma honra te ter ao meu lado por todo esse tempo.

Nyo respirou fundo, sentindo o frio abandonar seu corpo, substituído lentamente por um calor confortável, que desfazia cada um dos temores que travavam seus músculos e assombravam sua mente. Parecia tão fácil, naquele momento, *existir*. Era como se a presença da flautista dissolvesse toda tensão dentro dele, acalmando seus pensamentos e relaxando seus músculos.

— Sua canção é clara para mim, Nyo. A sua, Arcturo, é a que precisamos escutar antes que eu permita que vocês continuem a jornada.

O aventureiro olhou para o melhor amigo, que não parecia ter sido afetado pela tranquilidade da menina.

— Você tem uma escolha, Arcturo. — Ela sorriu carinhosamente. — Você tem mentido, e se continuar assim não vai sobreviver ao lugar para o qual precisam ir. A pergunta é bem simples: você deseja seguir em frente?

Nyo viu o peito do amigo subir e descer várias vezes até parar completamente. Ele estava *mentindo*?

— Você pode dizer não, e eu te levarei de volta para a sua cidade. Ninguém nunca se lembrará que um dia você saiu de lá. Se escolher seguir em frente, contudo, você corre o risco de viver seus últimos momentos.

Nyo sentiu sua garganta fechar, o terror asfixiante criando vida e se apossando do sangue que corria em suas veias. Era impossível respirar, seus pulmões não cooperavam.

Como havia sido tão estúpido e egoísta em arriscar a vida de Art, sabendo que ele tinha para onde voltar?

Ninguém sentiria falta de Nyo Aura, mas Ekholm choraria a morte de Arcturo Kh'ane.

— Eu... — Art engasgou nas palavras, e seus olhos evitavam os de Nyo. Ele não continuou a falar, estático como se estivesse preso no mesmo segundo pela eternidade.

— Preciso que você tome uma decisão, Arcturo. — A menina franziu o cenho, e Nyo acreditaria que ela estava preocupada com o amigo caso não tivesse acabado de proferir uma sentença de morte para ele. Queria gritar, queria explodir sobre aquela garota e vê-la se despedaçar contra o tronco de uma árvore, queria que aquela chama em seu peito queimasse todo o universo. Queria ser capaz de fazer *qualquer coisa*, mas seu coração o impedia de se mover. Nyo se odiava por isso, mas sabia que não poderia negar a vontade da flautista. A vontade de Art.

Art fechou os olhos com força, balançando a cabeça. Seus dedos tremiam, e até neles Nyo conseguia ouvir a melodia do cosmos.

— Agora, Arcturo — a flautista ordenou.

O menino abriu os olhos e abriu a boca, trêmulo. Ele encontrou o olhar de Nyo por um instante infinito, mas o aventureiro não conseguiu ler a resposta em suas lágrimas. O silêncio talvez fosse a opção mais misericordiosa.

— Ele vai voltar, é claro — Nyo falou, sentindo seu corpo se desmanchar. A dor que se espalhou por seus ossos enquanto falava aquelas palavras foi excruciante.

Art virou a cabeça para o amigo imediatamente, seus olhos preenchidos por algo que ele não conseguiu ler. Algo que nunca tinha visto no melhor amigo.

— Você não tem nenhum direito de tomar essa decisão por mim, Nyo — ele falou, seu lábio tremendo a cada palavra. — Você não tem direito de escolher se vivo ou morro.

Nyo deu um passo para trás. Não conseguia sentir o próprio rosto, não escutava seus pensamentos, não saberia dizer onde encontrou forças para responder.

— Essa é a sua chance, Art — Nyo sussurrou, e sua voz pareceu ocupar todo o espaço vazio entre os dois. — Você pode voltar pra sua família, você não precisa se sacrificar por mim.

— Você não pode tomar minhas decisões, Nyo. Não pode escolher o que é melhor para mim.

— Eu não posso arriscar sua vida, Art — Nyo falou, fazendo o possível para não desmoronar. — Já te destruí o suficiente, te convenci a abandonar toda a sua família, sua cidade e tudo que você conhecia. Eu fiz você *pular*, Art, e você não sabia nadar.

Ele sentiu o choro derrubar as muralhas que tinha erguido e não conseguia continuar.

As lágrimas que Arcturo tentava conter desceram pelas suas bochechas, e ele encarou Nyo com rancor. Nada nunca seria tão doloroso quanto ver a angústia que ele causou nos olhos do melhor amigo. *Nada.*

— Eu te disse... — A voz de Art falhou, as lágrimas correram ainda mais rápido, e ele balançou a cabeça. — Eu *sempre* te disse que iria com você. *Sempre*, Nyo. E você não acredita em mim. Se você me vê como um fardo, se o que você realmente quer é que eu volte para Ekholm, então pelo menos admita.

Nyo sentiu seu coração ser perfurado por milhares de lâminas. *Não podia ser real*. Não podia ser, porque nos milhares de multiversos não havia nenhuma realidade em que Nyo não quisesse Arcturo ao seu lado.

E era isso que Art acreditava? Que Nyo o considerava um fardo? Era doloroso demais para suportar.

— Eu não... — ele murmurou, incapaz de terminar a frase.

— Não importa quantas vezes eu te diga que quero continuar, você insiste que eu vou me arrepender, que eu deveria voltar. É sério, Nyo, se você não me quer aqui, esse é o momento. Você pode continuar sem que eu te atrapalhe. A decisão é toda sua, eu não me importo. — Os olhos de Arcturo pareciam conter toda a dor do universo.

— Você nunca me atrapalhou, Art. — A voz de Nyo era quase um miado.

Ele não conseguia dar sentido àquela situação, não conseguia acreditar no que estava realmente acontecendo. Art se sentia um fardo. Art achava que Nyo não queria sua companhia. Achava que estava atrapalhando. O garoto dourado de Ekholm achava que *ele* era o problema.

— Nyo — a menina interrompeu seus pensamentos —, você escutou Arcturo, a escolha é sua. Ele continua ou volta para Ekholm?

Sentiu o calor da flautista se dissipar imediatamente, o frio adentrando com violência. Nunca o sentira tão agressivo, nunca tão cruel. Art se moveu, mas nenhuma voz saiu de sua boca e Nyo descobriu que não conseguia mais se mexer. Seu corpo estava paralisado, os olhos fixos nos da criança.

— Sim ou não, Nyo?

Ele sabia a verdade. Nyo teria de escolher. Precisaria decidir o futuro do garoto que estivera ao seu lado por uma década, que o salvara dos seus piores fantasmas, que silenciara todos os ruídos. Escolher a si mesmo ou ao melhor amigo.

Era simples, na verdade. A única opção era deixar Arcturo partir. Permitir que ele voltasse à sua vida normal, *seguro* e bem longe de Nyo, bem longe do seu raio de destruição. Era o certo a se fazer, era o justo. Art não merecia nada daquilo, não merecia encarar a possibilidade de não haver um futuro, a possibilidade de se sacrificar pelos sonhos infantis de um garoto problema.

Se Nyo o amava tanto, ele tinha de deixá-lo ir. Ele precisava salvar Arcturo, precisava ser corajoso. Sentia tanta certeza disso quanto do amor que sentia pelo melhor amigo.

Mas Nyo Aura nunca suportou a ideia de ficar sozinho. Ele não queria ser esquecido.

— Art vai comigo.

19.
O guia de Nyo Aura para desmascarar seu melhor amigo

A flautista sorriu.

— O caminho de vocês não será longo, a partir de agora — ela falou. — Descansem, e ao acordar sigam a trilha até o final. Boa sorte, garotos.

A menina apertou a mão de Nyo, seus olhos cintilando com diversão, e sumiu entre as árvores, tão repentina quanto havia surgido, sem se importar com o estrago deixado para trás.

O aventureiro permaneceu estático. Um ruído fino preenchia seus ouvidos, e a ansiedade bloqueava o ar que inspirava. Ele não queria olhar para o lado, não queria descobrir a expressão do melhor amigo e lidar com a dor que sentiria independentemente de qual fosse. E se Art tivesse dito aquilo só para agradá-lo? E se ele estivesse torcendo para Nyo negar?

Sabia que tomara a decisão egoísta, mas não conseguiria continuar sem Arcturo. Percorrer os infinitos universos sem o amigo parecia vazio. Ele não via nenhum sentido em continuar a jornada se não tivesse o garoto dourado ao seu lado.

— Nyo... — Art murmurou, chamando a atenção do amigo. O aventureiro se virou, fugindo do olhar marejado que o machucaria mais do que um milhão de lâminas em seu coração.

Arcturo ficou em silêncio, e Nyo não conseguiu se convencer a falar.

O vazio entre eles se tornou insustentável, dando espaço e liberdade às vozes mais cruéis em sua mente. Estar na própria pele nunca fora tão doloroso; sua existência nunca fora tão violenta. Por um segundo, teve certeza de que tomara a decisão errada, de que conseguira destruir sua amizade com Art de uma vez por todas, de que o melhor amigo o abandonaria como todos antes o tinham feito.

Por um único segundo, aceitou que tinha perdido tudo.

Até Arcturo disparar em sua direção e envolver seu corpo com um abraço. A sua pele fervia, e Nyo enterrou o rosto no pescoço do melhor amigo, sentindo Art tremer de leve dentro dos seus braços. Permaneceram em silêncio até o menino se distanciar, suas bochechas num tom escarlate intenso, mais do que o bastante para dissolver o nó em sua garganta.

Art deu um passo para trás, encarando um ponto atrás de Nyo, e suspirou.

— Isso foi horrível.

— Eu... — Nyo titubeou, sem saber como terminar aquela frase. Tudo ainda parecia muito irreal.

— Você tomou a decisão certa, Nyo — Art falou, sua voz baixa para escondê-los do resto do universo.

— Eu não... — Ele negou com a cabeça, contendo o impulso de esconder o rosto com as mãos. — Não conseguiria fazer isso sem você, Art.

— Eu teria feito todo o caminho de novo, Nyo. Mesmo se você tivesse escolhido me mandar pra casa, eu daria um jeito de voltar. Eu só precisava que você confiasse em mim.

O garoto assentiu, sentando com as costas apoiadas na árvore mais próxima. Ele estava exausto. Art sentou-se ao seu lado, abraçando os joelhos, e voltou o olhar para o melhor amigo.

— Nyo, essas são as *nossas* histórias. Eu já tentei aquele mundo uma vez, e já sei que não é pra mim. — Ele segurou uma pedrinha na mão e apertou com força. — E nem pra você. A gente tá no lugar certo.

Nyo mordeu os lábios, incerto sobre o que responder. Sua mente ainda estava preenchida pela culpa, incapaz de formular qualquer pensamento coerente. Ainda se sentia desconectado, como se fosse um mero espírito que observava de fora enquanto seu corpo tomava as piores decisões possíveis.

Queria poder confiar de peito aberto no amigo, mas e se Art se machucasse? Se o Eco não fosse o único inimigo que eles enfrentariam?

O que faria se perdesse Art?

— Posso te fazer uma pergunta? — Art interrompeu seus devaneios, e Nyo olhou para o amigo. Seu queixo tremeu levemente antes de continuar. — Você confia *mesmo* em mim?

O aventureiro sentiu um nó se instaurar na garganta.

— É claro que confio.

— Não acho que confie. — Art engoliu em seco. — Não acho que você acredite em mim quando digo que quero estar ao seu lado.

Nyo sentiu as palavras de Arcturo o atacarem como navalhas. Ele mordeu o interior da boca, seu coração ameaçando explodir no peito. Suas bochechas queimavam e todos os instintos gritavam para que ele saísse correndo.

Covarde, covarde, covarde.

— Eu acredito que você acredite nisso — ele murmurou, sua voz falhando de leve. — Mas um dia você vai acordar e descobrir que eu te destruí.

— Você *planeja* me destruir, Nyo? — Art levantou o olhar para o amigo.

Nyo não fazia a menor ideia do que deveria responder. Não, mas eu vou. Abriu e fechou a boca várias vezes, incapaz de dizer a verdade.

— Eu sei que você não consegue acreditar que alguém *queira* estar ao seu lado, que eu quero viver essa aventura, mas preciso que confie em mim. — Art segurou o braço do amigo, apertando de leve. Sua pele era quente. — Preciso que você saiba que eu *sempre* vou escolher você, Nyo.

Ele pausou, desviando o olhar.

— Eu não quero... — Nyo cobriu o rosto com as mãos, sentindo a garganta fechar. *Gigantes*. — Art, é que... eu não vou aguentar se você mudar de ideia. Eu não acho que eu vá sobreviver a isso. Não ria, é sério.

— Para de ser idiota. — Art deu um chute de leve no pé do garoto. — Primeiro que você *conseguiria* viver sem mim, mas talvez sua vida fosse muito chata. Segundo, eu também não quero viver sem você.

Nyo encontrou seu olhar, e sentiu... sentiu que talvez aquela fosse a verdade. Talvez fosse hora de abrir mão de si, abrir mão do terror que o consumia dia após dia.

Um turbilhão de palavras que jamais teria coragem de expressar em voz alta o invadiu, as verdades que por toda a sua vida ele escolheu ignorar. Art manteve seus olhos presos nos de Nyo, tão verdes quanto as árvores que ele sempre sonhou em conhecer, e nenhum dos dois teve coragem de desviar. Nenhum dos dois teve medo do que aquilo significava.

Arcturo era o garoto dourado de Ekholm, o garoto mais gentil que todos no Refugo conheciam. Não havia uma alma viva que o conhecesse e não se apaixonasse completamente por ele – Nyo incluso –, e Art o havia *escolhido*. Art estava ao seu lado havia mais de dez anos, e insistiu que permaneceria ali.

Se Art conseguia vê-lo dessa forma, talvez Nyo não estivesse tão quebrado assim.

Seus olhos correram pelo rosto do melhor amigo, explorando-o com calma, confiando em Arcturo toda a sua vida. O olhar do garoto queimou sua pele, deixando um rastro de chamas por onde passava, mas em momento algum Nyo ousou se afastar. O único ruído que invadia o pequeno universo dos dois eram as batidas de seus corações, cantando no mesmo ritmo que a canção do cosmos.

Ambos sabiam o que estavam admitindo naquele momento, sabiam reconhecer os sentimentos ocultos um no outro. Não precisavam de palavras, pedidos de desculpas ou declarações. Independentemente do que acontecesse dali para a frente, Nyo tinha Art ao seu lado.

Seu melhor amigo, a única pessoa que o enxergava.

Eram sentimentos que nunca tiveram voz em sua vida, porque ele nunca se permitira pensar na possibilidade de aquilo ser real. Nyo nunca achara que um dia seria o *alguém* de Arcturo.

Na verdade, nunca havia nem mesmo olhado para o amigo dessa forma. A decepção de não ser correspondido seria intolerável, muito mais do que ele seria capaz de aguentar. Contudo, como poderia ignorar o formigamento na ponta dos dedos, a respiração entrecortada, o coração esmurrando no peito?

Ali, sentados embaixo de uma árvore no fim do mundo, era tão *simples*.

Nyo segurou a mão de Arcturo, entrelaçando seus dedos. Manteve seus olhos fixos no movimento, uma timidez desconhecida fazendo seu sangue ferver. Seu coração ainda gritava, mas dessa vez aquele era o sentimento mais incrível que já sentira.

— Qual era o seu segredo, Art? — ele perguntou, com um sorriso tímido. — Sobre o que você estava mentindo?

Parecia impossível, mas as bochechas de Arcturo ficaram ainda mais vermelhas. Nyo soltou uma risada nervosa.

— Você vai mesmo me fazer falar em voz alta, Nyo Aura? — Ele cobriu o rosto com uma mão, sem soltar a outra da de Nyo.

O aventureiro o puxou para perto, sem desviar o olhar mesmo quando seus rostos estavam a meros centímetros um do outro. A respiração morna e agitada de Arcturo acariciava sua pele, nunca tão bem-vinda como naquele momento.

— Não, eu não sou cruel a esse ponto — Nyo sussurrou, e o olhar do melhor amigo brilhou quando ele acabou com o espaço que existia entre eles.

Maldito Arcturo Kh'ane.

20.
O guia de Nyo Aura
para desbravar o cosmos

Nyo acordou com a cabeça de Art apoiada em seu peito. O garoto estava num sono profundo, seus olhos se movendo levemente embaixo das pálpebras, e o aventureiro não quis acordá-lo. O frio ainda não o afetava, mas o calor de Arcturo era confortável demais para desperdiçar. Não conseguiu conter um sorriso, ainda surpreso demais com tudo que se permitira sentir no dia anterior. Não parecia sua vida, nunca tivera tanta sorte. O universo nunca tivera misericórdia dele. Nunca o presenteara com nada tão grandioso quanto Arcturo.

Nunca tinha experimentado as estrelas no estômago depois de um primeiro beijo.

Ele queria ficar ali para sempre. Não precisava de água nem de alimentos, e não se importava se um dia se tornaria um Eco se isso significasse estar com Arcturo para sempre. Estavam no fim do mundo, num lugar onde o tempo não passava e todos os universos existiam ao mesmo tempo; não havia nenhum lugar melhor para perder sua alma.

— Você tá fazendo uma cara muito estranha — Art falou, sonolento, sentando e levando consigo todo o calor que amparava Nyo.

O aventureiro apertou o braço do amigo e ficou em pé, alongando os braços – dormentes por causa da posição na qual passara a noite. Seu abdômen estava rígido, provavelmente resquícios do machucado na costela de alguns dias antes, mas se sentia revigorado.

— Eu estava pensando — Nyo falou, franzindo o cenho, buscando um assunto. Ainda não conseguia controlar a timidez em sua voz, mas poderia fingir que tudo estava normal. — Eu já liberei aquela minha explosão pelo menos umas três vezes, e só a primeira causou uma cratera e me machucou.

— Talvez seja porque você ainda não tinha controle nenhum sobre isso — Art sugeriu, erguendo-se e dando vários pulinhos para acordar.

— Mas eu *ainda não tenho*. — Nyo soltou uma risada nervosa. A visão do menino dando pulinhos fez o seu coração queimar, e ele precisou de toda a força dentro de si para não derreter. — Não faço a menor ideia de como controlar. Eu só... Sinto muita raiva e deixo ela explodir.

Art mordeu a língua, deixando só a ponta para fora, e assumiu uma expressão pensativa. O aventureiro não conseguiu não encarar o garoto com um sorriso idiota no rosto, sentindo um nó no estômago e as bochechas esquentarem.

— Eu não tenho ideia — o rapaz falou, enfim. — Mas acho que a gente vai descobrir logo, logo.

Os meninos voltaram a seguir a trilha, ainda iluminados apenas pelas criaturas alaranjadas nadando no céu eternamente noturno. Nyo sentia a pressão na boca do seu estômago cada vez maior, a mesma sensação que o envolvia nas zonas de atração, mas não quis avisar Arcturo. Quando fosse impossível ignorá-la, ele levaria essa preocupação. Por agora, não queria estragar o momento.

— Eu criei algumas teorias essa noite — falou, batendo com o ombro no amigo para chamar sua atenção. — Do que nós vamos encontrar.

— É claro que criou. Se você tivesse realmente dormido eu apostaria que você viraria um Eco nos próximos cinco minutos.

Nyo revirou os olhos e continuou:

— A primeira é que nós vamos descobrir que nunca entramos no ecossistema do osso, nós caímos no oceano e estamos alucinando desde então depois do contato com algas radioativas — disse, num tom que deixava claro que ele de fato acreditava que aquela era uma possibilidade.

— Interessante — Art assentiu, mantendo a expressão séria. — Prossiga.

— A segunda é que os gigantes estão vivos e usam os humanos como entretenimento. Eles observam nossa vida e jogam vários enigmas pra nos incentivar a trazer mais conteúdo para eles.

— Também é possível, mas meio clichê. — O garoto semicerrou os olhos para Nyo. — Você consegue fazer melhor do que isso.

— Calma, eu deixei a melhor para o final. — O aventureiro abriu um sorriso de orelha a orelha. — Todas as espécies alienígenas estão em uma batalha intergaláctica para descobrir quem será o próximo senhor do universo, e um dos prêmios é poder dominar a humanidade! Eu sou um dos escolhidos para participar dessa guerra e levar Caerus até nossos futuros conquistadores, e é por isso que eu tenho esses poderes. Nós vamos descobrir que essa baboseira de fim do mundo é na verdade um teste para descobrir se os humanos ainda são fortes o suficiente para servir como escravos eternos da civilização que nos dominar.

— *Agora sim!* — Art gargalhou, seus olhos brilhando. — Eu coloco todo o meu dinheiro nessa teoria. Total confiança.

— Agradeço pelos votos, fiel escudeiro. — Nyo ergueu o queixo com um sorriso no canto da boca.

O sorriso de Art foi tomado por uma expressão preocupada quando Nyo abraçou a própria barriga. Uma torção no seu estômago – irresistível, dolorosa e incrivelmente violenta – o fez se curvar para a frente, a cabeça tomada pela dor afiada, como se estivesse prestes a explodir.

— Nyo? O que foi? — As mãos de Art o seguraram, uma em suas costas e outra tentando tirar o cabelo da frente do rosto do garoto.

A pressão era demais, Nyo estava sendo comprimido para baixo, e era impossível respirar, o ar se recusava a entrar em seus pulmões.

Um apito soou em meio ao silêncio da Passagem – não, estava dentro do seu ouvido, ameaçando estourar seus tímpanos – e Nyo viu o mundo ao seu redor se desfazer. Estavam sendo levados para longe, puxados para o vazio.

Num instinto, puxou a mão do melhor amigo e o trouxe para perto. Não podia correr o risco de ser levado para outro lugar sem Arcturo.

Teve certeza de que iria morrer. Era impossível, era forte demais. Muito mais do que ele conseguiria aguentar. Seu corpo implodiria, ele...

Tudo ficou estático mais uma vez.

Nyo abriu os olhos, mas poderia muito bem estar sonhando. O aperto da mão do amigo o lembrava que ainda estava vivo, mas não parecia real.

Estavam no meio do universo. Bem no centro, em meio a planetas e estrelas e detritos por todo canto. Flutuavam no vazio, e aparentemente não precisavam respirar. Não sentia frio, mal sentia o próprio corpo.

Sim, ele poderia estar morto.

Tentou falar, mas a voz se perdeu no vazio. Bem à frente deles havia meia dúzia de planetas, de todos os tipos e cores. Um deles, laranja e azul, era delineado por anéis dourados que dançavam em sua órbita. As dezenas de luas eram como pequenas moscas disparando ao redor deles, e incontáveis cometas e asteroides rasgavam a tela preta que era o cosmos.

Estrelas infestavam sua visão. Pontinhos brilhantes de todos os tamanhos e cores.

Ao longe, havia uma nuvem gigantesca no formato de um olho humano. A poeira de estrelas alaranjadas rodeava um centro azulado, como uma divindade observando suas criaturas em meio ao infinito. Nyo sentiu um arrepio se espalhar pelo corpo, mas não conseguiu desviar o olhar.

O silêncio era tangível, perpétuo e implacável. Ele se emaranhou pelas entranhas de Nyo, esfriou seus ossos e se tornou vivo dentro do seu corpo. O garoto teve a impressão de que, se gritasse, todo o universo o ouviria.

Outra nuvem colossal os observava, e essa foi capaz de dar vida ao pânico que ainda se escondia no fundo do peito de Nyo. A poeira de estrelas branca e azul tinha o formato perfeito de um crânio. As fendas do nariz, as crateras no lugar dos olhos. Era aterrador.

Era *deslumbrante*.

Arcturo apertou sua mão, e Nyo olhou na direção do amigo. Demorou para conseguir virar o pescoço, seu corpo parecia se mover mais lentamente, sem respeitar sua ansiedade.

Seu coração pareceu parar de bater ao constatar o que era a massa de escuridão e estrelas atrás de Art.

Ele já havia lido sobre eles. Tinha ouvido histórias, mas ninguém sabia dizer se eram reais ou meramente fruto da imaginação de alguns bêbados criativos. Eram poucos os que ainda sussurravam contos sobre esse fenômeno, poucos os que conseguiam explicá-lo.

Infinito, com uma força que desafiava os deuses. Nada, nem mesmo o próprio tempo, conseguia escapar dele.

O laranja resplandecia tanto que quase se tornava branco, e ao seu centro uma espiral tão preta quanto os sonhos dos mortos. Impossivelmente preta, já que devorava toda luz que se atrevia a chegar perto.

Nyo sonhara em ver estrelas, mas nem nos mais irreais sonhos teria imaginado que veria um buraco negro.

Conseguiu desviar o olhar da entidade para o melhor amigo, e assentiram, juntos.

O buraco negro chamava. Nyo conseguia sentir o seu destino sendo desenhado, a música do cosmos estava alta, clara. Familiar. Ele a escutava nitidamente, e sabia que poderia confiar na voz do universo ao seu redor.

Mesmo com medo, tinha chegado até ali. E, com Arcturo ao seu lado, conseguia reunir coragem para dar o próximo passo em sua jornada. Nyo apertou a mão do amigo e mergulhou na direção do buraco negro.

21.
O guia de Nyo Aura para invadir um planeta desconhecido

Nyo não conseguiria colocar em palavras a sensação de ter seu corpo levado a todos os limites. Sentia a música do cosmos correr nas suas veias, o calor das estrelas se misturar ao seu sangue e todas as cores do universo aderirem à sua pele. Não sentiu o tempo, não sentiu as batidas do coração. Talvez estivesse apenas existindo por toda a eternidade naquele lugar. Talvez não houvesse nada além daquilo. Talvez ele nunca tivesse sido real.

Seu corpo foi desfeito e recomposto várias e várias vezes, e Nyo se tornou poeira estelar, sua canção em harmonia com a do universo – dessa vez, sem nada que os atrapalhasse, estavam unidos por inteiro. A força do buraco negro o arrancou de si mesmo, sentia a chama em seu peito queimar todo o corpo, queimar o universo ao seu redor.

Eles estavam emaranhados no escuro, num breu profundo e repleto de vida. Por apenas um segundo ou talvez por toda uma vida, Nyo não saberia dizer. Art o abraçou e Nyo segurou o melhor amigo como se a qualquer momento eles pudessem ser separados. Seu corpo ainda estava quente, a pele fervia e seus braços tremiam violentamente.

O mundo ao seu redor foi invadido por uma luz tênue – quase acalentadora, de forma alguma agressiva como a jorrada pelo buraco negro –, e as costas de Nyo bateram numa superfície sólida, espalhando a dor afiada do impacto por todo o seu corpo.

Levou alguns segundos para se recuperar – para se lembrar de que *existia* e que estava em uma missão, que precisava levantar e continuar vivendo. Arcturo se moveu ao seu lado, e foi só a voz do amigo que o convenceu a abrir os olhos.

— Nyo, você tá vivo? — ele murmurou, balançando o peito do garoto com as mãos.

O aventureiro assentiu, sentando lentamente para impedir que sua cabeça balançasse demais. Estava tonto e tinha o estômago revirado, mas sabia que precisava acordar. Sua visão demorou para se acostumar com a luminosidade, e a primeira coisa que conseguiu discernir foi a silhueta do amigo, sentado à sua frente com o olhar perdido no mundo ao redor.

— Você tá bem? — perguntou, chamando de volta a atenção de Arcturo.

Art assentiu.

— Isso foi, de longe, a coisa mais bizarra que aconteceu com a gente.

— Ainda tem tempo de piorar — Nyo murmurou, apertando as têmporas. — Eu *definitivamente* errei bem feio nas minhas teorias.

— Ninguém teria adivinhado aquilo. — Art deu alguns tapinhas reconfortantes nas costas do garoto. — E nós viemos parar... Onde?

Só então Nyo lembrou de observar os arredores. Estavam sentados em meio a um campo enorme de pequenas flores amareladas, cercados por uma grama rala e, ao longe, por árvores quase tão altas quanto as da floresta da Passagem. Nunca encontrariam nenhum lugar parecido em Ekholm, mas não havia nada de imediatamente *bizarro* ali.

Era calmo demais. Tranquilidade nunca era um bom sinal.

— Será que estamos no lugar certo? — Nyo pigarreou. — Eu estava esperando algo ainda pior do que a Passagem.

— Pior que o *fim do mundo*? — Art arqueou as sobrancelhas e se levantou, limpando a terra dos joelhos. Ainda estava pálido, seus lábios rachados e a respiração rápida demais, mas parecia determinado.

— Aquele lugar era até bonitinho — o aventureiro murmurou, ficando em pé ao lado do amigo. Garantiu mais uma vez que estavam sozinhos naquele campo, e dessa vez não havia nenhuma trilha mágica que os guiasse para onde deveriam ir. — E agora?

Art suspirou, mordendo o lábio inferior.

— A aventura é sua, cara. — Ele deu de ombros. — Eu só tô aqui pra garantir que você não vai acabar morto.

— Não adianta mais, Art. — Nyo chutou o pé do amigo e começou a caminhar em direção às árvores. — Você já admitiu que não viveria sem mim. E não é a minha aventura, é a *nossa*.

Arcturo revirou os olhos, um sorriso resignado no canto dos lábios, e partiu atrás do garoto sem mais nenhuma palavra.

A caminhada até as árvores levou pouco mais de vinte minutos, e o ambiente permaneceu tão imperturbado quanto no momento em que chegaram. Nyo passou todo esse tempo tentando descobrir mais sobre o planeta, mas as únicas diferenças entre aquele lugar e Caerus era a cor do céu – de um laranja-fosco – e o reinado de um único sol. E as plantas, é claro. Por todo lado, o verde se tornava quase enjoativo aos seus olhos.

— Como você se sente tendo realizado seu maior sonho, Art? — Nyo perguntou, girando os braços ao redor. — Nunca mais vai precisar catar galhos pra enfiar em potinhos de terra.

— Eu definitivamente tô muito feliz por não precisar mais ouvir sermões do meu pai sobre a bagunça que eu faço no meu quarto com isso. — Ele estalou os dedos. — Mas a minha ficha ainda não caiu de que tudo isso é real.

Nyo assentiu.

— Pra mim também não — respondeu, encontrando o olhar do garoto. — Mas eu realmente espero que seja.

Art enrubesceu, com um sorriso tímido, e desviou os olhos para as árvores mais uma vez. Nyo não conseguiu conter a risada, descobriu que amava deixar Arcturo envergonhado. Aproveitou para alcançar a mão do garoto e puxá-lo para mais perto.

— Nossas vidas vão ser muito diferentes quando voltarmos pra Ekholm — falou, sem saber se gostava do pensamento ou não.

— *Se* voltarmos — Art acrescentou, ainda olhando para longe como se as emoções agridoces também o tivessem invadido.

— É claro que a gente vai voltar. — Nyo arqueou as sobrancelhas. — Precisamos falar pra todo mundo que eles sempre estiveram errados e na verdade nós somos *incríveis*.

— Vai ser fácil de acreditar que você é. — Art riu, mas seu tom de voz não acompanhou a risada. — Mas vão se perguntar como que você conseguiu desbravar todo o universo *comigo* do seu lado.

Nyo virou de frente para o amigo, sem parar de andar e sem desentrelaçar suas mãos.

— Do que você tá falando? — Ele franziu o cenho.

Art deu de ombros, rindo mais uma vez. Nyo conhecia sua risada e sabia muito bem reconhecer quando era sincera.

— Ninguém espera isso de mim, né? — Art fugiu do seu olhar, mesmo o amigo estando bem à sua frente. — Vão ficar surpresos que eu tenha aguentado tudo isso. *Cair num buraco negro? Jamais.*

Claro. Ninguém esperava que ele fosse tão irresponsável quanto o garoto problema. Nyo já sabia disso, Art não precisava relembrá-lo.

— Eu não… — Nyo pigarreou e desistiu de continuar. Voltou a caminhar ao lado do garoto, sentindo toda a sua pele queimar e de súbito muito consciente de que estava de mãos dadas com o melhor amigo.

— Sei lá, eu acho que eles vão ficar surpresos que eu não tenha te puxado para trás — Art continuou, sem reparar na reação do aventureiro. — Que eu não te obriguei a voltar nem tive um ataque de pânico e atrasei toda a jornada porque não conseguia reunir a coragem pra continuar.

Isso Nyo conseguia entender.

— Calma, do que você tá falando, Art? — Nyo parou de andar e forçou o amigo a olhar para ele. — Você pensa que tá me atrasando?

— Não acredito que eu *esteja*. — O menino bateu a ponta do pé no chão, mordendo o lábio inferior. — Mas era de se esperar, você não acha?

— Não, eu não acho — Nyo murmurou, franzindo o cenho. — Nunca pensei isso.

Arcturo revirou os olhos, com um sorriso incrédulo no rosto.

— Nyo, essa é *toda* a nossa amizade — ele disse, num tom de voz que deixava claro que estava expondo *fatos*. — Você é o cara corajoso que tá sempre correndo atrás de aventuras e eu sou o idiota que vai atrás mesmo sabendo que provavelmente só vai te atrapalhar.

— Você vem atrás pra me impedir de causar tragédias de proporções planetárias — Nyo afirmou, a voz fraca. Como Art poderia pensar algo assim? Ele era seu amigo, sua âncora. — Você mesmo já disse isso.

Art negou com a cabeça várias vezes, claramente incomodado com as palavras do amigo.

— Tá tudo bem, Nyo, eu já tô conformado com isso — ele mordeu os lábios. — Não precisa tentar me convencer do contrário.

— Art, você *sabe* que eu não conseguiria chegar até aqui sem você.

— Sei disso, mas não é porque você precisa da minha ajuda; você precisa da minha amizade. Se eu não... — Art balançou a cabeça e fechou os olhos com força por um segundo antes de continuar. — Se não tivesse me esforçado tanto em ser corajoso como você, eu não teria aguentado tudo isso.

— *Corajoso como eu?* — Nyo finalmente entendeu o que o garoto queria dizer. — Art, o que você vê como coragem é pura *covardia*. Eu escolhi encarar um mundo desconhecido para não precisar lidar com a vida terrível que eu tinha em Ekholm. Fugir não é um ato de coragem.

Art começou a responder, mas Nyo o cortou:

— Você abandonou uma cidade que te via como garoto perfeito, Art. Seu pai é um imbecil, mas você nunca deixou ele mudar quem você é. A vida inteira você lutou pra mostrar pro seu pai que você era muito melhor do que ele acreditava. Você arriscou perder tudo pra vir comigo nessa loucura, quando eu só não queria mais lidar com as pessoas que me odiavam. Nunca tive coragem de enfrentar ninguém, mas Art, *você* é o cara mais corajoso que eu já conheci. — Nyo não conseguia parar de falar, extravasando a verdade que estivera presa em seu peito por tanto tempo, mesmo que ainda não conseguisse admiti-la para si. — Você é mais cuidadoso do que eu, mas irresponsabilidade não é sinônimo de coragem, cara.

Art ficou em silêncio, encarando um ponto fixo bem atrás de Nyo.

— Eu sei que seu pai te fez acreditar em um monte de besteira sobre você, mas a partir de agora você tá proibido de olhar para si como ele olha. — Nyo puxou o garoto para mais perto. — Você só pode se ver através dos meus olhos.

— Você ainda acredita que é o garoto que roubava casas para a sua mãe, Nyo — Art murmurou, negando com a cabeça. — Sabe muito bem o que é carregar esse peso. Não é tão fácil se livrar disso.

Nyo murchou, mas não permitiu que aquelas palavras ultrapassassem a barreira mental que ele criara. Ainda não estava pronto para lidar com aquilo, muito menos naquele momento.

— A gente pode tentar, não acha? — ele perguntou, apertando a mão do amigo.

Art levou alguns segundos, mas assentiu. Nyo não tinha conseguido convencer o amigo a mudar de ideia, mas um dia chegariam lá. Um dia seria mais fácil.

Continuaram caminhando em silêncio, adentrando a mata esparsa. As árvores não eram suficientes para garantir abrigo contra o sol, muito diferentes das que encontraram na Passagem. Seus troncos delgados eram retorcidos e as folhas mais espaçadas, de um verde mais claro. Elas pareciam muito mais acolhedoras, sem as sombras ardilosas e os troncos escuros e robustos. Não reinavam sobre a natureza como as árvores do fim do mundo, mas conviviam em harmonia com os outros seres vivos.

O campo se estendia ao infinito, e Nyo não conseguia ver nada de diferente ou qualquer indício de presença humana naquele lugar. Em certo ponto as árvores ficaram escassas e deram lugar mais uma vez à campina aberta. O aventureiro havia coletado várias flores do chão e as examinava com curiosidade. Eram tão semelhantes às nequícias, mas ao mesmo tempo diferentes no que mais importava. Talvez os habitantes de Ekholm temessem também aquelas pequenas plantinhas, sem saber que nenhuma delas lhes faria mal. Talvez elas também fossem abandonadas apenas às mentes inconsequentes, àqueles que arriscariam ser machucados apenas para poder apreciar a beleza mais de perto.

Nyo estava perdido em devaneios, seus olhos focados nas ranhuras laranjas no interior da flor, e não ouviu o primeiro estrondo. Art apertou sua mão e o puxou para trás, e só então ele sentiu o chão tremer.

Mais um estrondo, mas ele não conseguia identificar sua origem.

Um atrás do outro, e o chão tremia violentamente sob seus pés.

Eles olhavam na direção da mata, buscando por qualquer coisa que pudesse gerar aquele barulho, quando uma sombra se assentou sobre eles, tomando toda a campina ensolarada, estendendo-se para muito além do que conseguiam ver.

Sentindo as pernas falharem, Nyo olhou para trás, para o que gerava a sombra.

Maiores que as muralhas, eles diziam. Altos o suficiente para tocar o firmamento e tomar as luas nas mãos. A força comparável apenas à da explosão de uma estrela.

Nyo e Arcturo estavam bem em frente a um gigante.

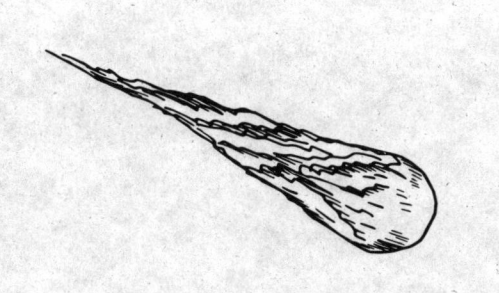

PARTE III

Os gigantes

22.
O guia de Nyo Aura para ser sequestrado mas levar na boa

Nyo não teve nem um segundo para reagir. A criatura monstruosa estendeu os braços na direção dos meninos, que, petrificados pelo choque, não foram capazes de correr. As mãos – quase tão grandes quanto as muralhas de Ekholm – envolveram os garotos. Nyo agarrou a mão do melhor amigo e os dois foram carregados juntos pelo gigante.

Com uma única mão, a criatura ergueu os garotos para a altura da sua cintura e continuou andando sem parecer ter sido afetado de forma alguma pelo surgimento de humanos. Mesmo tão alto, Nyo conseguia sentir o chão tremer a cada passo. Os dois estavam deitados na palma aberta da criatura, grande o suficiente para que eles não precisassem se segurar em lugar nenhum. Se o gigante inclinasse a mão, contudo, a queda seria inevitável.

Nyo sabia que deveria estar em pânico. Aquilo mudava tudo em que ele já acreditara, e talvez ele não sobrevivesse à experiência para descobrir a verdade completa. Talvez devesse temer o que encontraria, mas a única coisa que passava pela sua mente era que o gigante poderia esmagá-lo como a um inseto a qualquer momento.

Isso *sim* seria uma forma patética de morrer.

Mas não era um pensamento exatamente triste. Seria decepcionante passar pelas provações e não descobrir a verdade, mas era menos assustador acreditar que teria uma morte rápida.

Art o encarava com os olhos arregalados, o rosto de um escarlate violento e a boca meio aberta num grito perdido. Nyo apertou sua mão e sentiu a chama em seu peito se agitar, mais forte do que nunca. Queimava, preparada para reivindicar todo aquele planeta para si. Ele lançou um olhar para Arcturo, sem saber se deveria liberar a explosão, e falou sem emitir nenhum som: *eu consigo explodir*.

Os olhos do amigo se arregalaram ainda mais, e ele negou com a cabeça. Eles estavam deitados com o rosto virado um para o outro, sua barriga contra a palma do gigante, e nenhum dos dois teve coragem de falar em voz alta – mesmo que fosse improvável que a criatura os escutasse. Tiveram um pequeno diálogo consistindo em apenas trocas de olhares, no qual Art deixou claro que era para Nyo não agir como um *maluco*.

Explodir parecia ser a única forma de se livrar do gigante. As chamas em seu peito clamavam pela libertação, e era cada vez mais difícil resistir.

— Nyo, nós *vamos* morrer se você fizer isso — Art sussurrou, apertando a mão do amigo.

Nyo não queria dar ouvidos àquilo, mas o momento já não era brincadeira, era muito pior do que tudo que já haviam enfrentado em todos os seus anos de aventuras juntos. Nyo não podia arriscar causar a morte de Arcturo.

Relutante, ele assentiu.

Foram poucos minutos de caminhada – o coração de Nyo ameaçando parar a qualquer momento –, e nenhum deles ousou olhar ao redor ou para a criatura. Eles esperavam pelo destino sem arriscar descobri-lo antes da hora. O aventureiro fez seu melhor para não pensar no que poderia acontecer, para desligar seus pensamentos ao menos por um segundo, mas o esforço foi inútil. Todas as vozes afirmavam coisas diferentes, e a mais alta delas o relembrava exaustivamente que *ele* era o responsável por tudo aquilo.

Ele era o responsável pelo próprio destino. Pelo futuro de Art.

A voz da flautista invadiu seus pensamentos, afirmando que Arcturo talvez tivesse seus últimos momentos se continuasse na jornada, e ele se amaldiçoou por ter arriscado a vida do melhor amigo.

O gigante parou subitamente, e Nyo o sentiu abaixar o braço. Segurou-se ainda mais forte em Art, mas a criatura parecia saber como fazer aquilo sem machucá-los. Nyo não sabia se era de *propósito*, mas ficou grato mesmo assim.

"Não fujam mais uma vez. Nós não estamos dispostos a salvá-los de novo."

A voz grave retumbou em sua mente, e o gigante depositou os garotos no chão sem o cuidado que tivera antes. Nyo rolou várias vezes antes de conseguir controlar seu corpo, e voltou seu olhar para a criatura, que já se virava para ir embora.

O gigante havia *falado* com ele? Na *mente* dele? E o que ele queria dizer com "mais uma vez"?

Ficou em pé assim que sua cabeça parou de girar, sem conseguir tirar os olhos das costas do gigante, e achou Arcturo sentado ao seu lado, uma mão cobrindo um dos lados do rosto – o mesmo que havia machucado alguns dias antes. Os pequenos cortes estavam quase todos cicatrizados, mas mais uma vez o sangue enfeitava sua pele. A criatura os jogara sobre um solo de pedra, e Nyo sentia os seus braços ralados ardendo de leve, mas os ignorou e correu até o melhor amigo.

— Nyo, nós *voltamos pra casa?* — o garoto perguntou, ignorando as tentativas do aventureiro de examinar seus machucados.

O rapaz olhou ao redor e entendeu o que ele queria dizer. Se não fosse pela grama e pelas árvores próximas, acharia que estava em Ekholm mais uma vez. Muralhas quase tão altas como as da sua cidade os cercavam – ainda nem de longe grandes o suficiente para desafiar a altura dos gigantes, mas o bastante para manter os garotos presos.

— Ele falou na sua mente também? — Nyo perguntou, e o amigo assentiu. — O que ele quis dizer com "fugir mais uma vez"?

— Eu não acredito. — Uma voz feminina chamou a atenção dos meninos, e Nyo virou-se tão rápido que sentiu um puxão no pescoço. — *Funcionou*. Maldito Orion.

A garota não devia ser mais velha que Arcturo, e tinha os maiores olhos que Nyo já vira em toda a vida. Amendoados e tão escuros quanto a noite mais profunda, eles encaravam os garotos com uma mistura de empolgação e descrença.

— Vocês são... — Ela franziu o cenho. Tinha a pele negra escura, os cabelos crespos volumosos formando uma coroa ao redor da cabeça e vestia uma única peça de roupa: um vestido reto e branco sem nenhum detalhe que mais parecia uma camisola. — Vocês são humanos, né?

— É claro que somos — Nyo respondeu e recebeu uma cotovelada de Art logo depois. Lançou um olhar para o amigo, que o encarava aterrorizado. — O quê? Nós somos.

A menina os encarava como se fossem as criaturas mais curiosas do planeta. Nyo achou ter visto um relance de medo em seus olhos, mas isso foi logo substituído pela animação.

— Vamos, então. — Ela abriu um sorriso. — Vocês devem estar cansados.

Art apertou a mão de Nyo como se quisesse impedi-lo de seguir a garota, mas o aventureiro não planejava fazer isso. Mesmo sendo humana – ou, pelo menos, aparentando ser –, havia nela algo fora do lugar, algo que o aterrorizava. Talvez seus olhos receosos, ele não saberia dizer.

— Onde nós estamos? — Nyo perguntou, chamando a atenção da garota, que já havia começado a andar na direção contrária à muralha, por um campo vazio com algumas árvores esparsas. — Isso é Caerus?

Uma parte dele dizia que eles tinham voltado no tempo para uma época quando os gigantes ainda reinavam sobre o pequeno planeta, mas ali o céu era alaranjado e só havia um sol – que ainda assim não se assemelhava a Maasdri ou a Vaz, a luz era muito mais forte.

— É claro que não. — Ela suspirou, resignada, e os encarou por alguns instantes. — Vocês não vieram parar aqui de propósito, né?

Nyo semicerrou os olhos, e isso bastou para que ela entendesse.

— Se me seguirem, posso levá-los para alguém que vai explicar tudo que precisam saber. Meu nome é Lira. Vocês podem confiar em mim.

Art puxou a mão do melhor amigo, chamando sua atenção, e o questionou com o olhar.

— Não temos muita escolha, né? — Nyo murmurou.

— Não mesmo — Lira respondeu, impaciente. — Vamos, logo vai escurecer.

Mesmo apreensivos, os amigos seguiram a garota. É claro que Nyo não aguentou muito tempo em silêncio, não quando sua curiosidade parecia queimar a pele, e perguntou:

— Como os gigantes estão vivos? — Apressou o passo e alcançou Lira, passando a andar ao seu lado. — Eles vieram de Caerus?

A menina mordeu os lábios e negou com a cabeça.

— Eu não sou a pessoa certa para explicar a vocês — falou, depois de alguns segundos refletindo.

— Vocês têm alguma coisa a ver com os ossos flutuando? — ele perguntou, e foi ignorado mais uma vez. — Por que aquele gigante falou que não era para fugirmos de novo?

Lira expirou profundamente e lançou um olhar de relance para o garoto.

— Ele achou que vocês faziam parte do Homízio, eu acho — respondeu, irresoluta. Seus olhos brilharam, e ela continuou com um resquício de animação em suas palavras. — Não percebeu que vocês não são de Dirilia.

Art fez a pergunta que Nyo demorou para formular.

— Você pretende nos falar o que são essas coisas?

— Dirilia é o planeta em que vocês estão — Lira respondeu, com um ar mais animado a cada segundo. Ela parecia esperar ansiosa o momento em que poderia tagarelar sobre seu mundo. — Homízio é o nome da nossa comunidade, um lugar reservado para os humanos em Dirilia.

— Um lugar reservado... — Nyo parou de supetão e engasgou. — Vocês *convivem* com os gigantes?

Lira ficou em silêncio mais uma vez, apertando as mãos e franzindo o cenho. Novamente, ela escolheu ignorar a pergunta.

— Certo. — O aventureiro revirou os olhos. — Todos os gigantes são... *Gente boa* que nem o que nos trouxe de volta?

Art lançou um olhar atônito para o amigo.

— *Gente boa*?

— Bem, ele *achou* que estava nos trazendo de volta ou algo do tipo, né? Ele poderia ter esmagado a gente sem nenhum esforço. — Nyo deu de ombros e olhou para Lira, esperando que ela respondesse, mas a garota tinha o olhar fixo à frente.

— O Homízio — ela disse, apresentando a paisagem à frente. Estavam no topo de uma colina, e conseguiam ver ao longe uma pequena vila que parecia parada no tempo, mais arcaica do que Ekholm. Diversas casas no extremo sul não passavam de ruínas, completamente destruídas. Carroças de madeira transportadas por cavalos exaustos percorriam as parcas ruelas, e meia dúzia de mulheres lavavam roupas numa lagoa ali perto. — Vamos logo.

Nyo desceu a colina sentindo o nó em sua garganta ficar mais apertado, atormentado pela sensação de que tudo aquilo era muito errado. Não deveriam existir humanos em outros planetas, não deveriam existir *gigantes vivos*.

Atingiram a rua principal sob sussurros e olhares curiosos dos moradores, espiando por dentro de suas casas de um cômodo só, mas Lira os conduziu até o final da vila, em direção à única construção grande o suficiente para abrigar muitas pessoas ao mesmo tempo. Não chegava a ser um prédio, mas era claramente o edifício mais importante da comunidade, o único que não tinha resquícios de destruição.

Havia poucas pessoas na rua, o silêncio cortado apenas por alguns sussurros ocasionais. Era uma cidade esquecida pelo tempo, abandonada pelo universo. Seria pior que Ekholm se não fosse pelos animais e plantas de todos os tipos ao redor da cidade.

— Lira, pela Canção! — Uma mulher saiu de dentro de uma das casas, encarando os meninos com surpresa, e um sorriso tomou conta do seu rosto quando ela percebeu que eles não faziam parte daquele lugar.

— Funcionou, Eris! — a garota respondeu, dando um pulinho. — Eles estavam perto das muralhas, completamente perdidos.

— *Funcionou?* — ela miou, incrédula. — Precisamos... Precisamos de Orion.

— Era isso que eu estava fazendo — Lira respondeu. — Você sabe se ele está em casa?

— Não precisa se preocupar, Lira. — Um homem abriu a porta da casa maior, com um sorriso amplo para os garotos. Ele desceu os poucos degraus e estendeu a mão para cumprimentar Nyo e Art. — É um prazer conhecê-los, podem me chamar de Orion.

Nyo olhou para o melhor amigo e ignorou a mão estendida do homem. Aquilo tudo era... Demais.

Orion tinha os olhos azuis, brilhantes, repletos de gentileza e divertimento. Sua pele era quase tão clara quanto a de Art, e os longos cabelos ruivos caíam como cascatas em seus ombros cobertos pelas mesmas vestes brancas que Lira e Eris vestiam.

— Vocês ouviram o meu chamado, então? — Orion perguntou, sem se deixar perturbar pela reserva dos garotos.

— Seu chamado? — Nyo repetiu. — Foi você que fez os ossos flutuarem?

— Flutuarem? — Orion franziu o cenho. — Não, não. Eles não flutuaram, minha magia não afeta os ossos de gigantes. Eu movi seu planeta, garoto. Foi Caerus que saiu do lugar.

23.
O guia de Nyo Aura para fingir que entende o que está acontecendo

Nyo e Art ficaram em silêncio enquanto Orion os conduzia para uma sala no interior da sua casa. Nenhum dos dois ousou contestar a informação de que o *planeta* havia sido movido e os ossos só haviam ficado no mesmo lugar. Era absurdo demais para rebater ou tentar encontrar sentido. O aventureiro se permitiu ser guiado, sem conseguir reagir a todas as bizarrices que presenciara nos últimos minutos.

Gigantes. Vivos.

Humanos em um outro planeta.

Gigantes.

Ele repetia o termo várias e várias vezes em sua mente, mas não conseguia se acostumar com a informação.

Vivos.

A sala era pouco decorada, com alguns tapetes coloridos, um sofá puído e uma poltrona em que um gato alaranjado dormia profundamente.

— Não temos muita condição de produzir móveis por aqui — ele falou, ainda com um sorriso enfeitando o rosto. — Ainda usamos os que nossos ancestrais trouxeram consigo há tantos anos.

Os garotos se entreolharam, e Nyo sentiu que o homem não se fecharia para perguntas como Lira havia feito.

— Nós precisamos entender o que está acontecendo — Nyo falou, tentando projetar na voz o máximo de confiança possível.

— É claro. — Orion indicou que eles se sentassem no sofá. — Até onde vocês sabem?

— Os ossos dos gigantes flutuaram de um dia para outro — ele explicou, fitando o homem em busca de respostas. Acordamos e eles estavam a alguns metros do chão, mas nada além disso aconteceu.

— Na verdade — Art corrigiu —, vários edifícios desabaram pela cidade, lembra?

Nyo assentiu, recordando a imagem da estátua destruída da flautista. Lembrar da garota ainda trazia um gosto amargo para a boca do rapaz, então ele não permitiu que seus pensamentos se prendessem ali.

— Isso. Quando fomos tentar entender o que estava acontecendo, eu... — Ele pigarreou, incerto.

— Explodiu? — Orion completou, seus olhos brilhando com divertimento.

O aventureiro assentiu.

— Não sei o que aconteceu. A cratera que eu formei era gigantesca, por sorte não consumiu toda a cidade.

— A proximidade súbita com o Réquiem deve ter acumulado muita energia dentro de você, então — o homem disse, mantendo o sorriso satisfeito. — Era o que eu queria que acontecesse. Levei o planeta de vocês para mais perto do buraco negro e isso acordou o seu poder.

Nyo queria pedir explicações, mas sabia que precisava contar sua história antes, para que pudesse preencher os espaços em branco depois. Suspirando, ele narrou suas aventuras com o melhor amigo até aquele momento, desde quando pularam no ecossistema da khudra até o encontro com o buraco negro e o gigante. Orion não pareceu surpreso com nada daquilo – com exceção, talvez, de quando Nyo contou sobre a flautista e seus olhos brilharam com algo além da mera curiosidade – e assentiu quando o menino descreveu o buraco negro, como se já esperasse por aquilo.

— Antes de tudo, vocês precisam entender como nós chegamos aqui — ele começou, enfim. — Eu e você, Nyo, somos o que nós chamamos de Novas. Você conheceu a flautista, então imagino que saiba o que ela é, certo?

Art franziu o cenho, mas Nyo assentiu.

— Ela criou... tudo — ele falou, mesmo que não soubesse explicar exatamente como sabia daquilo. — Desde o encontro com ela, eu consigo ouvir a música tocando em todos os seres vivos, e é sempre no mesmo tom.

— Mas nem sempre no mesmo ritmo, certo?

— Do que você tá falando? — Art virou-se para o amigo, assustado.

— Não sei explicar, eu consigo sentir ela tocando. — O menino pressionou os olhos. — Como se cada ser emitisse um som diferente. Acho que eu sempre consegui, só não percebia o que era aquilo. Agora ela está bem mais alta.

— Com o tempo, você conseguirá identificar cada pessoa ou espécie apenas por sua canção. Talvez você tenha sentido por toda a sua vida alguma afinidade maior com outros seres vivos, animais ou plantas. Nós estamos conectados com toda matéria viva — Orion explicou. — Quando estava de frente para o buraco negro, sentiu algo diferente?

Nyo se ajeitou na cadeira, tentando relembrar de como havia se sentido. Tentando distinguir um sentimento específico entre tantos que haviam se derramado sobre ele.

— Era familiar — falou, sem hesitar, e soube que era verdade assim que proferiu as palavras. — Eu reconheci de algum lugar.

— De si mesmo, Nyo. — O homem se aproximou, como se estivesse contando um segredo. — Algumas pessoas nascem com a própria canção em sincronia com a de uma supernova que explodiu milhões de anos atrás, que hoje em dia é o buraco negro que vocês encontraram, o Réquiem. A melodia que corre nas suas veias é a mesma que o percorre, e por isso você consegue fazer tudo o que faz.

Nyo não sabia como responder àquilo. Art, ao seu lado, parecia aterrorizado com as palavras de Orion.

— Você terá tempo para aprender tudo sobre a magia, mas o que importa é que ela é a única força grande o suficiente para se comparar aos gigantes — Orion continuou, inflando o peito, e sorriu ao ver a compreensão atingir os olhos de Nyo. — Existiam dezenas e dezenas de Novas em Ekholm durante a guerra, e foram eles que os desafiaram desde o início. Os esqueletos que hoje em dia descansam na sua cidade são dos gigantes mortos pela mesma magia que você usou para explodir.

O aventureiro mordeu o interior da boca até sentir gosto de sangue, mas nem isso fez seus sentidos retornarem à pele.

— Os gigantes que sobreviveram, que ainda eram muitos, não queriam lutar aquela guerra. Os humanos queriam a posse completa do território de Caerus, e os gigantes decidiram que as mortes não valiam a pena. Eles recolheram todos os Novas que ainda viviam e... — Ele pausou, seu olhar perdido na história como se ele tivesse vivenciado tudo aquilo. — Saltaram. Eles têm um poder semelhante ao nosso, e conseguem se locomover para outros planetas com apenas um salto.

— Por que eles levaram os Novas? — Art perguntou, despertando Nyo do seu torpor.

— A guerra se iniciou por causa do ego desses homens. Os gigantes pareciam pensar que, se levassem os Novas consigo, a humanidade conseguiria evoluir em paz.

— Vocês estão convivendo com os gigantes desde então? — Art perguntou, quase num sussurro.

— A nossa comunidade conseguiu se manter bem, os gigantes não nos incomodavam até recentemente. Por muitos anos não houve nenhum Nova, até eu nascer. — Orion abandonou o ar divertido e seus olhos escureceram. — Meus pais me esconderam até eu não aguentar mais a minha magia e explodir. Isso chamou a atenção dos gigantes, e desde então...

O homem negou com a cabeça, com uma expressão severa.

— Eu tenho tentado entrar em contato com Caerus há anos, e finalmente consegui reunir energia suficiente para mover o planeta. Eu precisava que outros Novas me encontrassem.

— Como conseguiu mover o planeta inteiro? — Nyo perguntou.

— Nós não sabíamos da existência desse poder até Nyo explodir, como você sabia que ele viria te encontrar? — Art acrescentou logo depois.

— Eu arrisquei. Precisei correr o risco de não haver nenhum Nova em Caerus para atender meu chamado, eu precisava tentar — ele respondeu e se dirigiu a Nyo: — Eu movi o planeta da mesma forma que você pode mover qualquer coisa, Nyo, usando a energia do Réquiem. Eu passei esses últimos dias acamado, sem conseguir me movimentar depois de ter feito um esforço tão grande, mas claramente valeu a pena.

— Por que você arriscou tudo isso para nos chamar? Eu mal sei usar as minhas explosões, não tenho como te ajudar.

— Eu vou te treinar, Nyo. — O brilho determinado retornou aos olhos do homem. — E logo você vai poder me ajudar a terminar o trabalho dos nossos ancestrais. Vamos destruir os gigantes que restam, e tomaremos o planeta para a humanidade.

O garoto não soube como responder. *Matar* todos os gigantes parecia extremo demais, eles não haviam feito nada para machucá-lo. Além disso, tinha percorrido toda aquela jornada para *destruí-los*? Por toda a sua vida, Nyo buscara a verdade sobre aquelas criaturas, e agora deveria exterminá-los?

Art deu voz à sua preocupação antes que Nyo conseguisse organizar seus pensamentos.

— Não seria mais simples só procurar um novo planeta? — perguntou, e Nyo percebeu que ele se esforçava para não parecer que desafiava o homem. — É mesmo necessário matar todos eles?

— Eles mataram metade da nossa comunidade — Orion falou, soturno. — Foram quase quarenta pessoas só este ano. Eles aparecem no meio da noite e destroem casas ao acaso, todos estão aterrorizados.

— Não é justo — Nyo balbuciou, respirando profundamente. — Eles não fariam isso, não pode ser. Nós não podemos simplesmente *matá-los todos*.

— Se eles deixaram o Homízio em paz por quinhentos anos, por que de repente decidiram os matar aos poucos? — Art perguntou, assentindo para a afirmação de Nyo.

— Se entediaram, eu imagino. — Orion deu de ombros. — Ou cansaram de abrir mão de tantos animais para nos alimentar. Eu não faço ideia.

— Ainda assim... — Nyo balbuciou.

— Eles nunca vão nos permitir sair daqui, Nyo. — O homem interviu. — O único ponto de salto é no cemitério, e eles não permitem que humanos cheguem perto o suficiente. É nossa única opção. É nosso direito, Nyo, enquanto Novas. Nós somos os únicos no universo fortes o suficiente para desafiá-los. Vamos tomar de volta este planeta.

— Mas isso... — Art continuou, franzindo o cenho, e Orion o interrompeu, levantando de súbito.

— Vocês terão tempo suficiente para entender tudo — ele falou, pousando uma mão sobre o ombro de Nyo. — Mas acredito que antes precisam descansar.

Art pareceu querer argumentar, mas a exaustão dos últimos dias estava evidente nas olheiras profundas embaixo dos seus olhos. Resignado, ele assentiu e os garotos seguiram o homem até um quarto adjacente com duas camas de solteiro que pareciam não ser usadas havia muito tempo.

— Os Novas sempre moraram nesta casa, normalmente com suas famílias — Orion explicou. — Mas sou só eu hoje em dia. O primeiro em quase cento e vinte anos.

Os meninos entraram no quarto, incertos do que deveriam fazer.

— Podem ficar à vontade. Temos água encanada, se quiserem se lavar. — Orion indicou uma porta fechada no interior do quarto. — Chamo vocês para jantar, e amanhã podem conhecer melhor o Homízio.

Ele fechou a porta, deixando os garotos num silêncio estático, preenchido pela incerteza.

Nyo se jogou em uma das camas, o conforto extremamente bem-vindo depois de tantos dias dormindo no chão. Não sabia há quanto tempo tinham saído de Ekholm, estava completamente perdido no tempo, mas a jornada parecia durar meses, o cansaço já havia se assentado sobre seus ossos.

— O que você acha? — Art perguntou.

— Não faço a menor ideia — respondeu Nyo, cobrindo o rosto com as mãos. — Nós não temos muita opção além de confiar nele, né?

— Ele quer matar *todos* os gigantes, isso é...

— Loucura.

Art assentiu.

— E eu não sei, talvez seja a melhor coisa a se fazer. — Nyo suspirou. — Ele tem mais experiência com isso do que nós, talvez realmente não haja outra opção.

O amigo ficou em silêncio, sentado na cama com os olhos escurecidos. Depois de algum tempo, murmurou que ia tomar um banho e deixou Nyo sozinho no quarto, contemplando as respostas que por toda a sua vida sonhara em descobrir.

Os gigantes ainda estavam vivos. Ele tinha o mesmo poder que seus ancestrais haviam utilizado para matar tantas criaturas quinhentos anos antes. Estava vivendo uma aventura digna de canções que seriam lembradas por séculos e séculos à frente, e poderia definir o destino de toda a humanidade.

Por dezessete anos ele clamara por algo que o tirasse da sua vida entediante. Tanto tempo com a certeza de que, se descobrisse a verdade sobre os gigantes, teria tudo que sempre precisou.

Deveria estar feliz, não?

Talvez fosse o cansaço, estava exausto demais para conseguir contemplar a grandeza de todas aquelas revelações. Sim, era isso. Ele não estava pensando direito. Virou para o lado e fechou os olhos, adormecendo.

No dia seguinte ele ficaria maravilhado com a verdade e preencheria o oco dentro do peito, não tinha dúvidas. Ficaria tudo bem.

24.
O guia de Nyo Aura para se tornar o senhor-rei-do-universo

Nyo teve a impressão de que em algum momento da noite Orion abrira a porta do quarto para chamá-los para jantar, mas ele não tinha energia nenhuma para levantar e voltou a dormir sem pensar duas vezes. Acordou com o sol queimando seus olhos, espreitando por uma fresta na janela que não estivera aberta na noite anterior.

Arcturo já havia levantado – sua cama estava arrumada e as roupas antigas dobradas no canto – e saído do quarto. Nyo não se apressou, parte dele estava exausta demais para pensar na salvação da humanidade e tudo o mais.

Depois que enrolou o máximo possível no banho e vestiu as roupas brancas que Art deixara dobradas para ele no banheiro, já não tinha mais nenhuma desculpa para se esconder no quarto.

Abandonou seu refúgio e caminhou sem pressa, seguindo a voz animada de Art até alcançar a cozinha. O garoto estava sentado à mesa com Orion, Lira e a mulher do dia anterior, e contava uma história, animado. Todos o fitavam com atenção e risadas no canto da boca.

— E ele olhou ao redor e a única ideia que se passou pela sua cabeça foi *pular!* — Art ergueu os braços para se expressar. — Depois de perseguir histórias de um bêbado que encontrou na rua e ficar cara a cara com um monstro marinho, ele ainda queria pular de quatro metros de altura direto no oceano.

— Falando nele... — Orion abriu um sorriso e apontou para uma cadeira vazia ao seu lado. — Fique à vontade, Nyo. Arcturo disse que vocês nunca comeram ovos, não é? Separei um pouco para você.

O aventureiro se moveu lentamente pela cozinha e serviu o prato com uma mistura amarelada que mais parecia algo que ele expelira do estômago do que *comida* de fato. O gosto não era terrível.

Ele olhou de relance para Art, que agora contava para Lira sobre quando Nyo decidira explorar todos os telhados de Ekholm e acabara quebrando um deles e caindo bem em cima de um homem que lia o jornal. Para quem se sentira relutante em confiar em qualquer um no Homízio, Arcturo estava se adaptando bem rápido.

— Hoje eu quero te levar pra conhecer um pouco da nossa comunidade, Nyo — Orion falou, despertando sua atenção. — Você precisa entender melhor seus poderes.

O garoto assentiu, procurando refúgio no melhor amigo.

— Arcturo vai ajudar Eris à tarde, ela é a responsável pela nossa biblioteca. — Ele apontou para a mulher ao lado de Lira. — Não temos nenhum registro de como Ekholm é hoje em dia, e as informações que vocês têm serão valiosas.

Art lançou um olhar animado para o garoto, e Nyo concordou. Não sabia se confiava completamente em Orion, mas acreditava no que ele dissera na noite anterior. Confiável ou não, o homem tinha as respostas de que eles precisavam e convivia com os gigantes havia anos.

Nyo engoliu a comida e logo Orion o conduziu para fora da casa, uma mão não tão bem-vinda pressionando de leve o seu ombro, como se ele fosse fugir a qualquer momento.

Não negaria que havia pensado no assunto, mas não fugiria sem Arcturo.

— Eu sei que você deve ter se preocupado ontem à noite, Nyo — Orion falou, depois que se distanciaram da casa. — Mas confie em mim, a única esperança para a humanidade é a extinção dos gigantes. Sempre soubemos que Ekholm não duraria, temos registros dos Novas que foram trazidos para cá, eles diziam que só a sua cidade restava e que o resto do planeta estava além de qualquer salvação. Se isso foi há quinhentos anos, nem imagino a situação de Caerus hoje em dia.

— Esse poder... — Nyo perguntou, dando voz a uma das centenas de perguntas que se formavam em sua mente desde o dia anterior. — Como vocês... *nós* o recebemos? É hereditário?

Ele pensou no seu pai – uma mancha escura em sua memória, sem nome, olhos ou voz – e tentou imaginar se ele abandonara Nyo para descobrir sozinho os segredos do cosmos. Será que ele tinha esse poder e ainda assim preferira abandonar o filho? Será que ele *sabia*?

Será que sua mãe também era assim e sempre escondera dele?

— Ninguém sabe bem — Orion respondeu. — Mas nada indica influência dos laços hereditários. Os únicos registros que temos afirmam que estamos em sincronia com a canção do Réquiem, só isso. Nunca encontramos nenhuma explicação.

— Então, se outras pessoas nascerem em sincronia com *outros* buracos negros...?

— Acredito que sim. — Ele assentiu, sem abandonar o sorriso. — Quinhentos anos presos dentro dessas muralhas nos impediram de descobrir muito mais que nossos ancestrais. Eu daria qualquer coisa para ter uma conversa com a flautista, como você fez.

Orion se perdeu encarando o horizonte, e quando o silêncio começou a ficar desconfortável ele tornou a conversar com Nyo.

— De qualquer forma, me conte — continuou, impassível. — Até onde você explorou sua magia?

Os dois caminhavam pela rua principal, tão vazia quanto no dia anterior. Nyo conseguia ver movimentos dentro das casas ocasionalmente, e muitos encaravam sem timidez quando percebiam que eram Orion e um desconhecido que passavam. Havia árvores por todo canto, e Nyo viu meia dúzia de animais – galinhas e gatos – em questão de cinco minutos. As casas eram parecidas com as de Ekholm, mas a cidade não poderia ser mais diferente. O verde por todo canto era fascinante.

— Nós já fomos uma comunidade muito unida — Orion falou, reparando no estranhamento de Nyo. — Desde que os gigantes começaram a atacar, grande parte da população passou a se esconder em suas casas. Mas nos juntamos para as refeições todos os dias, uma tradição recente que creio ser necessária para nos unir ainda mais. Não podemos nos distanciar em momentos tão desafiadores.

O garoto assentiu, mordendo os lábios. Teria de lidar com toda a comunidade *de uma só vez* naquele dia?

— Eu só explodi duas vezes — ele relatou, voltando sua atenção para a pergunta anterior do homem. — A primeira vez, que criou aquela cratera enorme, e a segunda, que salvou Art e só afetou ele e um guarda.

Orion assentiu, como se fosse o esperado.

— Com o tempo, você vai conseguir direcionar sua força para uma única pessoa ou objeto — explicou, apertando de leve o ombro do garoto. — Quando você salvou Art, estava bem claro quem era seu alvo, e na primeira vez você tinha muita energia acumulada.

— Mas quando... — Ele se lembrou e franziu o cenho. — Quando estávamos na passagem e aquele Eco nos atacou, eu me senti explodindo, mas não teve efeito nenhum.

— Não conheço esse lugar, mas pelo que você explicou eu imagino que as regras não funcionam da mesma forma. Talvez não seja possível usar nossa magia ali.

— Eu consegui usar meus discos.

— Você disse que em alguns momentos a criatura não parecia sólida, certo? — Orion perguntou, e Nyo assentiu. — Nós só conseguimos afetar objetos palpáveis.

— Como um planeta? — Nyo soltou uma risada nervosa, e o homem o acompanhou.

— Como um planeta — ele repetiu. — Vocês lidaram bem com essa informação, melhor do que eu esperava.

— Eu e Art já não nos impressionamos mais. Depois do buraco negro...

Orion soltou uma risada alta que mais se assemelhava a um latido.

— Sim, eu imagino. Em poucos dias, vocês conheceram mais do que a maioria das pessoas conhece em toda uma vida. — O homem os direcionou para uma ruela à direita, na direção contrária às muralhas, e voltou à explicação. — O que eu fiz com o planeta, Nyo, exige concentração e energia muito superiores ao que você conseguiria fazer hoje em dia, mas com muito treino você pode conseguir.

— Como você conseguiu atingir ele de tão longe?

— Eu esperei pelo momento em que nossos planetas estavam na posição exata — ele explicou, contemplando o céu alaranjado. — Nossos estudos de astronomia são muito avançados, apesar da simplicidade de nossa vila. Nossa magia só consegue fazer o movimento de expulsão, então eu precisava que estivéssemos frente a frente.

— E os ossos...?

— Os Novas conseguem matar os gigantes, mas seus ossos possuem propriedades mágicas próprias, como você descobriu com a khudra. Nós não conseguimos movê-los, e nenhum tipo de magia interfere neles.

— *Nenhum tipo*? — Nyo perguntou, arregalando os olhos. — Existem outros?

— É claro que existem, Nyo. Você encontrou pelo menos três seres alienígenas nesses últimos dias e descobriu que nosso universo é apenas um entre tantos. As possibilidades são infinitas.

O menino piscou, se perguntando como ele não havia pensado nisso antes. Precisava organizar as ideias. As descobertas nos últimos dias estavam embaralhadas em sua mente, nenhuma tinha sentido completo.

Eles chegaram ao fim da pequena vila e atingiram uma plantação de várias hortaliças cujos nomes Nyo desconhecia.

— Aqui nós poderemos treinar à vontade — Orion falou. — Matar um gigante exige uma energia incomparável, e talvez você leve algum tempo para conseguir chegar a esse nível. Pronto pra começar?

Nyo sentiu aquela sensação no fundo do estômago, a ansiedade quando sabia que logo estaria tão consumido pela adrenalina que nenhum dos seus pensamentos faria barulho. Ele a buscava incessantemente, queria o perigo porque ele silenciava os pensamentos.

Mas agora as coisas eram diferentes. Ele queria entender, queria conversar com Art até eles terem certeza do que estavam fazendo. Queria garantir que suas ações não machucariam mais ninguém.

Orion claramente percebeu a sua hesitação e deu um aperto no ombro de Nyo.

— Eu sei que é muita coisa pra processar, Nyo — ele falou, balançando o garoto de leve como se tentasse acordá-lo. — Mas eu e você somos os únicos que têm o poder de salvar a humanidade. Este é o momento de provar para o mundo inteiro que você merece essa magia incrível que recebeu. Não vai ser nada fácil, mas o que vamos fazer será o maior acontecimento da história de Caerus. Nós vamos *mudar o mundo*, Nyo.

O aventureiro sentiu seu coração batendo mais forte com as palavras do homem. Se imaginou voltando para Ekholm e falando em alto e bom som: "*Ei, pessoal, sou eu, o cara que vocês sempre odiaram tanto. Então, eu arranjei um novo planeta pra gente morar, mas eu só vou permitir a entrada para aqueles que admitirem que eu sou o senhor-rei-do-universo e o cara mais incrível que já pisou neste mundo. Ah, e que vocês sempre estiveram errados sobre mim, beleza?*".

Sentindo uma onda de determinação invadir seu corpo, Nyo assentiu.

25.
O guia de Nyo Aura para mostrar para um espantalho quem é o cara

— Você não está se concentrando o suficiente — Orion repetiu pela centésima vez.

— Eu *não sei* me concentrar mais do que isso, cara — Nyo rebateu, tentando ignorar as pontadas em sua cabeça causadas pelas várias horas treinando explosões.

Ele já havia explodido quatro vezes naquela manhã e sentia que iria desmaiar a qualquer momento. A chama em seu peito se apagou logo depois da primeira explosão, mas Orion insistia que isso não deveria ser um empecilho.

— Essa sensação não é nada além de euforia. Você precisa se concentrar na canção, Nyo, no ritmo do Réquiem que percorre suas veias. É isso que vai te dar energia, que vai dar força ao seu poder. Sem aprender a utilizá-la, você nunca vai conseguir chegar ao seu potencial máximo.

Ele repetia essas instruções mais vezes do que Nyo conseguia contar.

O garoto escutava a canção – desde o encontro com a flautista, ela não fora silenciada –, mas não conseguia usá-la como combustível. Ela existia, estava sempre ao seu redor como uma companheira constante, e só. Orion queria que ele fosse capaz de focar suas explosões em um único objeto – um espantalho com uma expressão miserável no rosto –, mas não era tão fácil quando não havia um guarda com uma pistola na têmpora do seu melhor amigo. Ele estava exausto, e não conseguia reunir energia suficiente para explodir pela *quinta* vez.

— Mais uma, Nyo, e nós vamos almoçar — o homem falou, o que talvez tenha sido a melhor frase motivacional do dia. — Eu estou faminto.

O aventureiro mordeu os lábios, tentando concentrar sua audição na canção, bloqueando todo estímulo externo que o atrapalhasse. Fechou os olhos, permitindo que a música ficasse mais alta. Uma melodia simples, no mesmo ritmo que o seu coração. Ela sempre estava lá, mas se misturava com os barulhos da natureza quando ele não focava sua atenção nela; tão natural quanto o cricrilar de um grilo ou o som de ondas batendo no rochedo.

A parte mais difícil era se livrar dos pensamentos. Manter a mente em silêncio, permitindo apenas que a música o tomasse por completo, para que conseguisse focar a atenção nas chamas dentro do peito, mas eles sempre insistiam em voltar.

— Você não pode sentir medo do seu poder, Nyo — Orion disse, enquanto Nyo estava com os olhos bem fechados. — Ele é o que te faz grande, é o que te torna especial. Ele vai te permitir salvar a sua cidade, mas só se você se concentrar.

Nyo sentiu gosto de sangue invadir sua boca, e diminuiu a força com que mordia os lábios. Desistiu de ignorar seus pensamentos. Eram eles que o faziam ter medo dos poderes, eram eles que invadiam a canção e não permitiam que ela tocasse tão alto quanto ele gostaria.

Ele se forçou a controlar a respiração, a diminuir os batimentos que retumbavam em seus ouvidos. Seu coração já não batia no mesmo ritmo que a música, estava acelerado demais.

Tentou resgatar a raiva que sentiu quando o guarda ameaçou a vida de Arcturo – mesmo que Orion tenha insistido que a mera raiva não o levaria muito longe –, e conseguiu sentir a chama se acender em seu peito. Não era o ideal nem o recomendado, mas ele não se importava. Queria acabar com aquilo de uma vez por todas; já havia feito o bastante para um dia.

A raiva foi suficiente para uma explosão pequena, a menor entre as quatro anteriores. Uma expressão decepcionada estampava o rosto de Orion – ele se defendeu de Nyo com o próprio poder, disparando sua força contra o menino e fazendo os poderes de ambos se encontrarem na metade do caminho com um estrondo, uma habilidade que ele prometeu que ensinaria para o garoto o quanto antes –, mas não reclamou da fraqueza do aprendiz. Não falou mais nada, na verdade. Orion finalizou a sessão de treino e os dois voltaram à casa em completo silêncio.

Nyo tinha desistido muito cedo, sabia que deveria ter tentado mais um pouco. Sua única utilidade para Orion era seu poder; o que o homem e a vila fariam caso ele realmente não conseguisse atingir os níveis esperados? Se não ficasse tão forte quanto precisava para encarar os gigantes?

Embora soubesse disso, não conseguia se forçar a continuar. Finalmente tivera a chance de se tornar um cara incrível, com poderes nunca antes vistos pela sua cidade, e não havia forças dentro dele que o convencessem de que aquilo valeria a pena. Não conseguia acreditar que realmente chegaria onde Orion queria que ele chegasse.

Nyo buscara a verdade sobre os gigantes por toda a sua vida; não estava preparado para ser o responsável pela destruição deles. Ele queria ser útil para o Homízio, queria estar ao lado de Orion para salvar aquelas pessoas, mas o preço parecia alto demais.

— Nós vamos tentar de novo à tarde? — ele perguntou, limpando a garganta para a sua voz não falhar.

— Hoje tenho de resolver algumas coisas na cidade — Orion falou, mais uma vez animado como se nada de errado tivesse acontecido. — Amanhã haverá uma assembleia para apresentar você e Arcturo, mas temos um tempinho para treinar durante a manhã.

O aventureiro assentiu, subitamente ansioso com a imagem dele e Art em um palco em frente a dezenas e dezenas de desconhecidos, rodeados por murmúrios terríveis questionando se eles falavam a verdade sobre Caerus. Não fazia a menor ideia do porquê de aquilo ser necessário, por que precisavam ser apresentados para as outras pessoas. Como se estivesse lendo seus pensamentos, Orion continuou:

— Esta é a nova casa de vocês, quero que fiquem o mais confortáveis possível.

Nyo parou de andar.

— Nova casa?

— É claro, Nyo. — Orion abriu um sorriso. — Quanto tempo você acha que vai levar para desenvolvermos seus poderes ao ponto de ser capaz de desafiar um gigante? Mas não se preocupe. Vocês terão uma boa vida aqui.

Nyo ruminou a ideia e voltou a caminhar. Ao chegarem à casa vazia, o garoto murmurou que iria encontrar Art na biblioteca antes de almoçar – todos do Homízio se reuniam atrás da casa de Orion para fazerem a refeição juntos, como uma comunidade, mas Nyo não estava pronto para encarar tantas pessoas. Sua voz estava fraca, sua garganta congestionada pelo nó que o sufocava cada vez mais.

Engolindo um gosto amargo em sua boca, Nyo percebeu que não odiava aquela ideia. Ele queria voltar para Ekholm como um herói, sim, mas não se imaginava *voltando para casa*. A cidade nunca o acolhera como seu.

Contudo, se quisesse que o Homízio o aceitasse, precisava ser melhor. Precisava ser forte o suficiente para servir à comunidade. Mas também precisava ser forte para si mesmo, ser bom o suficiente para conseguir se encarar no espelho no fim do dia; não queria se arrepender por não ter tentado o bastante.

No último segundo, virou à direita antes de entrar na biblioteca e voltou pelo mesmo caminho que havia feito com Orion, até encontrar o espantalho mais uma vez. Uma criatura feita de palha não seria seu obstáculo final.

Nyo matutou uma série de pensamentos: seu poder poderia machucar outras pessoas. Então, focaria a energia apenas no espantalho e o atacaria com uma força que quebraria – ou deveria quebrar, pelo menos – as costelas até do maior dos gigantes. Ou poderia só criar uma espécie de campo de força que atingiria levemente todos ao redor, como havia feito naquele primeiro dia. Provavelmente não conseguiria replicar o estrago da cratera por um bom tempo, até ficar forte o bastante, mas já seria o suficiente para causar algum dano ao espantalho. Ele tinha capacidade, Orion havia afirmado isso com muita certeza, só precisava tentar mais.

Ignorando o vazio em seu estômago, Nyo se pôs a praticar mais uma vez, prometendo a si mesmo que só sairia dali quando fizesse algo de que poderia se orgulhar.

Nyo levou duas horas para atingir seu objetivo. O espantalho teria de ser muito mais pesado para que conseguisse destroçá-lo por completo, mas o atingiu tantas vezes que arrancou a cabeça do homem de palha e desfez a costura que o segurava. Ainda estava regando seu poder com a raiva – da lembrança do guarda, das pessoas em Ekholm ou de si –, mesmo sabendo que isso não o levaria longe. Ainda assim, não conseguia canalizar a canção, o que o afogava em angústia.

Ainda queria treinar mais um pouco, mas desmaiaria a qualquer momento se não se alimentasse. Voltou para a casa de Orion e descobriu que o almoço em comunidade já havia terminado, e alguém tinha deixado um prato sobre a mesa para ele.

Orion devia saber que ele mentira sobre ir para a biblioteca, pois Art estava sentado com Lira na sala, com o fantasma de uma risada nos lábios.

— Nyo, você é um maluco — o garoto falou, e ambos foram sentar ao lado do amigo enquanto ele almoçava. — Você tá acabado.

— Poxa, obrigado, Art — ele murmurou, esfregando os olhos. Seu corpo implorava por descanso.

— Orion ficou todo alegre quando percebeu que você tinha voltado pra treinar — Lira disse, com um sorriso divertido. — Você conquistou ele bem rápido.

Nyo não reagiu, mas sentiu o nó em sua garganta desatar levemente. De súbito, sentiu ainda mais fome, sem o enjoo que não o abandonava havia dois dias.

— Como foi na biblioteca, Art? — Ele decidiu mudar de assunto, mastigando um pedaço de carne assada. Era um sabor diferente de qualquer outra coisa que já provara, com uma consistência estranha mas inesperadamente macia.

— Eu achei que só precisaria contar a história recente de Ekholm, mas Eris me fez narrar cada mísero detalhe sobre tudo que aconteceu depois da guerra dos gigantes. — Art pegou um pedaço de pão em uma cestinha em cima da mesa e deu uma mordida com um sorriso satisfeito. — Eu não me lembro de tanta coisa, mas pelo jeito cada detalhe é importante.

— Nós estamos isolados há quinhentos anos — Lira contou. — É tempo demais.

— A bibliotecária é a sua mãe, Lira? — Nyo questionou, se perguntando por que a menina tinha tanta liberdade na casa de Orion.

— Não, não — ela respondeu, e Art assentiu. Eles já tinham conversado sobre isso, aparentemente. — Meus pais foram mortos pelos gigantes quando eu tinha cinco anos. Eu moro com Eris desde então, mas sou só aprendiz.

Mortos pelos gigantes. Ela falava com tanta casualidade, como se já estivesse acostumada com as tragédias.

— E por que vocês são tão próximos de Orion? — Nyo perguntou, se esforçando para não parecer tão abalado com a informação.

— Nós trabalhamos lado a lado com ele, precisamos registrar para gerações futuras tudo que acontece no Homízio — ela explicou. — Nossa comunidade leva a história muito a sério.

— O completo oposto de Ekholm — Art resmungou. — As pessoas parecem ter medo da história do planeta.

—Aqueles lá têm medo de tudo — Nyo completou, revirando os olhos. Poderia falar sobre aquilo por horas.   E aceitam vários rombos na história como se nada disso afetasse a vida deles. Ninguém contesta o que a Junta fala, seja sobre os gigantes ou sobre a Terra de Ninguém.

— É porque de fato não afeta eles — falou Lira, como se fosse óbvio. — Ninguém se importa com o que aconteceu há quinhentos anos quando o planeta está morrendo. Eles têm preocupações mais urgentes, como sobreviver. Contestar o governo seria um estresse a mais.

Aquilo fazia sentido, Nyo percebeu, e explicava muito bem por que ele não se encaixava em Ekholm. Eles viam a curiosidade do aventureiro como um problema, um incômodo a mais. O Homízio, por sua vez, *queria* que os habitantes questionassem sua história, queria olhar para as estrelas e sonhar com um novo mundo – e, de fato, batalhar para alcançá-lo.

— Eu nunca tinha pensado por esse lado — Nyo murmurou.

— Você ouviu durante toda a sua vida que isso era o certo, Nyo — Arcturo falou, dando um chute de leve no pé do amigo por baixo da mesa. — A gente aprendeu a aceitar as coisas como elas são, e que você sempre esteve errado em contestar as verdades da Junta. É claro que é difícil enxergar o outro lado, nunca te permitiram fazer isso.

Nyo mordeu os lábios. Aquela conversa estava chegando a um assunto sobre o qual definitivamente não queria falar. Não queria ter que pensar em Ekholm, muito menos conversar sobre como ninguém naquele lugar suportava olhar para a sua cara. Ele forçou uma risada e bateu com o ombro no melhor amigo.

— Não escuta muito ele não, Lira. Art fala como se eu fosse o único maluco aqui, mas ele consegue ser até pior. Foi ele quem saiu correndo e pulou num osso a seis metros de altura.

Art apontou um dedo para o amigo, indignado.

— Não ouse me comparar a você, Nyo. Eu pelo menos penso duas vezes antes de fazer qualquer coisa.

— Eu vou ter de ficar do lado do Art. — Lira riu, prendendo os cabelos com uma faixa vermelha. — Só existe um como você, Nyo. Art só foi influenciado.

— Só existe um dele porque todos os outros morreram tentando manter essa personalidade extravagante — Arcturo completou.

— Vocês começaram tentando me ofender e acabaram falando que eu sou o cara mais incrível do mundo e o *único* entre milhares. — Nyo deu de ombros, agora provando uma gororoba amarelada que tinha um gosto surpreendentemente bom.

— Que você é *único* eu nunca neguei. — Art arqueou as sobrancelhas. — Mas vai de você se isso é um elogio ou não.

Nyo revirou os olhos e não respondeu. Estava ocupado se deliciando com a refeição. Não esperava que só aquilo fosse capaz de melhorar tanto seu humor. Nunca tivera tantas texturas e sabores diferentes em sua boca, e demorou um pouco para se acostumar com a estranheza.

— Os gigantes deixam vocês terem animais à vontade? — Nyo perguntou assim que a questão se formou em sua mente. Estava curioso para entender melhor como era a relação dos humanos com as criaturas, mas não sentia que Orion seria a melhor pessoa para lhe responder. — Se eles querem vocês mortos...

— Eles não nos querem mortos — Lira replicou, balançando a cabeça em negação. Seus olhos tinham o mesmo brilho divertido que os de Orion, e se arregalavam sempre que ela falava sobre um assunto de que gostava. Nyo tinha certeza de que gostava muito mais da garota do que do líder da comunidade.

— Em geral, eles ainda respeitam a convivência que tivemos por todos esses anos, mas nas duas últimas décadas ficaram bem mais agressivos; ninguém sabe bem o que aconteceu.

— Eles só chegam no meio da noite e matam famílias aleatórias? — Nyo perguntou, franzindo o cenho.

— Eles destruíram várias casas de uma vez só, incluindo a dos meus pais — ela respondeu, soltando um suspiro profundo. — E alguns anos depois, fizeram a mesma coisa com outros. Foram quatro ataques no total.

— E alguém já viu isso acontecendo? — Art tinha o mesmo tom suspeito de Nyo. — Alguém já *viu* um gigante matando essas pessoas?

— Já, é claro — Lira disse, com o cenho franzido. — *Eu* nunca vi, mas o próprio Orion viu a morte dos meus pais acontecer, só que ele não era forte o suficiente na época para lutar contra os gigantes. Eris também viu a última vez que aconteceu, no início deste ano.

— E por que Orion não fez nada dessa vez? — Nyo perguntou.

— Ele tentou, mas sozinho não conseguiu impedir. — Ela pressionou os lábios, como se tentasse se lembrar dos detalhes. — Acho que foi nessa época que surgiu a ideia de tentar entrar em contato com Caerus.

— Antes vocês nunca quiseram matar os gigantes, então? — Art e Nyo se entreolharam. Tal como em Ekholm, precisavam se contentar com meias-respostas dadas pelos líderes, e nenhum dos dois tinha paciência para isso. — Essa ideia veio de Orion ou foi uma decisão conjunta?

Lira se ajeitou na cadeira, sem conseguir disfarçar seu desconforto. Nyo considerou mudar o assunto – não queria deixar a menina irritada –, mas precisava entender o que estava acontecendo.

— Eu já perguntei pra Eris quando essa ideia surgiu, mas ela não soube me responder. — A garota se aproximou dos amigos, como se temesse que alguém os escutasse. — Eu sempre me perguntei se...

Ela ficou em silêncio e negou com a cabeça.

— Não sei, na verdade — continuou. — Mas sempre achei estranho os gigantes terem mudado de comportamento de uma hora para outra, e ninguém parece contestar que a única solução seja exterminar cada um deles. Eu acho que... Não sei, acho que eles concordam com Orion.

Nyo lançou um olhar para Art e percebeu que o amigo estava pensando o mesmo que ele.

— A gente precisa descobrir, então — o aventureiro falou.

Lira ajeitou a coluna, pressionando os lábios e parecendo decidida.

— Não tem o que descobrir — ela falou, mas sua voz falhou de leve nas últimas palavras. — Eu não sei a história inteira, é só isso. Se vocês perguntarem para Orion, ele vai saber explicar melhor do que eu.

— Lira... — Art começou, quase sussurrando. — Tem alguma coisa que vocês não nos contaram?

A garota mordeu o lábio inferior, abandonando a expressão resoluta. Ela parecia lutar contra os próprios pensamentos, e Nyo sabia muito bem o que era tentar criar muralhas na própria mente.

— Do que você tem medo, Lira? — ele perguntou, sua voz saindo muito mais séria do que ele esperava.

Ela levantou o rosto para o menino, e Nyo decidiu naquele momento que podia confiar nela. Conseguia ver a dúvida no seu olhar, mas não achava que aquela garota poderia traí-los. Ela era como eles; tão perdida quanto.

— Eris não me deixa fazer muitas perguntas, ela... — A menina fechou os olhos com força e balançou a cabeça. — Ela fica agressiva.

Lira sussurrou a última palavra, mas soltou um suspiro profundo como se estivesse se livrando do peso daquele segredo.

— Eu acho que tem alguma coisa muito errada, e tenho certeza de que Orion não está sendo sincero em tudo o que diz — ela declarou, e Nyo assentiu quase imediatamente.

— Eu concordo com você. — Ele pousou uma mão no braço da garota. — E a gente precisa descobrir a verdade antes que seja tarde demais.

— Não sei nem por onde começar — Lira ofegou.

— Mas é óbvio. — Art ajeitou a coluna. — Vocês registram tudo que acontece por aqui, não? Se alguma coisa estranha tá acontecendo, nós vamos descobrir na biblioteca.

Nyo revirou os olhos, soltando uma risada. Arcturo era a única pessoa do mundo que escolheria iniciar uma nova aventura numa *biblioteca*.

26.
O guia de Nyo Aura para ser um espião perspicaz

O maior problema foi encontrar um momento em que Eris não estivesse trabalhando. Segundo Lira, a mulher sempre se debruçava sobre um livro novo, fosse para revisá-lo, registrá-lo ou apenas para se distrair. Nyo não achava que conseguiria olhar para a bibliotecária sem que as palavras de Lira ressoassem em sua mente, ensurdecedoras:

Ela fica agressiva.

Seu primeiro instinto foi perguntar o que a garota queria dizer com aquilo, mas não permitiu que as palavras saíssem da sua boca. Ele não gostava de falar nem mesmo com Arcturo sobre sua vida pessoal ao lado de Corinna, e odiaria ser questionado por uma pessoa que acabara de conhecer. Se um dia Lira quisesse contar, estaria aberto a ouvir, mas jamais forçaria essa conversa.

Os três decidiram esperar a noite, depois de Nyo implorar várias e várias vezes que eles entrassem na biblioteca quando a mulher fosse ao banheiro ou algo do tipo. Nem Art nem Lira consideraram isso uma boa ideia, e Nyo não pôde mais argumentar. Ele odiou essa nova dinâmica em que eles poderiam *votar*, porque perderia todas as vezes. Precisaria levar Lira para o seu lado o quanto antes.

Dessa vez, Nyo não tinha nenhuma desculpa para evitar a refeição com os demais habitantes do Homízio – apesar de ter considerado fingir que estava doente ou algo do tipo, ideia prontamente recusada por Arcturo. Quatro longas mesas dispostas em um quadrado estavam arrumadas para o jantar, e a maior parte dos moradores da comunidade já estava sentada. Orion havia separado lugares de honra para Nyo e Art, ao seu lado esquerdo.

Lira se despediu dos amigos com um olhar apreensivo, e se dirigiu para uma cadeira vaga ao lado de Eris. O líder abriu um sorriso amplo quando viu os garotos se aproximarem, e se levantou com os braços abertos.

— Nyo! Finalmente você vai fazer uma refeição conosco — ele falou, alto o suficiente para que todos os presentes ouvissem. Não havia mais do que setenta pessoas morando no Homízio, e quase todas elas encaravam Nyo e Arcturo com os olhos gulosos. — Venha, venha. Guardei um lugar para você.

O aventureiro não conseguiria formar uma resposta simpática para o Nova, então limitou-se a assentir com um sorriso que qualquer um veria que não era genuíno. Orion manteve seu olhar focado no aventureiro, sem gastar nem um segundo em Arcturo, e pousou a mão em seu ombro assim que Nyo chegou perto o suficiente.

— Boa noite, Homízio! — o líder se dirigiu à comunidade, pressionando o ombro de Nyo. Os habitantes responderam a saudação do homem, e ele continuou com um sorriso enorme: — Com certeza vocês devem estar curiosos para conhecer a história dos nossos novos membros, mas teremos uma assembleia dedicada apenas a isso. Por enquanto, vamos recebê-los como amigos.

Nyo sentiu todos os olhos nele, queimando sua pele, e encontrou sorrisos amigáveis por todo lugar que olhava. Apesar de vários ali o encararem com surpresa – um homem em específico não parava de fitá-lo nem por um instante, mas o rapaz evitou encará-lo de volta –, a maioria parecia quase... *compadecida* por eles? Como se os enxergassem não apenas como visitantes exóticos, mas também como os garotos que eram, perdidos em um canto aleatório do universo. Mas ainda olhavam para Nyo como um salvador, olhavam para ele como uma fagulha de esperança. Queriam o seu poder, queriam ser salvos por ele, e Nyo nunca descobriu nem como salvar a si mesmo.

— Nós estamos cada dia mais próximos do nosso objetivo maior. Hoje vamos aproveitar nossa refeição enquanto comunidade, mas não demorará para garantirmos a ruína dos gigantes e retomarmos Dirilia! — Orion ergueu os braços, sua voz bem mais alta que os murmúrios que percorriam o restante do Homízio, e um brilho perturbador ficou evidente em seus olhos.

Nyo sentiu um arrepio percorrer todo o seu corpo. Ele passara o dia tentando agradar o líder, mas, naquele momento, sua vontade era de sair de perto dele o quanto antes. Nada daquilo parecia certo. A cidade inteira comemorou as palavras de Orion; estavam tão determinados a destruir as criaturas quanto o Nova. Todos acreditavam na necessidade de dizimar os gigantes, ou o homem havia repetido tantas vezes que aquela era a única saída que eles passaram a confiar em suas palavras? Nyo não conseguia entender como tantas pessoas poderiam desejar a morte das criaturas – mesmo que as narrativas de Orion fossem reais. Não seria mais simples lutar para conseguir um novo lar?

O homem que o encarava bateu palmas mais alto do que qualquer outro, e assobiou para as palavras de Orion. Contudo, o aventureiro não enxergou em seus olhos o mesmo apetite que viu nas outras pessoas; não achou que aquele homem estivesse sendo sincero. Nunca foi bom em ler outras pessoas, mas não conseguia ignorar a sensação de que algo estava errado.

— Você está bem, Nyo? — Orion chamou sua atenção, já sentado ao seu lado. O aventureiro era o único que permanecia em pé, e todos os olhos o encaravam.

Ele mordeu os lábios e se sentou de pronto, encarando o prato à frente e dando seu melhor para ignorar o aperto no peito.

As lamparinas da biblioteca se apagaram pouco depois que o céu alaranjado deu lugar a uma noite sem lua, e os amigos decidiram que era hora de agir. A biblioteca não ficava fechada à noite, qualquer um poderia entrar e explorar os exemplares a qualquer momento do dia, mas não queriam atrair atenção e perguntas.

Um sino tocou assim que eles abriram a porta destrancada, mas Eris não saiu dos seus aposentos nos fundos. Lira deu uma cotovelada em Nyo, sinalizando para que o garoto ficasse em silêncio, e ele levantou os braços em protesto. Os dois passaram vários segundos discutindo – sem ruído algum – se ele havia ou não feito barulho, até Arcturo se irritar e os abandonar, indo em direção às estantes.

Nyo mostrou a língua para Lira e seguiu o melhor amigo.

A garota ignorou os dois meninos e seguiu para outra seção da biblioteca, a mais próxima da porta que levaria para os aposentos de Eris, e retirou dois livros da prateleira sem hesitar.

Art e Nyo se entreolharam, derrotados, e seguiram a menina. Sentaram-se em uma das mesas, a mais distante possível de Eris, e o aventureiro acreditou que poderiam arriscar sussurros.

— Como você sabia qual livro pegar? — ele perguntou.

— Quero mostrar esses pra vocês — Lira respondeu, abrindo o primeiro volume, com uma capa de couro vermelha sem nenhum título. Talvez fosse um truque da luz tênue que adentrava pelas janelas, mas Nyo poderia jurar que algumas letras haviam sido raspadas da capa. — Eu encontrei faz um tempo, e não tem nada exatamente de *errado* nele, mas sempre me perguntei...

Ela folheou o livro até o final, e colocou o dedo sobre a costura interna. A pessoa que arrancou as páginas se esforçou para não deixar nenhum vestígio de que o havia feito, mas Lira deixou bem evidente os pontos em que o papel havia rasgado.

— Todos os bibliotecários mantêm diários muito bem detalhados do seu tempo comandando a biblioteca, e esse é o do cara anterior a Eris, que morreu no mesmo dia em que os meus pais. — Ela virou para a página anterior, apontando para os últimos escritos do homem. — Mas as anotações pararam alguns dias antes da morte dele, e é estranho porque eles sempre mantinham as atualizações diárias. Fui procurar o primeiro diário de Eris, que teoricamente deveria começar no mesmo dia em que ele morreu.

Lira abriu o segundo volume, da mesma cor que o anterior, mas com o nome da bibliotecária gravado na capa. A primeira página tinha todas as informações da mulher, desde local e horário de nascença até alergias alimentares. A garota passou a página e apontou para o topo da próxima, datada cinco dias antes da morte do antigo bibliotecário.

— O que isso significa? — Nyo perguntou, quando Art arregalou os olhos como se tivesse entendido perfeitamente.

— Ela já sabia que ele iria morrer — ele murmurou, e o aventureiro segurou a respiração.

— *Ou* ela quis começar o diário antes da hora. Os aprendizes têm esse costume, mas normalmente não os catalogamos como arquivo — Lira disse, passando até a página do dia da morte dos seus pais. — Pode não significar nada.

— Ou pode ser uma revelação terrível que vai mudar a nossa vida — Nyo complementou. — Você disse que percebeu faz tempo que tinha algo errado? Por quê?

— Sempre evitei fazer perguntas a Eris porque... — Ela limpou a garganta, e os meninos assentiram. — Mas achei que talvez ela só não tivesse uma natureza gentil. Mas Orion... Orion mudou muito. Desde que meus pais morreram eu me aproximei dele por causa da biblioteca, e ele sempre foi um cara muito atencioso. Mas, com o tempo...

Ela balançou a cabeça, como se tentasse expulsar os pensamentos.

— Ele já fez alguma coisa? — Art perguntou.

— Ele não *fez* nada, mas ficou obcecado pelos gigantes. Ele já tinha algumas ideias malucas desde sempre, mas depois da morte dos meus pais ele ficou cego, não conseguia falar sobre nada além da extinção dos gigantes. — A garota encontrou o olhar de Nyo. — Atrair o planeta de vocês quase o matou, mas ele parecia achar que valeria a pena. Depois de algum tempo a cidade começou a apoiá-lo, todos decidiram que exterminar os gigantes era, sem dúvidas, a única opção. Ele fala sobre isso todos os dias, sem exceção. Eu achava que precisava concordar, afinal, eles mataram meus pais, mas nunca pareceu certo.

— Você acha que são mesmo os gigantes que estão matando essas pessoas, Lira? — Arcturo perguntou, alcançando a mão de Nyo por baixo da mesa e entrelaçando seus dedos. — Orion não conseguiu me convencer com aquela desculpa de que eles se cansaram dos humanos de uma hora para a outra.

— O gigante que nos trouxe para cá poderia muito bem ter nos matado, se esse fosse o caso — Nyo complementou, assentindo. — Não faz sentido.

— Mas *como* a gente vai descobrir a verdade? — Lira perguntou, à beira das lágrimas.

— Nós podemos... Perguntar para Orion? Sabe, sobre o momento em que os gigantes começaram a matar as pessoas. — Art sugeriu, e tanto Nyo como Lira direcionaram olhares incrédulos para ele. — Se for verdade, nós não podemos arriscar perder a confiança dele. Ele precisa acreditar que nós confiamos no que ele nos diz, e não que fomos buscar respostas em outros lugares.

— Faz sentido — Nyo murmurou. — Droga, odeio quando você tá certo.

— E se isso não der certo — Lira continuou, esfregando uma mão na outra —, precisamos falar com os gigantes.

Nyo e Art a encararam em um silêncio estupefato.

— Lira, eu nunca gostei tanto de você como neste momento. — O aventureiro levantou uma mão para a garota bater.

A menina revirou os olhos e voltou sua atenção para o diário. Nyo abaixou o braço lentamente, como se nada tivesse acontecido, e ouviu Arcturo soltar uma risada ao seu lado.

Ele ficou em silêncio depois que Nyo deu uma cotovelada em suas costelas.

— Nada. — Lira fechou o diário com força. — Literalmente *nada* diferente da história de Orion.

— Isso só confirma nossa teoria de que Eris e Orion estão juntos nessa, de alguma forma — disse Nyo, fechando o diário do antigo bibliotecário em uma página de meses antes de sua morte.

— Ou Orion coagiu Eris a mudar os registros. — Art franziu o cenho e virou para Lira. — Acha que ele pode ter ameaçado ela, ou algo do tipo?

— Não acho impossível. — Ela pressionou as têmporas. — Mas também não acho que Eris seja completamente inocente.

— O que importa é que eles estão escondendo alguma coisa. — O aventureiro suspirou. — E eu acho que eles estão por trás das mortes.

Arcturo assentiu, e Lira parecia estar se concentrando muito para não vomitar. Nyo nem imaginava como ela se sentia, descobrindo que as duas pessoas de quem era mais próxima talvez tivessem mentido para ela por tanto tempo.

— Vamos embora — ele determinou, se levantando. — A gente precisa descansar.

Art assentiu, e Lira os seguiu sem nenhuma outra palavra até a porta da biblioteca.

— Amanhã você me chama assim que voltar do treino com Orion, Nyo — a menina pediu, apoiando a cabeça no batente.

— Pode deixar. — Nyo apertou o braço da nova amiga. — Boa noite, Lira.

— Boa noite. — Art deu um beijo na testa da garota, e eles a deixaram.

Os dois caminharam por algum tempo em silêncio, e nenhum deles fez menção de entrar na casa de Orion quando chegaram à entrada. Nyo não se sentia seguro ali, não com a proximidade do homem. Se chegasse ao ponto, jamais conseguiria proteger Arcturo caso Orion atacasse; não achava que seu poder – mesmo com a raiva queimando sua pele – seria páreo ao do Nova. Ele precisava melhorar, e rápido.

— Você quer ir pra outro lugar? — Art perguntou, e Nyo concordou imediatamente, entrelaçando suas mãos nas do amigo.

— Tem uma coisa que eu queria testar — ele falou, com o fantasma de um sorriso nos lábios. — Vamos.

Nyo puxou o amigo para cima, apoiados pelos discos, e eles passaram a caminhar no vazio mais uma vez. Correram sem rumo, indo para bem longe daquela cidade e de todas as inseguranças que ela trazia consigo. Conseguiam ver estrelas, pelo menos.

Quando chegaram a uma altura ideal – mais um pouco e o frio ficaria insuportável –, Nyo soltou uma risada nervosa.

— Beleza, não sei se isso vai dar certo — ele murmurou. — Segura firme.

Arcturo arregalou os olhos, preparado para alguma catástrofe. Nyo virou-se de costas, fechando os olhos para não se lembrar da altura em que estavam, e jogou seu corpo para trás. Em um primeiro segundo, teve certeza de que iria cair, mas suas costas bateram suavemente contra um novo disco dourado.

Art o encarava, aterrorizado, e apertou sua mão com mais força, como se os discos pudessem desaparecer a qualquer momento. O menino precisou dobrar os joelhos para não cair junto com Nyo, segurando sua mão tão forte como se sua vida dependesse disso – e dependia, na verdade.

— Eu sou muito bom, cara — Nyo falou, com uma risada alta. — Não confiei em momento algum que isso daria certo.

— E, ainda assim, você *continuou* com a ideia.

— É claro. — Nyo riu e puxou o garoto para deitar ao seu lado.

Art se aconchegou, ainda receoso, e demorou alguns instantes para sua respiração voltar ao normal.

— Tá, talvez isso não tenha sido terrível — ele murmurou quando seus olhos encontraram as estrelas no firmamento.

Milhões de pontinhos cintilantes de todas as cores invadiam a visão de Nyo, estendendo-se ao infinito. Uma galáxia arroxeada se posicionava bem acima dos garotos, pincelando sua pele de violeta e silenciando todo pensamento que ousasse invadir o pequeno universo dos dois meninos.

— Não quero ficar aqui pra sempre, Nyo — Art sussurrou, mesmo que fosse impossível que alguém os escutasse. — Orion diz que você vai levar anos pra aprender o que precisa, e eu obviamente vou ficar do seu lado, mas...

— Mas a gente nunca vai ter uma boa vida neste lugar — Nyo completou. — Hoje cedo, quando Orion falou que esta era a nossa nova casa, achei que era *isso*. Achei por um segundo que esta seria a minha chance de finalmente morar em algum lugar que me aceitava. Só estamos aqui há um dia, mas não acredito mais que seremos bem-vindos no Homízio.

— Acho que nunca vamos ser vistos como iguais — Art respondeu, virando o corpo para ficar cara a cara com Nyo. — Nós dois temos uma função aqui, e tenho certeza de que seremos descartados assim que a cumprirmos.

— Isso *se* eu for capaz de fazer o que eles querem.

— Tenho certeza de que você é. — Art sorriu, tranquilo. — Mas usar seus poderes para *exterminar os gigantes* parece loucura.

— Eu não quero fazer isso — Nyo falou com convicção. As palavras de Orion conseguiram convencê-lo por algumas horas, mas só precisou sair de sua influência para conseguir enxergar a verdade. Mesmo se os gigantes tivessem de fato matado todas aquelas pessoas, seria cruel condená-los à extinção sem tentar compreendê-los. — Nós precisamos encontrar um novo lugar para morar. Um novo refúgio pra humanidade, e não vai ser em Dirilia.

Art se ajeitou ao seu lado com um olhar determinado.

— Nós não podemos confrontar Orion antes de você aprender a fazer tudo isso — ele falou, assentindo. — E aprender a se defender dele.

Nyo se remexeu, mordendo o interior da boca.

— É muita coisa, Art.

— Por isso a gente vai com calma. — Ele apertou a mão do garoto com mais força. — Amanhã a conversa vai ser amigável.

Nyo assentiu e permitiu que seu olhar ficasse preso ao de Art. Mesmo no momento mais escuro da madrugada, o verde dos seus olhos brilhava mais do que as florestas de Dirilia. O aventureiro amava que agora ele podia se aproximar de Arcturo de uma forma que nunca ousara. O toque da mão do garoto na sua tinha muito mais calor e mais verdade.

Mesmo se tudo desse errado, Nyo ainda guardaria as lembranças de se apaixonar pelo seu melhor amigo.

27.
O guia de Nyo Aura para ser o pior agente secreto da história

Art fez um roteiro muito bem detalhado para todas as perguntas que Nyo deveria fazer a Orion, além de guiá-lo para cada possível resposta do homem e como contra-argumentar sem parecer que não confiava mais nele.

O aventureiro não se lembrava de nenhuma recomendação do garoto, é claro. Improvisar sempre dava certo para ele.

— Eu vi que você voltou a treinar ontem, Nyo — Orion falou, pouco antes de chegarem ao campo para treinamento. — Fiquei feliz. Nós vamos precisar de muita dedicação da sua parte.

— Eu consegui sentir a canção, como você disse — o rapaz mentiu. — Mas ainda foi bem difícil.

— Vai ser bem mais rápido depois que você se acostumar a encontrar o ritmo. — Ele deu dois tapinhas nas costas de Nyo. — Hoje, eu pensei…

— Eu queria saber como fazer os saltos, sabe, de um planeta pro outro — Nyo interrompeu, esforçando-se para transparecer curiosidade.

Orion levou alguns segundos para responder, com o resquício do seu sorriso animado ainda nos lábios.

— Não temos como treinar isso aqui — ele respondeu, suspirando. — O único ponto de atração é onde os gigantes enterram seus mortos, e nós não fazemos a menor ideia de onde fica.

Nyo mordeu o lábio inferior e chutou uma pedrinha em seu caminho.

— Mas não é tão difícil quanto parece. — Orion parou de andar e encontrou o olhar do rapaz. — Eu nunca saltei, claro, mas os registros dos antigos Novas dizem que o segredo é sempre se conectar ao ritmo do Réquiem. Se você precisar saltar, basta se concentrar na canção e visualizar o lugar ao qual deseja ir.

— Então não precisamos entrar na Passagem?

— Acredito que não, nunca vi nada parecido. Talvez vocês tenham parado lá porque não sabiam aonde ir.

Nyo assentiu e preparou a próxima pergunta. Aquele era *o* momento. Precisava soar meramente curioso, e não questionador.

Antes que ele pudesse falar qualquer coisa, contudo, o homem começou:

— Quero treinar suas explosões, Nyo, mas desta vez quero que você se concentre em um objeto maior que o espantalho. — Ele apontou para uma árvore ao longe. — Você é capaz de arrancar aquela árvore pelas raízes, mas vai ser bem mais difícil do que ontem.

— Eu queria treinar a defesa, como você tinha dito. — O garoto limpou a garganta, a pergunta ainda entalada ali dentro. *Aquela* era a habilidade que precisava aprender o quanto antes; não poderia arriscar um futuro combate com Orion sem saber como se defender.

— Nós vamos fazer isso o quanto antes. — Orion o dispensou, se afastando alguns passos do aventureiro. — Mas precisamos que você melhore sua habilidade de focar alvos específicos.

Nyo assentiu, certo de que não adiantaria rebater. Seria um bom aluno, queria deixar Orion de bom humor para ele não erguer as muralhas quando fizesse suas perguntas. O que o frustrava, porque ele não era bom em agradar outras pessoas; quem deveria estar fazendo este trabalho era Art. Sem nenhuma dúvida ele tiraria todas as informações de Orion sem precisar de uma segunda tentativa.

— Quero que se concentre nos batimentos do seu coração dessa vez — o líder orientou, tranquilo. — Tente sincronizá-los com a canção, tudo bem? Em algum momento, eles vão parecer a mesma coisa. É só nesse instante que você vai chamar seu poder, nem um segundo antes.

O aventureiro fechou os olhos, mais determinado do que nunca. As instruções eram bem mais claras do que no dia anterior, e ele sentiu, lá no fundo, aquela animação para aperfeiçoar seus poderes e descobrir a verdade. Apesar de tudo, continuava vivendo uma aventura incrível e descobrindo habilidades fenomenais. Tinha medo do que ainda poderia acontecer, mas o garoto problema dentro dele gritava de felicidade ao lembrar que *ele* era o protagonista. Era meio difícil de acreditar, mas já chegara a um ponto em que não podia negar.

Talvez ele fosse mesmo especial.

Era a sua primeira chance de se provar, e já alimentava uma certeza: não era Orion que ele precisava convencer, não poderia se importar menos com o que o homem pensava dele. Também não era Ekholm, não tinha energia suficiente para brigar pela aprovação deles. A verdade era que Nyo sentiu sua força renovada com a perspectiva de provar que era incrível para *si mesmo*, para aquele garotinho de sete anos que fora considerado a escória entre os seus.

Foi uma percepção agridoce. Nunca deixaria de buscar o respeito da sua cidade, mas já não importava tanto. Tinha o respeito de Art, da flautista, da khudra, de Elera, de Lira. E dele mesmo.

Perceber isso foi como se libertar de amarras que o seguraram por dezessete anos, e talvez o que tornou a canção do universo tão mais clara em seus ouvidos.

Tão cristalina que seu coração passou a bater no mesmo ritmo que ela, absolutamente sua. Pela primeira vez, não estava dividindo a mesma melodia com o resto do mundo. Sabia que era a mesma que o Réquiem – e, inevitavelmente, a mesma que Orion –, mas Nyo escutava a *sua* voz ali, sabia que *ele* era a origem da música já ensurdecedora que tomara conta do seu corpo.

Foi fácil encontrar a chama no interior do seu peito e, mais fácil ainda, explodir.

— Muito bom, Nyo! Excelente.

Orion correu em sua direção depois da quinta vez seguida que o menino explodiu. Ele vitimou sete árvores – não planejava contar para Art que havia destruído tantos exemplares dos seres vivos que ele mais amava – e três delas foram destruídas em uma única explosão. Não era o bastante para desafiar um gigante, mas estava chegando perto.

— Vamos parar por hoje, não quero chamar muita atenção.

— Orion olhou para a linha do horizonte com o cenho franzido.

— Eles aparecem aqui quando as explosões são muito fortes. Fiquei surpreso que não fizeram um novo ataque depois que eu movi Caerus.

Nyo sentiu seus olhos brilharem com a abertura ideal para fazer suas perguntas.

— Você realmente não sabe o que fez eles começarem a atacar? — perguntou, sem pensar duas vezes. Tinha certeza de que as perguntas que Art havia formulado tinham muito mais conteúdo que essa, mas não conseguia se lembrar bem delas.

— Por que agora?

— O último Nova morreu há mais de cento e vinte anos, Nyo, e eu acabei de completar quarenta e cinco — Orion respondeu, pousando a mão no ombro do garoto e o conduzindo de volta para a vila. — Não sei por que eles se irritaram com o *meu* poder, mas acredito que os ataques estão relacionados com os meus treinos. Destruí uma parte das muralhas em certo momento, e eles não ficaram nada felizes.

— E foi nessa época que eles começaram a atacar? — Nyo perguntou, aproveitando cada instante de bom humor de Orion.

— Não, não. Isso aconteceu quando eu ainda era adolescente, eu não tinha ninguém para ajudar a guiar meu poder. — Ele deu tapinhas nas costas de Nyo, com um sorriso orgulhoso. — O primeiro ataque foi há quinze anos, quando os pais de Lira morreram. Eu já sabia que deveria manter meu poder escondido deles, mesmo que toda a cidade olhasse para mim como um líder.

— Não aconteceu nada antes que possa ter irritado eles ou algo do tipo?

Orion negou com a cabeça, como faria para uma criança que estava fazendo perguntas demais. Posicionou uma mão no ombro de Nyo e o encarou, mantendo os olhos bem abertos e sem piscar.

— Nyo, eu sei que você deve estar curioso. — Ele tinha um sorriso gentil nos lábios, as sobrancelhas franzidas em preocupação. — E que deve ser muito difícil lidar com essa quantidade de informação, mas eu juro que te contei tudo o que sei. Agora que já descobrimos como estimular sua magia, não vamos demorar para aperfeiçoá-la.

— Mas ainda vamos levar anos para eu ser capaz de lutar contra os gigantes? — Nyo perguntou, suspirando.

Os ombros de Orion caíram.

— Sim, infelizmente. — Ele assentiu, mais uma vez perdendo o olhar na linha do horizonte, como se esperasse que uma criatura surgisse ali do meio a qualquer momento. — Os gigantes talvez sejam os seres mais fortes do universo, Nyo, não é qualquer um que consegue bater de frente com eles. Mas não são os mais *poderosos*, e isso é o mais importante. Se nos planejarmos direitinho e treinarmos o suficiente, essas criaturas abomináveis não terão nenhuma chance.

Nyo mordeu os lábios, a voz daquele gigante em sua mente como um lembrete de que não poderia dar ouvidos para as justificativas de Orion. Ele conseguia, agora, notar as tentativas do homem de manipulá-lo: a voz gentil e os gestos muito bem pensados para não parecerem agressivos – o aventureiro nunca fora bom em ler qualquer pessoa além de Arcturo, mas seus olhos já buscavam pelos detalhes que o delatariam. Ainda não tinha nenhuma informação que provasse que Orion estava mentindo, mas Nyo já não conseguia mais confiar nele.

— Vamos indo, então? — o homem perguntou, apertando o ombro de Nyo. — Precisamos nos preparar para a assembleia.

O menino assentiu, seus pensamentos desesperados por alguma pergunta mais direta que poderia responder o que eles precisavam. Tentou se lembrar do que Art havia falado, mas não conseguia se concentrar o suficiente para recordar suas palavras. Foi apenas quando estavam quase chegando à casa de Orion que desistiu de encontrar a pergunta certa.

Era hora de improvisar.

— Vocês já pensaram que talvez não tenham sido os gigantes que mataram essas pessoas? E se alguém fez isso e tá tentando nos convencer de que foram eles? — Nyo sabia que arriscava demais, mas não poderia desistir antes de conseguir *alguma coisa*.

Orion parou de andar e fitou Nyo, severo, sem demonstrar surpresa.

— Nós já nos perguntamos a mesma coisa — ele falou, torcendo os lábios como se estivesse decepcionado consigo mesmo. — Eu tive a mesma esperança, há muito tempo, mas então eu vi com meus próprios olhos todos os ataques seguintes. E acredite, Nyo, é algo de que nunca vou me esquecer.

O homem voltou a andar, dessa vez um ou dois passos na frente de Nyo, e entrou em casa sem olhar para trás.

Para o divertimento de Nyo, Art levou muito tempo para decidir qual roupa usar na assembleia. Eles não tinham tantas opções, apenas diferentes modelos das vestes brancas que todos ali trajavam, mas o garoto insistiu que poderia passar a impressão errada caso usasse *qualquer coisa*, como o aventureiro havia sugerido.

— Sem pressa, Art, não é como se nós dois fôssemos as pessoas mais importantes dessa reunião, de qualquer forma — Nyo falou, deitado na cama com o braço suportando a cabeça. Eles tinham combinado de chegar cedo para contar para Lira o que haviam descoberto (quase nada), e precisavam sair logo ou não teriam tempo suficiente.

— Tá bom, acho que vai ser essa. — Art fez uma expressão incerta diante do espelho, mas assentiu. — Melhor do que isso não vai ficar.

Nyo abriu um sorriso que deixou o rosto de Arcturo com um tom violento de escarlate.

— Do que você tá rindo? — ele perguntou, envergonhado.

— Nada não. — Seu sorriso ficou ainda maior. — Você é uma graça, Artinho.

O garoto revirou os olhos e saiu do quarto sem direcionar nenhum olhar para Nyo, que precisou de vários segundos para se recuperar de uma crise de riso causada pela timidez do melhor amigo.

O caminho até o salão da assembleia foi curto, como todos os percursos no Homízio, e eles chegaram quando quase toda a vila já estava posicionada em suas cadeiras. Lira estava em pé ao lado do palco, conversando ansiosamente com Eris e Orion enquanto mordiscava a unha do indicador.

Nyo balançou os braços sem nenhuma discrição para chamar a atenção da amiga, e sentiu o olhar desesperado de Arcturo nele.

— Nyo, você é um espião terrível. — Ele abaixou os braços do garoto com as mãos, apesar dos protestos do aventureiro. — A gente *não quer* que Orion saiba que já chegamos.

O menino estava pronto para rebater, mas Lira os alcançou antes que ele tivesse a chance. A menina tinha os cabelos presos em duas bolinhas no topo da cabeça, e Nyo passou um bom tempo comentando o quanto tinha achado aquele penteado incrível, até Art o interromper relembrando que eles não tinham tempo para besteiras.

— Você não cansa de ser um estraga-prazeres, né, Arcturo? — Nyo ergueu as sobrancelhas, ainda levemente ofendido por ter sido chamado de péssimo espião.

Lira arqueou as sobrancelhas para Art com uma risada fraca nos lábios, desafiando-o a rebater.

— Eu me recuso. — O garoto revirou os olhos. — Nyo, conta logo pra Lira sobre a sua conversa.

O garoto mostrou a língua para o amigo e narrou para a garota o que havia acontecido. Ela fez a mesma expressão de desgosto que Arcturo quando Nyo contou a pergunta que fez para Orion – nenhum dos dois achou uma boa ideia perguntar diretamente se ele estava mentindo – e cobriu o rosto com as mãos.

— Nyo, você precisa de supervisão — ela murmurou, e soltou uma risada nervosa. — Não é possível.

— Cara, eu não falei que *ele* estava matando as pessoas. — O menino abaixou a voz. — Eu fingi que era só uma curiosidade, sei lá.

— Orion vai saber que você suspeita dele. — A menina balançou a cabeça. — Ele sempre foi muito paranoico.

— Mas talvez... — Nyo começou, mas não sabia como terminar aquela frase. — Você acha que a gente tem de se preocupar?

— Acho que nós precisamos agir rápido — Art disse, mordendo o lábio inferior. — Depois dessa assembleia nós vamos precisar decidir alguma coisa, antes que ele perceba.

Lira assentiu, olhando de relance para Orion e Eris, que conversavam animados com algumas pessoas desconhecidas. Todos ali estavam se divertindo, as conversas eram altas e agitadas como durante todas as refeições. A exceção era, talvez, de um pequeno grupo nos fundos do ambiente que conversavam em voz baixa, mas Nyo não lhes deu tanta atenção. Um deles era o homem que o encarara no jantar; conversava com os colegas num ritmo rápido, sem parecer se importar com a chegada dos jovens.

Orion reparou que estavam olhando para ele e acenou para que se aproximassem. Todas as cabeças do salão se viraram para os amigos, e eles não tiveram nenhuma escolha senão acenar de volta e se dirigir para o palco.

— Art, você vai ser o cara inteligente e eu fico responsável por encantar todo mundo com o meu charme, tá? — Nyo sussurrou.

— Beleza, deixa comigo — o amigo murmurou, com um sorriso ansioso.

Nyo suspirou profundamente e subiu os degraus que o levariam para cima do palco.

28.
O guia de Nyo Aura para espalhar alegria e esperança

— Vocês já viram os dois nos últimos dias, e acredito que devem estar ansiosos para conhecer suas histórias. — Orion pousou uma mão no ombro de Nyo, como se tentasse provar para o público que o aventureiro era confiável. — Nyo e Arcturo vieram de Caerus; nossa tentativa de contatar Novas na cidade deu certo!

Os habitantes do Homízio bateram palmas e assobiaram. Lira lançou um olhar ansioso para os meninos, sentada na primeira fileira ao lado da bibliotecária.

Orion tinha um sorriso enorme nos lábios, como se a ovação fosse exatamente o que ele precisava para continuar seu discurso.

— O Nyo aqui é um Nova e aceitou nos ajudar com nosso objetivo.

Mais aplausos, altos o suficiente para desorientar Nyo. Todos vestiam as mesmas cores, e seus rostos se confundiam na mente do menino, que só conseguia distinguir os rostos do pequeno grupo que permanecia em silêncio. Eram três mulheres e dois homens que batiam palmas, assoviavam e faziam um escarcéu como o restante do grupo, mas seus sorrisos não atingiam seus olhos.

— Nós já iniciamos o treinamento dele, como vocês podem ter ouvido, e temos certeza de que não vai demorar para darmos início à reconquista. — Orion continuou, e o público aplaudiu ainda mais alto. — Já Arcturo está auxiliando Eris com os registros sobre a história recente de Ekholm. Vocês poderão encontrar os relatos dos meninos na próxima semana na biblioteca, caso tenham interesse.

Eris abriu um sorriso grato para Orion, e agradeceu os aplausos do público com um aceno da cabeça. Lira parecia cada vez mais nervosa, mordia o lábio inferior com força o suficiente para deixá-lo esbranquiçado, mas batia palmas e forçava um sorriso no canto da boca como todos os outros.

— Penso que podemos tirar um minutinho para vocês conversarem com nossos convidados, o que acham? Tenho certeza de que eles não se importariam em responder algumas perguntas.

Pelo menos uma dúzia de mãos foram ao ar imediatamente, e Nyo virou a cabeça para Art, implorando que o amigo tomasse o controle da situação. Sentia seu coração batendo bem mais forte do que o normal com a perspectiva de precisar falar com tantos estranhos.

Talvez, pela primeira vez na vida, o charme de Nyo não seria o suficiente para salvá-lo – certo, seu charme nunca foi o suficiente em Ekholm, mas ele ainda acreditava que tinha *algum* potencial.

— Acho que posso responder, se eu souber... — Arcturo murmurou, com um olhar incerto para Orion. O homem anuiu, e Art escolheu uma pessoa aleatória na plateia para fazer a primeira pergunta.

A mulher tinha a pele branca bronzeada e seu rosto reunia várias manchinhas causadas pelo sol. Nyo reparou em seus braços fortes e se perguntou se ela era uma daquelas mulheres que passavam as tardes lavando roupas na lagoa ali perto. Seus olhos se iluminaram quando Art apontou para ela.

— As pessoas em Ekholm sabem o que aconteceu na Guerra dos Gigantes? Eles se lembram?

— Ninguém faz a menor ideia — Art respondeu, de pronto. — Nós achávamos que todos os gigantes tinham morrido, mas ninguém sabia dizer como.

— O planeta ainda está destruído? — perguntou um homem em uma das primeiras fileiras, sem esperar ser chamado.

— Sim, Ekholm é a única cidade que sobreviveu.

— Como vocês vivem lá? — o mesmo homem perguntou. — Como se alimentam, se o mundo está morrendo?

— A Junta dos Líderes tem uma reserva de agricultura e cria animais para abate, mas a população não pode nem chegar perto desse lugar — Art falou, dessa vez com um pouco menos de certeza. — Nós recebemos enlatados já prontos pra consumo.

— Os mais ricos conseguem comprar ingredientes, na verdade — Nyo interviu, e todos os olhares se voltaram para ele. — Ir a restaurantes e tudo mais. Mas a maior parte da população precisa se manter com as rações.

— Vocês não podem criar seus próprios animais? — uma outra mulher questionou.

— Nós nunca nem *vimos* animais em Ekholm. — Nyo tentou conter a irritação da sua voz. Orion os tinha levado para "se apresentarem" à comunidade apenas para que pudessem enchê-los de perguntas? Para garantir um pouco de entretenimento a uma população parada no tempo? — E não teríamos como alimentá-los; o único solo fértil foi completamente dominado pela Junta.

— Pelo que pudemos estimar, a população de Ekholm tem pouco mais de um século para encontrar um novo planeta — Orion informou. Nyo nunca tinha ouvido aquela informação; imaginou que o homem havia estimado a partir do que Art lhe contara. — E eles não possuem nenhuma perspectiva de desenvolver a tecnologia a ponto de conseguirem sair de Caerus. A única esperança deles são os Novas.

— E esse garoto vai conseguir levar toda a população para outro planeta? — Um homem apontou para Nyo como se o aventureiro fosse algum tipo de experimento.

— Nyo ainda não desenvolveu seus poderes o bastante — Orion disse. — Mas, assim que se tornar forte o suficiente, basta um veículo para que ele possa transportá-los. Não é, Nyo? Além de matar os gigantes!

Nyo fez uma careta, arrependendo-se de aceitar o convite para aquele espetáculo bizarro.

— Mas você falou que a tecnologia deles... — o homem continuou, mas Orion o interrompeu.

— O veículo não precisa *funcionar*. Só precisa ser grande o suficiente para ser posicionado perto de uma zona de atração e comportar um número considerável de pessoas. Não é necessária uma tecnologia muito desenvolvida, e ninguém vai precisar *guiá-lo*. Não passa de um receptáculo para reunir toda a população. — Ele apertou o ombro de Nyo e suspirou. — Mas isso ainda está longe. Temos urgências para tratar em Dirilia, e depois vamos nos preocupar com Caerus.

Nyo e Art se entreolharam. O aventureiro queria comentar que preferia salvar sua cidade e só depois pensar na questão de exterminar os gigantes e tudo mais, mas sabia que estragaria tudo se o fizesse. Deixou que Orion falasse e fez o possível para manter a expressão neutra, sem demonstrar a irritação que o inflamava cada vez mais.

— Mais alguma dúvida? — o homem perguntou, e apontou para uma garota da idade dos meninos.

— Como são as pessoas em Ekholm? — Ela tinha um olhar inquieto, como se desde já temesse ter de lidar com um novo grupo de desconhecidos.

Art abriu e fechou a boca, franzindo o cenho, e Nyo interviu mais uma vez.

— Elas estão assustadas — ele respondeu, percebendo a verdade assim que proferiu as palavras. — Todos sabem que não temos muito tempo, e a cada momento parece que estamos mais próximos do dia em que o governo vai precisar escolher quem se alimenta e quem morre. Não tem nenhuma pessoa naquele lugar que não esteja completamente aterrorizada.

— Não é um bom lugar para viver — Art completou, com a voz baixa.

O público ficou em silêncio e o aventureiro sentiu todos os olhares fixos neles, examinados e despidos de todas as suas camadas de proteção. Odiou aquela sensação de que todos ali estavam buscando uma definição daqueles meninos, um consenso sobre o que deveriam achar deles.

Nyo sabia que logo, logo eles chegariam ao termo "garoto problema". Não demoraria para que chegassem a essa conclusão.

Contudo, ser um garoto problema o levou para mais longe do que qualquer outro ser humano já tinha chegado. O levou para a verdade, para um planeta onde os gigantes ainda reinavam, muito longe do cemitério que era Ekholm. Se escolhessem tratá-lo assim, o problema era deles.

Ao longe, no fundo do salão, o olhar do homem misterioso queimou sua pele. Suas íris azuis penetravam as muralhas de Nyo, e o garoto se reconheceu nele; o terror estampado naqueles olhos era familiar o suficiente para que ele o reconhecesse quase imediatamente.

A princípio, Nyo considerou que talvez aquele grupo fosse composto por pessoas meramente *normais*, e que estivesse imaginando coisas, mas já estava bem claro que havia algo o incomodando, algo que ele tentava contar para os meninos com um único olhar afiado.

Orion falou qualquer coisa sobre o que pretendiam fazer nas próximas semanas para melhorar as habilidades de Nyo e detalhou seu plano sob mais uma onda de aplausos, mas o aventureiro já não ouvia mais nenhuma palavra. Sentia seu corpo suspenso no ar, como se a realidade ao redor não passasse de uma lembrança desimportante perdida em meio a tantas outras. Seus olhos estavam presos aos daquele homem ao fundo, sequestrados pela terrível familiaridade em tantas emoções que os preenchiam.

Só quando deixaram as vozes agitadas para trás ele se lembrou de que precisava prestar atenção, precisava estar presente. Ele olhou ao redor. Estavam do lado de fora do salão, num canto pouco iluminado e escondido da visão das pessoas que saíam pela porta principal. A mão de Art estava entrelaçada à sua.

— Nyo, o que aconteceu contigo? — Lira perguntou, bem de frente para o garoto, obrigando-o a encará-la. — Tive que falar para Orion que você estava com dor de barriga, pra ele te liberar. Ele acabou encerrando a sessão porque você precisa descansar pra treinar mais amanhã.

— Aquele homem... — Nyo murmurou, balançando a cabeça para acordar. — Acho que ele sabe de alguma coisa.

— Aquele cara no fundo? — Art perguntou, e Nyo assentiu. — Eu também fiquei me perguntando se ele queria dizer algo, ou se só queria ir para bem longe dali.

Lira franziu o cenho, encarando Art.

— Que cara é esse? Eu não reparei em ninguém.

Nyo deu alguns passos à frente, em busca do homem na multidão que se dispersava pela cidade. Ele não estava em lugar nenhum.

— Vocês conseguem descrever ele para mim? — Lira perguntou, e Nyo não sabia de nada além da cor castanha do seu cabelo. Não tinha prestado muita atenção nos detalhes, estava mais focado na sensação inquietante que se apossou dele.

— Ele tinha uma cicatriz pequena no lábio inferior — disse Art, assentindo. — Parecia bem antiga. E o lábio dele tremia muito, como um tique.

Nyo franziu o cenho para o amigo, impressionado com os detalhes que ele havia absorvido, e viu Lira balançar a cabeça com um olhar ainda mais perdido.

— Não faço ideia de quem é, mas nós podemos procurá-lo amanhã. — Ela apertou as mãos, abaixando a voz. — Nyo, você precisa aprender a se defender o quanto antes. A gente não sabe quando você vai precisar disso, mas não acho que vá demorar.

— Podemos tentar hoje à noite — Arcturo afirmou. — Eu posso, sei lá, jogar um travesseiro no seu rosto e você tenta se defender dele.

— Orion vai saber se eu usar meus poderes, Art. — Nyo balançou a cabeça. — Isso se eu não acabar explodindo a casa inteira sem querer. E você não vai usar essa desculpa só pra poder me atacar com um travesseiro.

— Mas você pode insistir amanhã — Lira replicou. — No seu treino com Orion, insiste que você só vai se sentir seguro caso...

— Nyo! Você está bem? — Orion surgiu da porta pela qual haviam saído, seu sorriso gentil costumeiro indicando que ele não tinha ouvido nenhuma palavra da conversa. Nyo preferiu acreditar que não; temia o que poderia acontecer caso o homem desconfiasse. — Você pareceu estar prestes a vomitar lá em cima.

— Não sei lidar bem com os holofotes, e acho que o jantar de hoje não caiu bem no meu estômago — ele mentiu, já tendo planejado essa desculpa desde que os pensamentos clarearam. — Mais um pouquinho e talvez eu vomitasse mesmo.

— Já acabou, você não vai precisar passar por isso de novo por um bom tempo. — Orion apertou o ombro do garoto. — Lira, acredito que Eris esteja te procurando.

A menina pareceu prestes a discutir, mas desistiu no último segundo. Dirigiu um olhar incerto para os garotos e foi em direção à bibliotecária, que conversava animadamente com um grupo de pessoas sem expressar preocupação com o bem-estar da aprendiz.

Um gosto azedo invadiu a boca de Nyo, e ele soube que não aguentaria passar mais nem um segundo ao lado daquele homem. Agarrou a mão de Art e o puxou em direção à casa sem dirigir mais nenhuma palavra para Orion. Conseguia sentir o olhar do líder fulminar suas costas, mas não olhou para trás em momento algum.

— Nyo, você enlouqueceu de vez? — Arcturo arfou, quando o aventureiro finalmente parou de correr. — Você só resolveu fugir?

— Eu não aguento mais, Art. — Nyo começou a andar em círculos balançando as mãos numa tentativa inútil de expulsar a ansiedade do corpo. — Esse lugar... Todas essas pessoas nos examinando como se fôssemos só atrações pro entretenimento delas. Eu preciso sair daqui, não consigo lidar com mais uma cidade inteira me odiando, me vendo como *mais um problema* que eles precisam solucionar.

— Eles não te veem como um problema, Nyo. — Art colocou as duas mãos sobre os ombros do menino, obrigando-o a parar e encontrar seus olhos. — Não acho que eles *gostem* de nós, mas Orion te vendeu como a solução para o problema deles. É disso que ele precisa, de mais um Nova para justificar a obsessão dele, mas nós não vamos deixar isso ir pra frente.

— Eles não olham pra ele como um líder, cara. — Nyo balançou a cabeça, mas não se desvencilhou das mãos do garoto. — Ele parece...

— Um salvador — Art completou.

Nyo assentiu.

— E eles esperam que eu também me torne um. É só isso que querem de mim. Que eu seja bom o suficiente para salvá-los. E quando não precisarem mais da gente, Art?

— Nós vamos pra bem longe deste lugar, Nyo. — Art soltou os ombros do aventureiro e segurou suas mãos, um gesto tão trivial mas que ainda causava arrepios no corpo do menino. — A gente só precisa de mais alguns dias para entender o que está acontecendo.

Nyo mordeu o lábio inferior, se perguntando se um dia ele encontraria algum lugar para chamar de lar. Algum lugar do qual ele não almejasse fugir, onde olhassem para ele como uma *pessoa*.

Art o puxou para mais perto e o envolveu em um abraço, sussurrando em seu ouvido que logo aquele pesadelo iria acabar. Nyo se deixou ser envolvido com a certeza de que, seja lá qual fosse o lugar que se tornaria sua casa no futuro, só o seria se Arcturo estivesse ao seu lado.

29.
O guia de Nyo Aura para iniciar uma revolução

Orion o acordou para treinar mais cedo do que de costume, mais agitado que o normal e insistindo que logo Nyo conseguiria destruir alvos tão grandes quanto as casinhas inabitadas no sul do Homízio.

— Só mais algumas semanas até você aperfeiçoar sua mira, e então podemos partir para alvos ainda maiores — ele falou, guiando Nyo pelo braço até o campo em que sempre treinavam. — Você precisa aprender a não depender mais dessa chama no seu peito, porque isso só vai te exaurir. Se conseguir extrair energia do universo, nada vai poder te parar.

— Orion, eu queria muito aprender os outros ramos dos nossos poderes — Nyo insistiu, desvencilhando-se do aperto do homem. — Não sei nada sobre os discos, sobre defesa nem nada disso. Até agora a gente só treinou o meu ataque.

Os olhos do líder brilharam com algo além de animação, que Nyo não conseguiu identificar bem, e ele levou alguns segundos para responder.

— Imagino que esteja muito ansioso para conhecer tudo, não é? — Ele sorriu, e Nyo fez seu máximo para parecer animado. — Acho que podemos tentar um pouco, mas vai nos atrasar.

— Por favor. Preciso saber me defender dos gigantes — o garoto mentiu, esfregando as mãos.

— Pois bem. — Orion franziu o cenho, encarando a linha do horizonte. — Já te falei que para saltar de um lugar para o outro você precisa encontrar as zonas de atração e se concentrar no destino. Pode levar quem quiser junto, desde que estejam em contato.

— Você tinha dito que eu precisaria de um veículo pras pessoas de Ekholm...

— Sim, mas ele não vai exigir uma tecnologia mais avançada do que a de vocês. — Orion encontrou o olhar do menino, e ele tentou encontrar algo para fazer com as mãos. Resolveu cruzar os braços mas desistiu no último segundo, com medo de parecer irritado ou coisa do tipo, e, resignado, os deixou pendurados ao lado do corpo numa posição nada natural. — Você vai precisar encontrar uma zona de atração em Ekholm grande o suficiente para posicionar esse veículo. Não acho que vai ser tão difícil; a cidade tem ossos por toda parte, e então é só guiá-lo para baixo, no sentido que a zona de atração estiver te puxando. É importante que você esteja conduzindo, mas só isso.

Nyo respirou profundamente, se perguntando como convenceria a Junta dos Líderes a confiar *nele* para conduzir um veículo com todos os habitantes da cidade.

— Sobre a defesa, acho que podemos treinar um pouco. — Orion abriu um sorriso gentil. — Mas é possível que você se machuque no começo.

O aventureiro soltou uma risada nervosa sem conseguir se conter.

— O princípio é o mesmo do ataque. — Orion deu vários passos para trás, e Nyo respirou fundo, tentando se concentrar. — Eu vou te atacar e você precisa se concentrar no meu poder, e não em mim, faz sentido? Se focar em me atacar, não vai me atingir e não vai conseguir se defender.

Nyo assentiu e se preparou, silenciando sua ansiedade para se concentrar apenas nos movimentos de Orion.

— Pronto?

— Pronto.

Orion não fez nenhum movimento que indicasse estar prestes a atacar, Nyo só percebeu quando foi atingido por uma força enorme no peito. Ele foi jogado por vários metros, batendo as costas no chão com violência. A grama macia o amparou, mas a dor ainda se espalhava por todo o seu corpo.

— Você precisa aprender a reconhecer os sinais, Nyo — Orion falou, estendendo a mão para ajudá-lo a se levantar. — Ninguém consegue esconder que está prestes a atacar, você só precisa descobrir por quais sinais procurar.

— Como você sabe disso se nunca precisou se defender de ninguém? — Nyo resmungou; já não conseguia disfarçar o mau humor. Todos os seus músculos protestaram quando ele ficou em pé, e as costelas que haviam finalmente parado de doer voltaram a latejar.

— Os Novas antigos deixaram tudo muito bem explícito, Nyo, eles explicaram tudo nos mínimos detalhes. — Orion não parecia incomodado com a pergunta; mantinha a expressão tranquila.

— Não seria mais simples então se *eu* lesse esses livros?

Orion ajeitou a coluna, respirando fundo antes de continuar.

— A teoria me ajudou, mas eu treinei por muitos anos para aprender tudo o que sei — ele falou, e seu tom de voz deixou claro que não teria paciência para muitas outras perguntas. — Você pode ler todos os livros, se quiser, mas garanto que será bem mais rápido se me deixar treiná-lo.

Nyo mordeu os lábios e assentiu. Não podia perder a paciência, não na primeira vez que Orion se mostrava disposto a ensinar a defesa.

— Tudo bem, vamos de novo? — ele murmurou, e em poucos minutos já estava no chão mais uma vez, incapaz de se defender do segundo ataque do homem.

— Ouça a canção, Nyo. Você vai ouvir ela se intensificar logo antes do meu ataque — o líder o orientou, já se afastando para atacá-lo mais uma vez.

Nyo sentia que entraria em combustão se ouvisse Orion falar mais uma vez para ele ouvir a canção. Ele estava tentando, *gigantes*, mas seus pensamentos gritavam muito mais alto.

Tentou se concentrar da mesma forma que fizera da última vez, sem bloquear a voz alta da sua mente e sim permitindo que ela sincronizasse com a melodia do universo. As vozes faziam parte dele, não podia simplesmente silenciá-las, mas podia buscar a harmonia, aceitar que ele era essa mistura de coisas que o tornavam único.

Não fechou os olhos, mas concentrou-se completamente no olhar de Orion. Buscou nele as chamas que sentia em seu peito. Buscou a canção do homem e podia jurar que conseguia ouvir o sangue correndo pelas veias do líder no mesmo ritmo que o Réquiem.

Escutou quando a canção ficou mais agitada, sentiu o fervor e a fúria, e agiu em um impulso. Convocou seu próprio poder – tão fácil, agora que já conseguia encontrar a sua melodia – e o disparou assim que sentiu o ataque escapar de Orion.

Suas forças se encontraram no centro e explodiram em um estrondo alto o suficiente para reverberar por toda a vila. O corpo de Nyo foi jogado para trás, mas dessa vez conseguiu se equilibrar a tempo.

— Ótimo, Nyo! Excelente — Orion exclamou, com um sorriso que não chegava em seus olhos. O aventureiro via preocupação na face do líder, mesmo que ele lutasse para escondê-la.

— O verdadeiro desafio é você conseguir atacar e preparar sua defesa ao mesmo tempo. É bem mais difícil do que parece, mas acho que por hoje é suficiente. Não queremos te machucar muito.

O garoto começou a rebater, afirmando que aguentaria ser arremessado mais vezes – nem tinha doído tanto, afinal –, mas Orion negou.

— Precisamos focar o seu ataque, é a nossa maior prioridade — ele determinou. — Prometo que todos os dias treinaremos a defesa, mas precisamos economizar sua energia para assuntos mais importantes.

Nyo desistiu de argumentar e aceitou a ordem do homem. Questionar demais levantaria suspeitas. O mais importante era que já sabia o básico, e entendeu que seu maior desafio sempre seria se concentrar o suficiente. Daria um jeito de treinar sem a ajuda do líder, mas antes precisava agradá-lo.

A manhã ao lado de Orion foi longa demais. Não pararam por nenhum instante, o homem insistia que Nyo deveria aprender a acelerar seu ataque, atingindo várias árvores sem nenhuma pausa. O problema era que, sempre que passava da segunda, Nyo se sentia exausto e precisava parar para respirar.

Orion não demonstrou nenhuma paciência com o aventureiro naquela manhã, não permitiu que descansasse o bastante, e insistia que ele poderia explodir com muito mais força se não estivesse tão preocupado com outras coisas. Nyo não argumentou em momento algum, aceitou as ordens do líder sem hesitar e tentou se mostrar solícito, mas o monstro em seu peito voltou a rugir mais alto do que nunca, mais agressivo a cada palavra do homem.

Foi apenas quando o sol estava a pino que Orion permitiu uma pausa para o almoço, garantindo que voltariam a treinar durante a tarde, sem falta.

Nyo não se despediu – não tinha energia suficiente para ser simpático naquele momento – e voltou a caminhar pela vila sem a companhia do Nova. A exaustão havia se assentado sobre seus ossos de tal forma que até seus pensamentos estavam em completo silêncio, e ele caminhava no automático sem pensar no que estava fazendo. Só conseguia mentalizar a imagem de Arcturo e de um enorme prato de comida – estava disposto até mesmo a lidar com o restante do Homízio para comer bem.

Foi em meio a essas divagações que encontrou com Lira no caminho, quase tão aflita quanto ele. Seus cabelos estavam presos pela costumeira faixa vermelha, e a testa brilhava com o suor. Ela parecia sem fôlego, e seus olhos se arregalaram, aliviados, quando percebeu Nyo.

— Nyo, pela Canção, eu tô te procurando igual maluca. — Ela agarrou a mão do menino e, sem dar uma chance de resposta, começou a puxá-lo para o interior do Homízio, em direção a algumas casas que ele não havia explorado ainda. — Eu e Art passamos a manhã procurando pelo cara que vocês viram ontem, e… Calma, você precisa ver.

— O que aconteceu? — Nyo perguntou, sem resistir ao puxão da menina. — É uma notícia boa ou ruim?

— Depende do seu ponto de vista — Lira murmurou, apressando o passo. — Mas a gente estava te esperando pra começar.

— Começar *o quê*?

Lira balançou a cabeça e não respondeu, seus olhos fixos no caminho à frente. O Homízio era uma comunidade muito pequena, e em pouco tempo o aventureiro já conseguia ver o fim das construções, um campo vazio que se estendia até as muralhas. Ela parou de andar em frente a uma das últimas casas – de paredes beges, com todas as janelas fechadas por cortinas escuras impedindo a visão do interior. Nyo lançou um olhar inquisitivo para Lira.

— Você planeja me manter refém aí dentro ou algo do tipo? — ele perguntou, torcendo os lábios.

— *Eu*, não, mas a gente precisa ver qual o estado do Art depois que eu deixei ele aí — a menina respondeu, sem nenhum sorriso para indicar que era uma piada.

— Do que você tá falando? — Nyo sentiu seus batimentos acelerarem, encarando as cortinas fechadas como se a qualquer momento Arcturo pudesse surgir ali do meio. — Ele tá sozinho ali?

— Sozinho, não. — Lira mordeu os lábios, sem conseguir esconder seu nervosismo. Esfregou as mãos antes de bater três vezes na porta de madeira, sem se preocupar em explicar o que estava acontecendo.

— Finalmente. — A porta foi aberta, revelando uma mulher de meia-idade com os cabelos loiros cortados na altura das orelhas e grandes olhos verdes. Ela encarou Nyo com uma mistura de apreensão e euforia, mas o garoto só conseguia prestar atenção nas suas roupas. Todos no Homízio, sem exceção, vestiam as mesmas vestes brancas ou com variações de creme, mas ela usava preto em todo o corpo, cobrindo cada centímetro de pele disponível abaixo do pescoço. — Achei que você tivesse abandonado o seu amigo. Vamos, entrem logo.

— Eu demorei pra encontrar Nyo — Lira murmurou, sem encontrar o olhar da mulher, e adentrou a casa com Nyo ao seu encalço. — Essa é Vega, por sinal.

Não havia nenhuma mobília no primeiro cômodo, o cheiro de poeira e bolor deixava bem claro que ninguém morava naquele lugar havia muito tempo. Vozes abafadas invadiam o ambiente, agitadas demais para que Nyo conseguisse discernir o que falavam.

— Vamos, não temos muito tempo — Vega ordenou.

Os amigos a seguiram, Nyo tentando descobrir o que estava acontecendo apenas com um olhar para Lira – que ainda o ignorava, imersa em seus próprios pensamentos –, e foram conduzidos até uma portinhola de madeira no chão. A mulher a abriu sem hesitar e indicou que entrassem.

Uma escada escura os levava para um porão parcamente iluminado, e Nyo precisou de toda a confiança que tinha em

Lira para não sair correndo daquele lugar. Ninguém em sã consciência aceitaria entrar no porão de um desconhecido em uma cidade cheia de segredos e tendências a explodir coisas.

— Nós vimos o homem entrando nessa casa — a menina falou, finalmente, em um sussurro em meio às vozes agitadas.
— E o Arcturo achou que a melhor ideia seria bater na porta e pedir para conversar. Acho que ele tá pegando muito da sua impulsividade.

Nyo cruzou os braços e não respondeu. Tinham chegado à salinha e deram de cara com meia dúzia de adultos – os mesmo que agiam de maneira suspeita na Assembleia –, e Art sentado entre eles, prestes a entrar em combustão espontânea com suas bochechas *muito* vermelhas.

— Nós não temos muito tempo — um dos homens falou, seu rosto vermelho pela agitação. — Ele já sabe, não importa o quanto vocês queiram se convencer do contrário.

— É claro que ele sabe — uma mulher respondeu. — E não tenho dúvidas de que o próximo ataque vai ser exatamente na região do Homízio em que moramos.

— Acho improvável que ele tenha mais do que uma suspeita. Orion não é tão bom em esconder quando está furioso. Nós saberíamos — o homem sentado ao lado de Arcturo argumentou, e o menino afastou seu corpo para a direção contrária.

— Orion sempre foi sutil, Proteu, e sabe muito bem como usar a influência dele — a mulher rebateu. — Caso contrário, não teria toda a cidade embaixo da asa dele.

— Eles chegaram — Vega interviu, apontando para Nyo e Lira. O garoto sentiu as bochechas queimarem, conseguia ouvir o coração trovejar em seus ouvidos. — Sentem-se, garotos.

Os dois se sentaram nas cadeiras livres – longe demais de Art para o gosto de Nyo –, a todo momento observados curiosamente pelos mais velhos. Nyo encontrou o olhar do melhor amigo e reconheceu a apreensão, um pedido de socorro silencioso.

— Então você é o novo projetinho de Orion? — o homem que o encarara na Assembleia perguntou, sentado do outro lado de Arcturo. — Nyo Aura, estou certo? Meu nome é Atlas. Seus amigos disseram que vocês suspeitam que Orion causou todas as mortes atribuídas aos gigantes.

Nyo virou-se para Lira de súbito, buscando na amiga uma explicação para aquilo. Eles arriscaram *tudo* sem pensar duas vezes?

— Fique tranquilo, menino — o homem chamado Proteu chamou sua atenção. — Qualquer um com olhos conseguia ver que vocês dois não estavam nada confortáveis com nosso querido líder ontem à noite. Seus amigos não nos contaram nada de que já não suspeitássemos.

— Vocês também...? — Nyo começou, voltando o olhar para Art. O amigo estava assustado, mas tinha uma expressão resoluta estampada no rosto.

— Estamos há muito tempo buscando alguma forma de sair deste lugar — Atlas explicou. — Mas não é possível sem a ajuda de um Nova.

— Nós precisamos entender o que está acontecendo, antes de qualquer coisa — Arcturo falou, sua voz tremendo de leve. — Vocês disseram que só explicariam quando Nyo estivesse aqui, pois bem.

Nyo ajeitou a postura, sentindo cada um dos olhos daquele lugar queimarem sua pele.

Atlas o encarou por algum tempo, buscando quaisquer segredos que Nyo pudesse estar escondendo, e enfim assentiu. O aventureiro enxergou o temor escondido por trás do seu olhar determinado.

— O Homízio deixou de ser uma comunidade pacífica há muito tempo — Atlas disse, apertando as mãos. — Orion conseguiu convencer todos de que os gigantes devem ser exterminados, um projeto que ele carinhosamente apelidou de

Reconquista. O planeta nunca foi nosso, mas ele acredita que somos os donos de direito.

— Então todos acreditam que foram os gigantes que mataram aquelas pessoas? — Art perguntou.

— A grande maioria, sim — Atlas anuiu, respirando fundo. — Os mais próximos de Orion sabem a verdade, é claro. Estão ali para ajudá-lo a manter a mentira.

Lira se remexeu ao lado de Nyo, e o garoto resistiu ao impulso de segurar sua mão. Aquela era a confirmação que ela precisava de que Eris estava envolvida com Orion, e o aventureiro tinha certeza – apesar de tudo – de que deveria ser uma sensação terrível.

— E qual é a verdade, então? — o menino perguntou. — Foi mesmo Orion que cometeu esses assassinatos?

Atlas assentiu, sem conseguir disfarçar a expressão preocupada.

— Ele precisava disseminar o ódio contra os gigantes, e as explosões do poder dele conseguem destruir uma casa tão bem quanto a pisada de um deles — explicou, uma sombra passando pelo rosto. — No começo ele dizia que precisávamos conviver com os gigantes, que provavelmente os ataques não aconteceriam de novo. Ele convenceu toda a cidade de que estava mudando de ideia aos poucos, de que os ataques chegaram a um ponto intolerável até para ele. Orion se planejou muito bem, foi muito sutil em todos os seus passos.

— E vocês têm alguma prova de que ele realmente está fazendo isso? — Nyo perguntou, sentindo o lábio tremer.

Ele esperou pelo alívio da confirmação de que Orion não era confiável, mas sentiu apenas o temor se espalhar ainda mais em seu corpo. Se o homem estava pronto para matar tantas pessoas, o que não faria caso descobrisse que Nyo não confiava nele? O aventureiro era a única pessoa naquele planeta que poderia desafiar seus poderes, e certamente Orion não o toleraria como um inimigo. Ele não achava que demoraria para o homem ter certeza das suas suspeitas – não tinha dúvidas de que ele já havia percebido, ou não teria aceitado ensiná-lo a defesa. Era um último recurso para conquistar a confiança de Nyo, e teria dado certo caso o garoto não sentisse desde o início que estava no lugar errado.

E, claro, se Nyo compartilhasse das suas aspirações homicidas de exterminar os gigantes.

— Muitas pessoas já viram Orion em ação — a mulher que os conduziu até o porão falou —, inclusive todos nós. Parte delas vai acabar morta no próximo ataque, e outra concorda com o que ele faz. Acreditam que precisamos nos livrar dos gigantes, e que sacrificar algumas vidas para conquistar a população é um preço justo a se pagar.

Os três amigos estavam com o queixo caído, e um silêncio quase tangível se assentou sobre o cômodo.

— Eles *concordam*? — o menino miou.

— Nós estamos presos nesta vila há quinhentos anos, Nyo — Atlas falou, severo. — Não é uma justificativa, mas o povo do Homízio conhece a desolação melhor do que qualquer outro. Estamos completamente sozinhos num universo superpopuloso e pouquíssimos sabem da nossa existência. Fomos confinados ao esquecimento pelo erro dos nossos antepassados, e *precisamos* ser vistos. Alguns recorrem à melancolia, outros à resignação e outros, como Orion, à revolta. Eu condeno as ações dele, mas não julgo seus motivos.

Nyo não sabia como responder àquilo. Subitamente, o que antes era uma aventura cheia de reviravoltas e descobertas mirabolantes se tornou muito mais sério, muito mais real. Até aquele momento o garoto não tinha parado para pensar no quanto suas ações poderiam afetar a história de Caerus; apesar de estar sempre contemplando sua volta heroica para a cidade. Apenas naquele instante enxergava o tamanho das suas ações, os riscos que tomaram para chegar ali.

Ele fugiu dos guardas da coronel, pulou no fêmur, conheceu criaturas de outros planetas, se banhou em uma cachoeira flutuante, foi atacado por um ser perdido no fim do mundo, conheceu o lugar onde todos os universos se encontram, a flautista que toca a canção de todos os seres vivos e descobriu a verdade sobre os gigantes – a verdade que buscara por toda a sua vida. Nyo e Art poderiam ter morrido em qualquer etapa daquela jornada, poderiam nunca ter chegado ali. Agora, arriscavam ainda mais que a própria vida. Suas decisões afetavam o destino de centenas de pessoas – senão milhares, considerando que Ekholm estava prestes a ser destruída pelo tempo.

— Orion não sabe que vocês viram os ataques, então? — Art perguntou, seu rosto pálido evidenciando o turbilhão de emoções que deveriam estar se passando pela sua mente.

Proteu negou com a cabeça.

— Ele sabe. Mas acredita que nós o apoiamos. Ou, pelo menos, costumava acreditar.

— A chegada de vocês atrapalhou tudo — Atlas falou, com um resquício de um sorriso nos lábios. — Provou que o plano de exterminar os gigantes não era um blefe de Orion. Graças à Canção vocês não compartilham as mesmas ideias que ele, ou não haveria nenhuma esperança para nós.

— Nós *podemos* ter alguma esperança, então? — Lira perguntou, mordiscando a unha do indicador.

— Vocês — Atlas começou, levantando-se e encarando Nyo com os olhos impossivelmente azuis — precisam sair deste planeta. O mais rápido possível.

— *Sair* daqui? — Nyo arregalou os olhos, olhando de Atlas para Arcturo várias vezes. — Nós queremos ajudar.

— Não há nada que possam fazer por nós agora — o homem falou, e todos ao redor concordaram. Já haviam discutido isso, então. — Vocês precisam voltar para Ekholm e descobrir uma forma de nos tirar daqui. Construam um veículo grande o bastante, como Orion falou, voltem para Dirilia e resgatem nosso povo. Quando estivermos todos em Caerus, podemos achar uma nova morada para a humanidade *unidos*.

— Ele vai enlouquecer se nós fugirmos. — Art balançou a cabeça. — Vai matar metade da cidade num frenesi ou algo assim, mas não vai aceitar.

Uma sombra escureceu o rosto de Atlas.

— Nós daremos um jeito em Orion. Ele já tem o poder sobre o Homízio há tempo demais. Vocês são apenas crianças, não são os responsáveis por salvar todo o nosso planeta. Agradecemos toda a ajuda de vocês, mas não queremos torná-los soldados da nossa guerra. Voltem em segurança para a cidade de vocês, e treinem o suficiente para conseguir nos ajudar no futuro, quando já forem mais velhos. Nós precisamos dos seus poderes, Nyo, mas você é jovem demais para estar na linha de frente.

Nyo segurou a respiração.

— Ele não vai parar até conseguir o que quer, Nyo — Atlas falou, quando percebeu a expressão aterrorizada do garoto. — E está disposto a levar qualquer um para conseguir.

Lira alcançou a mão do aventureiro, apertando-a com força. Ele se virou para a menina esperando encontrar terror em seus olhos, mas enxergou apenas determinação. Sua pele estava gelada e sangue manchava seu lábio inferior depois de mordê-lo forte demais, mas a garota se mantinha firme. Orion havia matado seus pais, largando-a para uma vida infeliz ao lado da bibliotecária; é claro que Lira queria mais que um recomeço. Ela queria *justiça*.

— Nós vamos — Nyo disse, voltando o olhar para Art. O amigo assentiu lentamente, e Nyo teve a confirmação de que precisava. — Mas como podemos sair daqui?

— Ninguém sabe onde está a zona de atração para os saltos, e meia dúzia de gigantes vigiam nossas muralhas para garantir que nenhum Nova irá fugir usando os discos. Vocês só têm uma opção. — Atlas fez uma pausa que Nyo teve muita certeza de que tinha propósitos unicamente dramáticos. Bom, ele conseguiu. — Convencer um gigante a levá-los até o cemitério.

30.
O guia de Nyo Aura para barganhar com um gigante

Nyo soltou uma risada incrédula.

— Seu plano é que peçamos *por favor* para os gigantes nos mostrarem como fugir do planeta? Os mesmos gigantes que têm mantido vocês presos aqui há quinhentos anos?

— Eles são *pacíficos*, Nyo — o homem falou. — Talvez não sejam exatamente gentis, mas todos eles sabem o que acontece dentro das muralhas do Homízio. Eles viram as explosões de Orion e a esse ponto devem saber o que ele planeja fazer. Você não tem nada a ver com ele, e só quer voltar para casa.

— Está me pedindo para barganhar com um gigante? — O garoto cobriu o rosto com as mãos, ainda sem conseguir acreditar. — Não eram eles que achavam que os Novas eram pragas para a humanidade? Por que me deixariam voltar para Ekholm?

— Porque você é a única arma que Orion tem contra eles, Nyo. Sem outro Nova, ele jamais terá uma chance contra os gigantes. Eles sabem disso.

— Se eles sabem de tudo isso, por que não mataram Orion até hoje? — Art perguntou.

— Eles nos observam a todo momento, mas não interferem em assuntos da humanidade. Nós somos seus prisioneiros, mas eles nos mantiveram vivos. Sei que os gigantes sempre tiveram um plano para nós, só não sei qual.

— Eles têm um *plano*? — Nyo repetiu, sentindo sua boca seca.

— Devem ter um motivo — Atlas insistiu. — Senão, não faz sentido. Por que nos deixariam vivos aqui?

— Não acreditamos que eles planejem nos manter presos aqui para sempre — uma das mulheres acrescentou. — Talvez esse seja o momento de levar os humanos de volta para Ekholm, nós não sabemos.

Nyo ficou em silêncio, e sabia que Art e Lira estavam esperando a sua resposta. Nenhum dos dois tomaria uma decisão, primeiro ela cabia ao aventureiro.

Ele fitou o seu melhor amigo, que parecia tão confuso quanto ele. Art assentiu com a cabeça, e Nyo sabia que, mais do que uma resposta, aquilo era um sinal de confiança. Seja lá o que ele escolhesse, Arcturo estaria ao seu lado.

— Como nós falamos com o gigante?

Lira iria com eles. Isso não precisou ser conversado, não foi uma decisão a ser tomada. A menina merecia uma nova chance.

Nenhum deles tinha qualquer pertence importante, poderiam sair daquele porão e já colocar o plano em prática. Nada os impedia de começar, mas os três se mantiveram paralisados, sem ter certeza de como dar o próximo passo.

Apenas Atlas e Vega permaneceram na casa, todos os outros saíram para vigiar Orion. Não queriam que ele percebesse o que Nyo fazia e fosse atrás dos garotos. Atrasariam o líder o máximo possível.

— Explique o que está acontecendo com poucas palavras, Nyo — Atlas instruiu. — Eles vão te entender, mas não têm muita paciência. Seja direto e fale a verdade.

O garoto assentiu, sem conseguir encontrar forças para responder. Seu sonho sempre fora descobrir o mistério dos gigantes, então por que não estava animado para se aproximar deles?

De pé ao seu lado na sala vazia, Arcturo alcançou sua mão e o puxou para mais perto.

— Conquista eles com o seu charme, Nyo, nem os gigantes vão ser capazes de resistir — Art falou, com um sorriso nervoso que fez o estômago do aventureiro se revirar. Aquele plano *precisava* dar certo, não toleraria ver sua história com Arcturo acabar tão cedo. Eles não tinham tido tempo suficiente e mereciam recomeçar.

— Nós vamos estar bem em frente à muralha quando você terminar — Atlas falou, colocando uma mao sobre o ombro de Nyo de uma forma que o lembrou terrivelmente Orion. — Acredito que você terá de ser rápido.

O aventureiro assentiu mais uma vez, sentindo um nó na garganta.

— Você sabe o que precisa fazer, Nyo — Vega falou, abrindo a porta.

O menino entendeu que não poderia mais ficar parado, que precisava acabar com tudo de uma vez. Vega e Atlas estavam arriscando tudo pelos três, e por isso ele daria o primeiro passo.

Nyo lançou um último olhar para Art e Lira, que responderam com sorrisos encorajadores que não alcançavam seus olhos. Prometeu para si mesmo que faria aquilo dar certo. Ele voltaria para buscar seus amigos.

Sem mais nenhuma palavra, Nyo deu o primeiro passo, sentindo seus discos se formarem sob os pés, e partiu em direção às muralhas.

Ele correu tão rápido quanto na noite em que descobriu seus discos. Correu em direção ao sol, tão forte que ameaçava queimar suas retinas. Correu em direção às muralhas tão parecidas com as que o cercavam desde seus primeiros anos.

Sempre muralhas. Sempre mentiras. Sempre as mesmas críticas, os mesmos olhares incrédulos, independentemente do canto do universo em que ele estivesse. O garoto problema de qualquer planeta em que ousasse pisar. Pois bem, Nyo salvaria sua cidade carregando com orgulho esse rótulo. Ser um *pirralho insuportável* o levou para mais longe do que qualquer um havia chegado, e honestamente não se importava se discordassem dele.

Aquela história seria contada, independentemente de como terminasse.

Nyo achava que tinha ouvido bem a canção do Réquiem enquanto treinava com Orion, mas nada se comparava ao quão *clara* ela cantava agora. Ele a sentia no vento que beijava sua pele, a ouvia como se fossem os batimentos do coração do planeta. Dirilia se mostrou vivo para ele.

O aventureiro sentia a canção de Orion ao longe, e soube que ainda não precisava se preocupar. O Réquiem o avisaria quando Orion descobrisse sua fuga. Até lá, se tudo desse certo, já estaria muito longe daquele problema.

Seus músculos protestavam, mas Nyo não se permitiu desacelerar. Percorreu os dez metros de altura da muralha em pouquíssimo tempo, incentivado pela perspectiva de salvar Arcturo e Lira. Continuou correndo, queria chegar à linha dos olhos dos gigantes, mas o frio começou a incomodá-lo. Precisava manter a mente limpa para lidar com a conversa que teria, então se contentou com a altura que já havia alcançado.

O passo seguinte foi o mais fácil de todos. Não conseguia ver nenhum gigante por perto, mas sabia que estariam próximos. Só precisava fazer barulho o suficiente.

O monstro em seu peito estava pronto para explodir, rugindo no mesmo ritmo que a canção do universo. Ele conseguia ouvir suas nuances, sabia quando o cosmos estava entusiasmado, melancólico ou perfeitamente em harmonia, como deveria ser. A melodia gritava, agitada em seu coração.

Nyo permitiu que ela tomasse seu corpo e explodiu.

A primeira coisa que notou quando voltou a si foi o ódio de Orion. O homem percebera, é claro. Aquela fora a maior explosão de Nyo até o momento, e o garoto estava surpreso por não ter desmaiado de exaustão logo depois. A chama em seu peito ainda queimava como nunca.

O líder agora sabia que ele aprontava alguma coisa, e Nyo não tinha muito tempo. Explodiu mais duas vezes, rezando para que fosse o suficiente, desesperado em busca de qualquer sinal de um gigante.

Eles eram grandes demais para que pudessem acobertar suas melodias. Nyo sabia que eles haviam escutado. Tinham ouvido seu chamado.

Uma explosão ecoou no Homízio, e o chão tremeu.

Orion estava vindo.

O aventureiro desatou a correr em busca de sinais e quase chorou de alívio quando viu um gigante surgir na linha do horizonte, caminhando calmamente até a origem dos estrondos.

Outra explosão, e dessa vez ainda mais alta.

O garoto correu em direção à criatura, colocando o máximo de distância possível entre ele e Orion. Conseguiu visualizar as feições do gigante, o mesmo que o havia levado para o Homízio. Sua cabeça era bem mais larga do que a de um humano comum, os olhos ocupavam a maior parte do crânio e cicatrizes antigas rasgavam sua face. Parte do nariz havia sido arrancada e parte do queixo e pescoço estava consumida por uma queimadura recente. Quando seus olhos encontraram os de Nyo, contudo, ele não demonstrou nada além de curiosidade.

— Eu preciso da ajuda de vocês — o menino gritou, quando captou a atenção da criatura. — Eu não sou deste planeta, e preciso voltar para Caerus.

"Você é o garoto Nova?" A criatura perguntou em sua mente.

— Sou, eu vim parar aqui por acidente — Nyo falou, o que não era *exatamente* uma mentira. Seu corpo tremia, e ele dedicava toda a sua energia a não desfazer seus discos. Sentia que a qualquer momento o terror seria tamanho que não conseguiria mais se manter no ar, parecia prestes a desmaiar e não acreditava que os discos permaneceriam no lugar caso estivesse desacordado. — Vocês sabem o que Orion está fazendo, certo? Eu preciso ir embora. Não quero lutar contra vocês.

"*O Nova não tem nenhum poder sobre nós com seus planos tolos. Não interferimos nos assuntos da humanidade.*"

— Por favor, preciso ajudar Ekholm. — Lágrimas transbordaram dos olhos do aventureiro. — Meu planeta está morrendo, e eu tenho como levar os humanos para algum lugar seguro.

O gigante estendeu a mão e apanhou o garoto – mais uma vez com cuidado para não machucá-lo. O aventureiro se segurou na palma da criatura, sentindo que seu coração poderia explodir a qualquer momento, e ficou de pé quando o gigante parou. O ar estava começando a se tornar rarefeito, e ele não achava que suportaria ir para mais alto do que aquilo.

Outra explosão no Homízio, dessa vez bem mais baixa e inútil comparada ao poder que emanava do gigante.

"*Nós não seremos importunados por humanos como fomos por tanto tempo. Estamos há quinhentos anos em paz.*"

— Eu posso levar todas essas pessoas para bem longe. Prometo que nunca mais pisaremos no seu planeta.

"*A humanidade nunca aceitaria seguir em frente sabendo que nós ainda estamos vivos. Não é uma opção.*"

— Eles não precisam saber! — Nyo implorou, sentindo Orion em seu encalço. — Podemos manter tudo isso em segredo.

O gigante levou vários segundos para responder, seus olhos vidrados num ponto muito além de Nyo.

"*Parece que você é o único que restou, garoto.*" A criatura girou a mão, posicionando Nyo para que ele conseguisse enxergar o Homízio.

Ou o que havia restado dele, pelo menos.

Interlúdio

Art não achava que seu coração voltaria ao normal até Nyo retornar da sua conversa com os gigantes. Se pensasse racionalmente, saberia que *ele* corria maior risco do que seu amigo – estando tão próximo assim de Orion –, mas não conseguia se convencer de que não havia absolutamente nenhuma chance de o gigante decidir esmagar Nyo como um inseto. Atlas poderia repetir o quanto quisesse que as criaturas eram pacíficas; Art só acreditaria nisso quando visse Nyo retornando sem nenhum machucado.

Ele olhou para o céu, mesmo sem nenhuma esperança de conseguir enxergar o menino, rezando por *qualquer sinal*. Qualquer coisinha que indicasse que o plano estava dando certo, qualquer coisa que fizesse o aperto em seu peito ficar mais leve.

— Vai dar tudo certo, Art. — Lira bateu com o ombro de leve no garoto, chamando sua atenção de volta.

— Ele não corre nenhum perigo lá em cima — Vega falou, num tom que não o convenceu de forma alguma. Ela encarava o horizonte com a respiração acelerada e os lábios apertados em uma linha fina. — A nossa única ameaça é Orion, e saberemos quando ele descobrir o que Nyo está fazendo.

Art mordeu o lábio e assentiu, mas sem dar muita atenção às palavras da mulher. Ele só ficaria tranquilo quando Nyo retornasse, nada mais o acalmaria.

Ele *odiou* aquele plano. Não queria ter se separado do garoto em um momento tão arriscado, mas Atlas insistira que os gigantes só conversariam com um Nova e que a presença do menino só atrapalharia. Não sabia se era verdade, mas não tinha nenhum argumento para se defender.

O céu estava limpo demais, zombando da sua ansiedade com aquele silêncio mortal. Não havia nenhuma nuvem que pudesse estar encobrindo Nyo ou qualquer indicativo de que ele poderia estar ali, em meio ao infinito vazio. Se o garoto estivesse em algum lugar em meio ao firmamento, estava longe demais para que pudessem enxergá-lo.

A muralha se erguia ao lado deles tão alta quanto os gigantes, sua sombra impedindo que o sol clareasse os pensamentos de Arcturo. Ele sempre precisou de luz para pensar com clareza, não suportava os dias nublados e cinzentos de Ekholm. Nyo sempre falava que ele era o garoto dourado, mas Art nunca gostara do apelido.

Art nunca se sentiu dourado. Nunca foi nada além de uma decepção para o pai, não era bom o suficiente para ajudá-lo no trabalho ou deixá-lo orgulhoso de qualquer forma, e a voz de sua mãe sempre esteve encoberta pela de Oberon. Mas Nyo o enxergava dourado, Nyo via partes bonitas onde ele só enxergava fraqueza. Mas a verdade era que as suas partes mais bonitas se originaram no melhor amigo, crescendo pouco a pouco para se tornarem suas.

Sem Nyo, Art não teria forças para mantê-las vivas.

— Você tá fazendo uma cara estranha — Lira disse, afastando-o dos seus pensamentos.

Mas Art não pôde lhe responder. Foi interrompido por uma explosão alta o suficiente para ouvirem de tão longe. O garoto olhou instintivamente para cima, onde Nyo deveria estar, mas Vega e Atlas olharam para o Homízio, embaixo da colina.

— Ele descobriu — Atlas falou, e ajeitou a coluna. — Fiquem aqui, esperem pelo Nyo.

— Não tem nada que você possa fazer, Atlas. — Vega puxou sua mão, impedindo o homem de continuar, mas ele a dispensou.

— Eu posso acabar com isso — ele disse, determinado. — *Fiquem aqui*.

Foram dez minutos de uma angústia diferente de qualquer uma que Art já sentira em toda a sua vida. Mais meia dúzia de explosoes atingiram seus ouvidos, e sua imaginação já havia criado dezenas das piores hipóteses possíveis. Ele precisava saber que tudo ficaria bem. Ele precisava saber que Nyo estava a salvo.

— Nós precisamos descer — Lira falou, depois de algum tempo, com o canto da boca sangrando de tanto morder os lábios. — Não consigo ficar parada aqui em cima.

Art olhou para Vega, esperando que a mulher fosse negar e ordenar que ficassem ali até o retorno de Atlas, mas ela parecia quase tão ansiosa quanto os jovens.

— Sim, nós precisamos — ela falou, finalmente, e os três desataram a correr em direção ao Homízio.

Vários focos de incêndio já se espalhavam pela cidade, e muitas das casas haviam desmoronado. Art conseguia ver partes de corpos por baixo dos escombros, ouvia gritos por toda parte e ainda mais estrondos indicando que outras casas haviam sido destruídas.

Eles correram para os escombros mais próximos, Art conseguia ver um braço imóvel por baixo do que antes eram paredes, mas uma voz os interrompeu.

— Vocês deveriam ter vergonha. — Orion surgiu de trás das montanhas de detritos, seus olhos ferozes faiscando na direção do grupo. — *Vergonha* do que fizeram com o Homízio.

— Todo esse sangue está nas suas mãos, Orion — Vega falou, e sua voz estava firme e resoluta. Ela ajeitou a coluna, fitando o líder. — A cidade confiou em você.

— Se vocês tivessem permitido que eu completasse meu objetivo, nada disso teria acontecido — o homem disse, dando de ombros como se a destruição do Homízio fosse apenas um efeito colateral.

Art não ouviu o restante do diálogo. Não se importava, não queria acompanhar a batalha verbal entre os dois, queria descobrir se o seu melhor amigo estava bem. Queria ajudar todas aquelas pessoas soterradas pelos escombros, queria sair de perto daquele lunático e *fazer alguma coisa*, qualquer coisa.

Ele não queria ter ficado parado, contemplando a cidade destruída à sua frente, quando Orion explodiu novamente. Dessa vez, contudo, o homem direcionou toda a sua força para o grupo.

A última coisa que Art pensou foi que nunca descobriria se Nyo havia sobrevivido.

31.
O guia de Nyo Aura para reescrever a história da humanidade

Não restava nenhuma casa em pé, todas foram tomadas por uma cratera ainda mais profunda que a formada pela primeira explosão de Nyo. Pequenos focos de incêndio por toda parte deixavam claro que aquele era o fim da comunidade. Devorados pela terra e consumidos pelas chamas.

Nyo sufocou um grito. Não conseguia ver as muralhas, não conseguia encontrar os dois pontinhos no solo que indicariam que Art e Lira ainda estavam ali, que as duas únicas pessoas que importavam ainda estavam vivas. Seus olhos se encheram de lágrimas, mas ele precisava enxergar. Ele precisava encontrá-los, porque...

Não, não havia nenhuma opção.

— O que você fez, Nyo? — a voz de Orion invadiu seu desespero. O líder caminhava lentamente no ar através dos discos até o garoto, seus olhos furiosos faiscando. Ele não parecia se importar com a presença do gigante. — Você destruiu tudo.

O garoto sentiu um líquido ácido subir até sua boca, mas o engoliu junto com o choro que ameaçava tomá-lo.

— A gente poderia ter conquistado o planeta, Nyo. Nós som...

Nyo não permitiu que ele terminasse de falar. Canalizou toda a força que havia dentro de si, não conseguia ver nada além da silhueta odiosa de Orion à frente, e explodiu. O líder não teve tempo de se defender e despencou vários metros antes de retomar o equilíbrio nos discos.

"*Isso é uma péssima ideia, garoto.*" A criatura alertou.

Nyo ignorou o gigante e saltou para fora da mão dele, em direção a Orion. Seu corpo queimava, sentia que a qualquer momento o coração iria parar. Não conseguia pensar em mais nada, nem a dor ultrapassava a muralha de desespero e fúria que havia se formado ao seu redor. Ele explodiu mais uma vez, e mais uma e mais uma. Não permitiu que Orion se reerguesse em momento algum. Precisava que ele caísse e queimasse nas chamas que havia causado. Precisava que seu corpo desabasse na destruição.

— Você não sabe o que está fazendo, Nyo — Orion gritou, no breve segundo de que Nyo precisou para respirar.

— Você destruiu *tudo*! — Nyo gritou, com tanta força que sentiu a garganta arranhar. Ele não se importava.

Na sua explosão seguinte, contudo, Orion conseguiu se defender. O encontro entre os poderes produziu um estrondo altíssimo, e Nyo sentiu o gigante se aproximar.

— Eu quis reerguer nosso povo, Nyo. Nós poderíamos ser maiores e mais poderosos do que qualquer outra civilização. — Orion falou calmamente, como se não tivesse medo de desperdiçar tempo algum. Como se soubesse que aquela luta estava ganha.

Nyo sentiu as lágrimas correrem pela bochecha, ferventes contra a pele, e soltou um grito de dor enquanto explodia mais uma vez.

O gigante envolveu seu corpo na mão enorme, alheio às tentativas de Nyo de se soltar, e o conduziu sem que ele conseguisse ver para onde ia. Mais de uma vez, tentou explodir para se livrar do aperto da criatura, mas ainda não era forte o suficiente para penetrar a pele dos gigantes.

Quando a criatura abriu a mão, expôs Nyo para a luz do sol e para meia dúzia de gigantes que os observavam. Ele conseguia ouvir uma conversa entre eles, mas era impossível discernir as palavras. O que o carregava abriu a outra mão, revelando Orion furioso, mas incapaz de lutar contra seu aperto.

Nem ele era forte o bastante, então.

"*Inseto.*" A criatura falou, logo antes de apertar a mão ao redor do líder, espremendo seu corpo sem esforço algum. Depois, abandonou a mão para se livrar dos membros destroçados que segundos antes eram Orion.

Nyo sentiu seu sangue congelar.

Talvez devesse temer o que viria a seguir, mas seus pensamentos estavam fixos em Arcturo. Apenas ele importava, e se Art estivesse...

Não. Ele não podia. Seria injusto demais, o universo não seria tão cruel com ele. *Não não não não.*

"*Você perdeu seu povo, garoto.*" O gigante falou, mas Nyo não prestava atenção. "*E a sua promessa será jurada sobre nossos ossos. Será o fim da sua espécie caso a descumpra.*"

Nyo olhou para cima, sem conseguir processar direito as palavras do gigante. A sua *promessa*? Eles o deixariam viver?

Sem mais nenhuma palavra, todos os gigantes iniciaram uma caminhada lenta, em direção a uma parte do planeta que ele não conhecia. Nyo não tentou rebater, nem considerou a possibilidade de fugir.

Não sentia nada.

Havia um vácuo onde antes estava o seu coração, como se tudo que o tornava real tivesse sido sugado pelo Réquiem. Não importava se os gigantes lhe permitiriam viver, não via nenhum sentido em continuar respirando sem Arcturo ao seu lado.

32.
O guia de Nyo Aura para recomeçar

Horas se passaram sem que Nyo se desse conta. Os gigantes caminhavam sem pressa, e ele não se preocupou com qual seria o seu destino. Uma pequena parte da sua mente dizia que o estavam conduzindo até o cemitério – uma parte que ainda via sentido em continuar vivo –, mas não deu ouvidos a ela. Não conseguiria, nem se quisesse. Seus pensamentos estavam preenchidos pelo breu, por um vazio tão doloroso que parecia sugar o ar em seus pulmões.

O gigante estancou sua caminhada e levou Nyo ao chão sem que o aventureiro movesse qualquer músculo. Assim que ele tocou o solo, a gravidade do Réquiem o chamou, convidando-o a saltar em novos mundos, mas ele voltou seu olhar ao gigante.

— O que eu faço agora?

"*Voltem para o planeta de vocês e façam o que precisam fazer. Jamais pisem em Dirilia mais uma vez, nós saberemos se vocês tiverem quebrado o juramento.*"

Nyo piscou, e subitamente a luz do sol pareceu forte demais, queimando suas pupilas.

— Vocês? — ele repetiu, sua voz fraca demais para que emitisse um som alto o bastante.

— Ai, *droga*. Avisa na próxima, cara. — A voz de Lira invadiu seus ouvidos, e Nyo virou a cabeça tão rápido que sentiu um puxão forte no pescoço.

Sem que ele percebesse, um dos gigantes havia abaixado e jogado três pessoas no chão. Uma mulher loira de meia-idade, uma garota negra com os olhos mais brilhantes que Nyo já vira em toda a sua vida e um garoto dourado.

Ele não sentiu suas pernas o conduzirem até Arcturo. Quando deu por si, já havia se atirado contra o garoto e o envolvido em um abraço forte o bastante para quebrar suas costelas. Art levou um segundo para entender o que estava acontecendo, e logo seus braços já estavam ao redor de Nyo, seu rosto em seu pescoço e toda a sua vida em um espacinho que o aventureiro poderia proteger. Enquanto Art estivesse ali, entre seus braços, Nyo o manteria a salvo.

— Viu, desculpa atrapalhar o momento, mas a gente precisa sair daqui.

Nyo ignorou o comentário de Lira e apertou Arcturo ainda mais forte. Não queria soltá-lo, não *podia* soltá-lo.

— Ei, cara, tá tudo bem — Art sussurrou em seu ouvido, sem se afastar do abraço. — Deu tudo certo.

— Quer dizer, a gente presenciou a morte de uma comunidade inteira, então não deu exatamente *tudo* certo — Lira falou.

Nyo relaxou o aperto e se afastou de Art apenas o suficiente para que suas testas se tocassem. Ele permitiu que o calor do seu melhor amigo – *vivo* – se espalhasse pelo seu corpo, inflamando cada centímetro de pele e diluindo o terror que corria pelas suas veias.

Vivo.

— Tá tudo bem — Art repetiu. — Eu tô aqui.

Os garotos se separaram, mas Nyo manteve suas mãos entrelaçadas e tentou encostar o máximo possível no corpo de Art, garantindo que ele estava vivo e ao seu lado.

— O que aconteceu? — ele perguntou, a voz rouca.

— Orion percebeu o que você estava fazendo, e ele... — Lira começou e apertou os olhos com força, sem conseguir continuar.

— Ele explodiu — Vega completou. — Estava furioso, eu nunca vi nada parecido. Foram várias explosões, e ele entrou num frenesi, determinado a destruir o Homízio por completo. Nós estávamos em cima da colina, perto da muralha, e Atlas correu para ajudar. Nós três descemos e encontramos Orion sozinho. Foi sua explosão que nos salvou, Nyo. Ele tentou nos matar, mas no último segundo se distraiu e seu poder ficou mais fraco. Nós três...

Nyo arqueou as sobrancelhas em uma pergunta silenciosa. Vega balançou a cabeça, suprimindo uma lágrima.

— Só sobramos nós.

O garoto engoliu mais uma vez o líquido azedo que insistia em subir por sua garganta, com a certeza de que a qualquer momento não conseguiria mais mantê-lo dentro do corpo.

Os gigantes ao redor começaram a caminhada para longe, sem mais nenhuma palavra. Tinham sido bem claros no que esperavam dos humanos, e Nyo estava determinado a seguir seu juramento.

— Nós precisamos ir — ele falou, apertando a mão de Arcturo.

— Você consegue nos levar? — Vega perguntou, observando ao redor como se estivesse em busca de algum veículo ou coisa do tipo.

Nyo estendeu a mão livre para Lira, que segurou a de Vega. As duas mulheres tinham a exaustão estampada no rosto, e o aventureiro sabia que elas precisavam descansar depois de tantos anos sob o reinado de Orion. Todos eles precisavam, na verdade.

Ele mentalizou a imagem de Ekholm; a cidade que sempre o rejeitou e da qual ele quisera fugir por tanto tempo. No fim, tinha arriscado tudo para salvá-la. Não conseguiria viver sabendo que as únicas pessoas que conhecia tinham morrido.

Afinal, precisava provar para Ekholm que todos estavam errados. Garoto problema? *Salvador do universo* era muito mais interessante.

Sentiu o puxão do Réquiem, e pensou:

Vamos para casa.

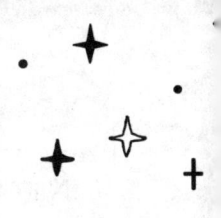

Epílogo

A viagem até Ekholm levou meros segundos. Foram vários e vários dias explorando o universo até chegar em Dirilia, mas voltar para Caerus foi tão rápido quanto um piscar de olhos.

Eles pousaram na gruta do monstro, é claro. Nyo não havia planejado parar lá, mas o melhor lugar para finalizar a jornada era certamente onde ela começara. Ele sentiu seus joelhos falharem assim que seus pés tocaram o chão, e a exaustão que o tomou foi sufocante. Não tinha forças para continuar respirando, para se manter em pé, para garantir que seus amigos estavam bem.

Nyo fechou os olhos, e confiou em Ekholm para não deixá-lo morrer.

Quando acordou, sentiu a mão de Arcturo entrelaçada com a sua. Não precisava abrir os olhos para saber que era o garoto, reconheceria a canção do melhor amigo em qualquer canto do universo.

— Não sei, eu tenho medo. — A voz de Lira o despertou, mas Nyo ainda não queria abrir os olhos. Queria aproveitar aqueles segundos confortáveis antes de voltar a lidar com a própria vida. — Nós precisamos falar com ele antes de decidir qualquer coisa.

— Nós conseguimos enrolar Gaia por mais um dia — Art murmurou. — Vega sabe o que está fazendo.

— A gente precisa do Nyo, Art — a menina respondeu. — Não sabemos o que aconteceu com os gigantes.

— Que fofo da sua parte, Lira — Nyo falou, sentindo sua garganta arranhar com o esforço. — Finalmente um de vocês admitiu que precisa de mim.

Art suspirou, apoiando a cabeça no peito de Nyo por um segundo.

— Gigantes, Nyo — ele murmurou.

O aventureiro abriu os olhos. Estava deitado em uma maca na mesma enfermaria em que acordou depois da sua primeira explosão, mas dessa vez ela estava completamente vazia, com exceção dos amigos.

— O que aconteceu? — ele perguntou, tentando se sentar. Seus músculos protestaram, mas não estava nem de longe tão cansado quanto estivera depois da primeira explosão.

— A gente que te pergunta, Nyo. — Lira arqueou as sobrancelhas. — Gaia não para de perguntar o que aconteceu, e ainda não demos nenhuma explicação pra ela. A gente não faz a menor ideia de como você convenceu os gigantes a nos liberar.

O menino franziu as sobrancelhas, tentando recordar todos os detalhes do seu trato com os gigantes, e assentiu.

— É o seguinte. — Ele ajeitou a coluna e limpou a garganta. Tinha pensado no que diria para a Junta dos Líderes no caminho até o cemitério, mas na sua mente parecia muito mais plausível do que enquanto falava em voz alta. — Ninguém pode saber que os gigantes estão vivos. Nós vamos falar que Orion moveu Caerus e morreu com o esforço, e que havia pouquíssimas pessoas em Dirilia. O planeta estava destruído, sei lá, e você e Vega foram as únicas que tiveram forças para voltar comigo e com Art.

Lira arqueou as sobrancelhas.

— Você não vai falar sobre o Homízio?

— Não a verdade — Nyo negou. — Vamos falar que vocês eram uma comunidade pequena, e que todos estavam morrendo porque o ar do planeta já não era saudável, ou algo do tipo. Depois a gente pensa em todos os detalhes, mas isso é o mais importante.

— E o que você pretende falar sobre os seus poderes? — Art perguntou, apertando mais forte a mão do rapaz.

— Vamos falar a verdade sobre o buraco negro. Não vamos contar sobre a morte dos gigantes ou o envolvimento dos Novas com a guerra. Se perguntarem, não sabemos como os gigantes morreram.

— Mas o que acontece agora? — Art mordeu os lábios.

Nyo respirou fundo. Sua cabeça ainda estava pesada, talvez ele precisasse descansar mais, mas o alívio de estar a salvo em Ekholm o mantinha bem acordado. Estava vivo. Art estava bem, ao seu lado, e as mãos dos dois estavam entrelaçadas. Eles ficariam bem.

— Nós seguimos com o plano — ele respondeu. — Vamos encontrar uma nova casa para a humanidade.

Nyo Aura e Arcturo Kh'ane haviam voltado para Ekholm depois de vários dias desaparecidos. A Junta divulgara que eles tinham caído no oceano e se afogado – teria um problemão para se justificar depois disso. O que diriam depois de os garotos terem voltado com duas mulheres, Vega e Lira, que afirmavam ter nascido em um planeta distante, onde alguns humanos resistiam?

Ninguém acreditou em Nyo e Arcturo de primeira. Foram necessários infinitos depoimentos para que os líderes aceitassem as palavras dos garotos, mas Nyo suspeitava que eles buscavam tão desesperadamente por uma forma de sair de Caerus e garantir a sobrevivência da humanidade que estavam propensos desde o início a acreditar.

Vega e Lira se tornaram cidadãs imediatamente e receberam grandes honrarias ao lado dos garotos. Nyo Aura e Arcturo Kh'ane foram considerados heróis de Ekholm. Até Oberon, patriarca dos Kh'ane, precisou admitir que o garoto problema havia demonstrado ser merecedor das honras

Corinna Aura não quis se pronunciar. Alguns diziam que ela só tivera uma interação com o filho nas primeiras semanas depois que ele voltou, e que perguntou se ele esperava uma medalha ou coisa do tipo. Ele não deu ouvidos a ela, não precisava mais da sua aprovação.

Mas eles receberam medalhas, sim. Receberam honrarias sem precedentes – ainda mais depois que Nyo mostrou a todos seu truque com os discos, que apenas reforçou a fé que tinham nele para encontrar um novo planeta para a humanidade. Ficaram conhecidos como heróis da nação.

Lira recebeu uma casa apenas sua, bem perto da biblioteca para que pudesse manter sua paixão por histórias. Vega, em pouquíssimo tempo, recebeu uma posição consideravelmente alta na Junta Militar, e se tornou conselheira de Gaia.

Todos trabalhavam juntos para continuar sobrevivendo.

Nyo e Art, bem...

— Eu não vou fazer isso — Arcturo falou, cruzando os braços.

— Cara, para de ser idiota. — Nyo chutou seu pé. — São algumas horinhas só, você nem vai ver passar.

— Não é por causa do *tempo*, Nyo, é porque eu me recuso a posar para uma pintura de nós dois. — Art apontou para o artista que Nyo havia convidado para pintá-los. Ele encarava os dois entediado. Talvez aquela discussão estivesse ocorrendo havia algum tempo.

— Você tá sendo *fresco* — Nyo resmungou.

Dois meses tinham se passado desde que haviam chegado de Dirilia, e eles finalmente tiveram permissão para iniciar a procura por um novo planeta. Nyo, contudo, queria deixar sua marca em Caerus antes de explorar o cosmos.

— Você encomendou uma pintura de nós dois com uma faixa enorme com a inscrição "Os caras mais incríveis de Ekholm", Nyo Aura. Eu me recuso a estar envolvido nisso.

— Como vão saber que nós somos os caras mais incríveis de Ekholm se não tiver um retrato gigantesco no centro da cidade deixando isso bem claro? — Nyo apoiou as mãos na cintura, como se tivesse acabado de provar que Arcturo estava errado.

O menino revirou os olhos e aceitou a derrota. Anos poderiam passar, mas Nyo Aura nunca deixaria de surpreendê-lo.

Depois de algum tempo, finalmente, Art posou para o retrato. Foram cinco horas em frente ao artista – quando deveriam estar se preparando para uma jornada –, e ao fim Art poderia jurar que suas costas nunca haviam doído tanto, nem mesmo quando precisara dormir no chão de um *fêmur*.

Poucos dias depois, Arcturo, Nyo e Lira estavam prontos para partir. Mochilas arrumadas, cadarços amarrados e o apoio de toda a população da cidade. As pessoas estavam certas de que aquele grupo de jovens era a salvação de Ekholm – alguns diriam que nunca haviam duvidado que Nyo estava destinado à grandeza, sempre souberam do seu potencial.

Os três amigos pararam em frente ao fêmur de Bornir sob olhares de toda a Junta de Líderes na areia, que esperava ansiosamente pelo segundo em que seus salvadores partiriam na jornada mais importante de suas vidas.

Nyo morria de medo. Não fazia a menor ideia do que os aguardava dali para a frente, mas tinha certeza de que seria uma aventura digna de todas as canções.

Mas não hesitaria, porque não estava sozinho, e a canção do universo cantava em harmonia com seu coração, mais forte que as vozes, mais forte que o medo.

Talvez isso sim fosse coragem.

— Vocês têm certeza, né? — ele perguntou, uma última vez. — Podem ficar, se não quiserem ir.

— Larga de ser idiota, Nyo. — Lira revirou os olhos.

O aventureiro olhou para o garoto dourado ao seu lado, sentindo o coração dar várias e várias cambalhotas quando seus olhares se encontraram. Arcturo abriu um sorriso travesso e apertou sua mão.

— Eu sempre vou com você, Nyo.

FIM

Agradecimentos

Caramba, a gente chegou ao fim. Não sei nem colocar em palavras o quanto este livro foi importante para mim, então acho que nada mais justo do que agradecer primeiramente aos meus editores maravilhosos, Felipe e Gabi, que me proporcionaram esta oportunidade incrível. Publicar em uma editora tão grande quanto a Planeta era um sonho de infância que sempre considerei impossível, mas olha só onde a gente está!

Por isso mesmo, não posso deixar de agradecer aos meus pais e meus avós, que sempre incentivaram o meu hábito de leitura e hoje em dia falam para todos os cantos que a filha/neta é escritora e influencer. Obrigada por tudo que vocês já fizeram por mim.

O Cemitério de Gigantes é um livro sobre amizade, acima de tudo, e por isso ele é dedicado aos meus amigos. Vitória, Vinícius, Camila, Kemy, Jade, amo vocês. Não posso deixar de citar também as amigas que fiz nesse mundinho da escrita: Mari, Cora, Arque, Tine, Bibi, Dora... São pessoas demais que mudaram a minha vida nesses últimos anos, muito obrigada por tudo.

E, correndo o risco de ser muito clichê, preciso agradecer a cada um que chegou até aqui. Sério, vocês não têm noção do quanto esse seu carinho faz diferença. Nada se compara à sensação de ter pessoas apaixonadas pelos personagens que você criou, pessoas que se envolveram tanto nesse universo que nunca querem sair. Espero que o Nyo e o Art tenham te conquistado.

Este foi o livro que mais amei escrever em toda a minha vida (agradeço por isso a Nyo e Art, que são os personagens mais preciosos do mundo), e é difícil me despedir. Massss eu sei que vocês vão deixar a magia desse garotinho problema viva por muito tempo. Muito obrigada pelo carinho, vejo vocês em novos mundos!

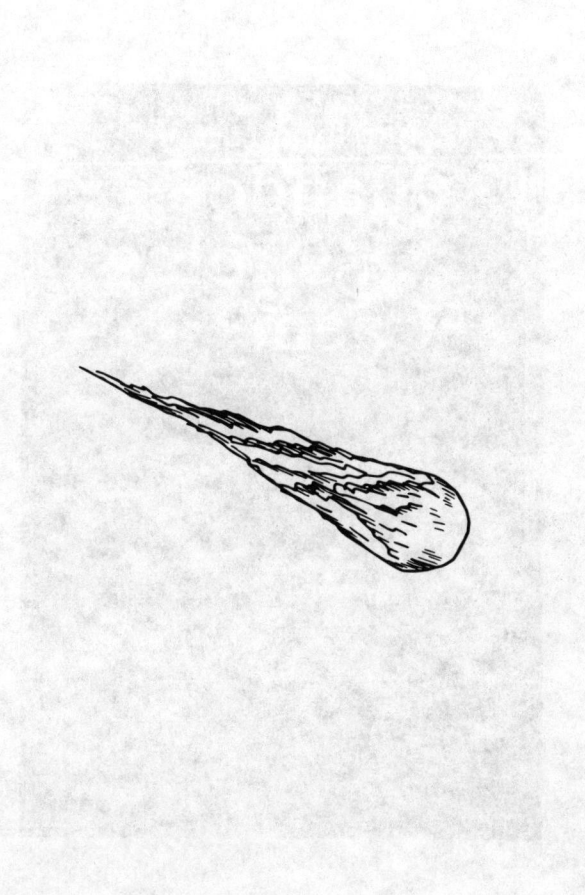

Leia também

Mariana Lucioli
Quando as Estrelas Caem

Quando um bebê dá a sua primeira risada, uma estrela perde seu lugar no céu e se transforma em uma fada dos sonhos, responsável por velar as noites de um humano e protegê-lo de pesadelos na Terra.

As fadas não podem ter ambições próprias. Desejo, amor e amizade são conceitos perigosos, vistos como riscos fúteis. Mas Tipper não pensa assim: quer ser livre para sentir e agir como quiser. Tanto é que ela acaba se aproximando demais de Pietro, seu protegido... e se apaixona por ele.

Separados por magia e vários centímetros de altura, o relacionamento entre um humano e uma fada está destinado ao fracasso. Porém, uma barganha com o Senhor dos Pesadelos pode abrir a porta para tudo aquilo que Tipper sempre sonhou: uma forma humana e uma vida ao lado de seu amor.

Raíssa
Selvaticci

Princesas Mortas não se Apaixonam

Nascida na família real britânica, Amélia Mountbatten Wales jamais seria uma adolescente comum. Foi por isso que criou Holy, um disfarce perfeito para explorar Londres sem o peso dos deveres reais. A farsa e a realidade vividas pela princesa pareciam incapazes de colidir até conhecer, sob o disfarce de Holy, Roma Borges, brasileira recém-chegada à Inglaterra e filha do detetive-chefe da Scotland Yard.

Amaldiçoada com a estranha habilidade de enxergar fantasmas, ficar longe de confusão é tarefa difícil para Roma, sobretudo agora, quando os espíritos locais não estão dispostos a deixá-la se esquecer da garota assassinada nos arredores do Palácio de Buckingham pouco antes de sua chegada. Atraída pelos mistérios que cercam o caso, ela percebe que a chave para desvendar o assassinato é Amélia, sua arrogante colega de classe.

Mas, à medida que se aproxima da princesa, Roma pode descobrir que só existe uma coisa maior que a fortuna da realeza: seus segredos – e Holy é o pior de todos eles. Resta saber quantas mentiras o "felizes para sempre" pode suportar

Editora Planeta Brasil | 20 ANOS

Acreditamos nos livros

Este livro foi composto em Fairfield LH e Aclonica e Impresso pela Gráfica Santa Marta para a Editora Planeta do Brasil em julho de 2023.